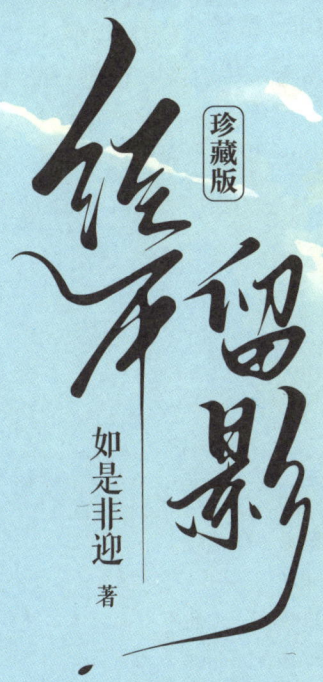

珍藏版

丝幕留影

如是非迎 著

青岛出版集团 | 青岛出版社

图书在版编目（CIP）数据

经年留影：珍藏版/如是非迎著.—青岛：青岛出版社,2024.5
ISBN 978-7-5736-1564-0

Ⅰ.①经… Ⅱ.①如… Ⅲ.①长篇小说－中国－当代 Ⅳ.①I247.5

中国国家版本馆CIP数据核字（2024）第032827号

JINGNIAN LIUYING（ZHENCANG BAN）

书　　名	经年留影（珍藏版）
作　　者	如是非迎
出版发行	青岛出版社（青岛市崂山区海尔路182号）
本社网址	http://www.qdpub.com
邮购电话	18613853563
责任编辑	李文峰
特约编辑	王羽飞
校　　对	王子璠
装帧设计	蒋　晴
照　　排	梁　霞
印　　刷	三河市良远印务有限公司
出版日期	2024年5月第1版　2024年5月第1次印刷
开　　本	32开（880mm×1230mm）
印　　张	10
字　　数	260千
书　　号	ISBN 978-7-5736-1564-0
定　　价	49.80元

编校印装质量、盗版监督服务电话　4006532017　0532-68068050

展若绫：

是你吗？

这是你三年前写给我的邮件，我现在才看到。我回来了，没有留在澳大利亚。

对不起，因为我一时的意气，我们陷入这样的局面。

我不知道应该怎样形容我现在的心情，也不知道应该怎么说才能让你相信我，我的语文一向学得不好。

你说我未必会记得你。最清楚的人就是你。

你说希望我永远开心，你不来的话，我永远都不可能……

我数了一下，你给我写了……件。那些邮件里的每……

她想,
终此一生,
她都会永远记得,
这个向来没有什么耐性的人,
曾经这么耐心地陪她等公交车,
这么耐心地。

第一章　他叫钟徛 / 1

第二章　恶作剧少年 / 10

第三章　一场误会 / 23

第四章　最深刻的记忆 / 36

第五章　有所思 / 48

第六章　在远道 / 61

第七章　一直都很喜欢你 / 73

第八章　回忆如果有棱角 / 88

第九章　再见，西班牙 / 100

第十章　他回来了 / 113

第十一章　他还记得我 / 128

第十二章　岁月不待人 / 141

第十三章　生活与想他 / 159

第十四章　好到可以做男朋友吗 / 173

第十五章　紫色郁金香的花语 / 187

目录

第十六章　我等你回来 / 196

第十七章　那时在游戏城 / 208

第十八章　很在乎很在乎 / 224

第十九章　巴塞罗那的阳光 / 239

第二十章　经年留影 / 252

番外一　关于程忆遥 / 258

番外二　他一直都知道 / 271

番外三　元宵节 / 282

番外四　校　庆 / 286

番外五　周　末 / 296

番外六　2+1 / 301

番外七　汉堡包和圣代 / 305

番外八　流　年 / 307

第一章
他叫钟倚

高中时代在展若绫的记忆中是混沌而模糊的,到后来,才变得愈来愈清晰。

在高三毕业后那长达两个多月的时间里,她追溯着,将高中的记忆拼图一张一张地拼了起来。

很多时候,展若绫都能轻而易举地循着记忆的长河,准确地回溯到那节印象深刻的化学课。

那是高一开学后的第一节化学课。

当时离下课只剩下几分钟,化学老师讲完课却没有提前下课的意思,而是望了一眼悬挂在教室后方墙壁上的钟,说道:"还有两分钟,同学们把书看一遍,体会一下今天讲的内容。"

整个教室的学生都陷入了躁动之中,只有寥寥几名学生在看书。宽敞的空间里充斥着收拾书本和文具的声音,仿佛这声音越大,就越能表达出对老师的抗议。少数几个同学甚至夸张地挪动着桌椅发出声响,却又小心翼翼地低着头,不让老师发现是谁在捣乱。

展若绫低头翻着课本，不时听到周围几个学生"喁喁"的抱怨声："饿死了，怎么还不下课啊？""这个老师怎么就不做做好事提前下课呢？"

化学老师将近四十岁，对教室里的躁动状况视而不见，只是重复道："大家把书看一遍……"

话音未落，一个男生的声音就响了起来："看完了！"嗓音十分响亮，清逸悦耳，衔接得刚刚好，似乎是下意识地脱口而出，听上去就像恶意顶撞一般。

全班同学不约而同地爆发出一阵笑声，有几个坐在前面的学生甚至兴致勃勃地转头向教室后面的声音来源看去。

展若绫也不由得笑起来。她没想到这个班级的同学会这么活跃嚣张——这回话几乎是肆无忌惮。

在后来的日子里，她不断地想：这节化学课就是她对钟倚的最初记忆，也是最深刻的记忆。他用一句干净利落的"看完了"在她的脑海深处占据了一片天地，在分别后的日子里，经久不绝地回响着。

下课铃还没响，化学老师说"那就再看一遍"，说话的同时看向教室后方那个五官俊朗的男生。

就在这时，下课铃适时地响了起来。

所有同学——那些看书的和没看书的，都抬头看着老师，只等着老师一声令下。

化学老师点点头，语气十分温和："大家可以走了。"

教室里顿时全是起立声、书包拉链迅速滑动的声音。不过几十秒，学生已经走得七七八八，教室一下子变得冷清起来。

翌日下午，第一节是班主任的生物课。年轻的女老师站在讲台上，简略介绍过学校的情况后，拿出一份名单说道："接下来，大家先相互认识一下，被念到名字的同学站起来做一下自我介绍……"

听到自己名字的时候，展若绫立刻站起来："我叫展若绫，很高兴认识大家。"

陆陆续续又有几个学生被念到名字，都站起来做了自我介绍。班主任捏着手里的名单，迟疑地念道："钟倚？"没有人应声。

过了两秒，一个男生的声音响起来："老师，第二个字是怎么写的？"

"非常抱歉啊，这个字应该是我念错了，我写到黑板上。"年轻的班主任不好意思地举起粉笔，在黑板上写了一个字：倚。

"倚。"展若绫下意识地把黑板上的那个字念了出来。教室后面传来椅子挪动的响声，有人站了起来。

"老师，是我。"是刚才接话的那个男生的声音，清亮悦耳，"我叫钟倚……"

"真的读'jì'呀，这么生僻的字你都会读啊？"一旁的程忆遥看着展若绫，惊叹不已。

"以前刚好用字典查过这个字的读音和意思。"展若绫笑笑。

程忆遥转头看了后面一眼："咦？是昨天早上那个人！"

展若绫随口问："哪个人？"

"就是昨天化学课上喊'看完了'的那个人。"程忆遥努努嘴，示意她往后看。

是那个人？展若绫连忙转头。

那个叫钟倚的男生刚做完自我介绍，坐下去后跟旁边的男生说了一句话，便懒懒地靠到了椅背上。

明亮的阳光洒入教室，照在一张轮廓清晰的脸上：他的头发很短，额头饱满光洁，眼角微微挑起，嘴角噙着一抹笑容。

就是这个人在化学课上说出了那句"经典名言"？她从此记住了这个名字以及这个人。

能在化学课上说出那样肆无忌惮的话，这个学生一定有足够的资本。

事实也证明了展若绫的猜想。钟倚学习成绩相当优异,是一个典型的理科尖子生,甚得老师的欢心,不管哪一科的老师,提起他的名字时都是眉开眼笑的。

他学习并不算很用功,偏偏成绩非常优异;他从不刻意去讨好同学和老师,但是周围的男生和所有老师都喜欢他;无论什么时候他都是一种玩世不恭的态度,似乎天塌下来也无所谓。

有一次,程忆遥忍不住说:"他成绩那么好,难怪那么嚣张,平时一点儿都不把老师放在眼里,每次交作业都要组长催……"

展若绫听了抬起头,笑着说:"我觉得他挺搞笑的。"她想起了那节化学课,想起钟倚那句"看完了"。那样干净利落的三个字,轻而易举地就将教室里烦闷的气氛扭转了,即使下课后,仍旧在她的脑海中盘旋。

她接着说:"我记得那次化学课,他说出那句'看完了'时整个教室的气氛都不同了……我觉得他说话挺有意思的。"

程忆遥点了点头:"好吧,他说话是有点儿搞笑,但是也很高傲。我觉得他挺践的……可能那些长得好看成绩又好的人自我感觉都这么好吧!"

展若绫笑了笑,低头继续写作业。

她看着作业本上的字,心底不禁萌生出一种期盼:她想认识钟倚。

随即她想到程忆遥的话,也只能作罢。钟倚是一个非常活泼的学生,很多时候给她的感觉就像一个童心未泯的大男孩,但是有时候又让人感觉挺难接近的,尤其是女生。除了坐在他前面的裴子璇以外,展若绫几乎没见过钟倚主动跟其他女生说话。

她无声地对自己说:算了,毕竟在同一个教室学习,时间多得是,他们早晚有一天会认识的。

可是她没想到那一天会如此漫长,而且还发生了一场意外。

期中考试后的那个周末,展若绫出了一场车祸:她在街上被一辆疾驰的轿车撞倒,被救护车送到医院急救,脚上打了厚重的石膏。

展若绫在医院住了两个多月,出院后不久就是高一寒假,在家休息了整整一个假期。第二个学期开学当天,回到校园时,她望着高高矗立的教学楼,心底不禁生出一种恍如隔世的感觉来。

医生交代她两个月内都不能参加体育运动,并写了一张条子让她交给老师。凭着那张条子,她可以免上体育课,也不用参加所有的户外活动。

由于三个多月没上学,她落下了很多功课,还跟班上的同学无形中产生了隔阂。她每天坐在教室里安安静静地做作业,极少跟班上的同学交流。这种情况持续了差不多半年的时间,直到高二第一个学期。

那个星期五下午第一节是体育课,展若绫不用上体育课,便留在教室里做作业。

下课铃响后,她忽然听到程忆遥求救的声音:"展若绫,帮我发一下作业。"

她应了一声,连忙站起来接过作业本:"怎么这么多作业?"

"下周是国庆节假期,所有的老师都恨不得把作业全部发下来。"身为学习委员的程忆遥很是无奈。

国庆节?不知不觉就过了一年。

展若绫低头看着作业本,过了片刻,抬起头问:"全部都要发下去吗?"

"啊?不是!有几个同学的作业写错了,老师说要让他们重做。"程忆遥挑出几个本子,将剩余的作业本推给她,"发这些就行了。麻烦你了!"

"廖一凡坐在哪里?"

事实上，程忆遥这个时候找展若绫发作业并不是明智之举。刚上完体育课，学生还没从体育场回到教室，展若绫重新回学校上课后又很少跟班上的同学接触，对几个学生的座位印象不免有些模糊。

"你后面的后面的旁边那个。"程忆遥的解释颇有几分绕口令的感觉。

陆陆续续有学生回到教室，展若绫发作业也轻松了不少。到了最后一本，她眨了眨眼睛，举起本子："钟倚在哪儿？"事实上，她知道钟倚的座位就在教室第四组最后一排，但是此刻她莫名其妙地就想听听他的声音。

果不其然，教室的角落里响起一个清亮的声音："这里！"他回答得干脆利落。

展若绫转过身，顺理成章地循着声音看去：钟倚穿着一身蓝白相间的运动服，坐在教室后面的角落里，举起手向她挥了挥。

展若绫看了一眼教室里零零散散分布的学生，懒得走过去了。她举起作业本，向钟倚扬了扬眉："接住了！"手腕向外一扬，作业本在空中飞速旋转着，形成一道白色的轨迹，直直地飞向钟倚。

钟倚的两道浓眉高高耸起，漆黑狭长的眼睛闪现淡淡的流光，似乎觉得很有意思。他伸手轻而易举地接住作业本，向她点点头致意。

"展若绫，好身手啊！"程忆遥笑着夸了一句。展若绫心情莫名其妙地舒畅了，向她一笑，随即坐下来。

坐在程忆遥后面的是一个叫言逸恺的男生，学习成绩非常优异。展若绫因为落下了不少高一的课程，偶尔遇到不会做的题目就向他请教。

说不清从哪天起，钟倚开了几句玩笑，将展若绫和言逸恺扯到了一起，班上的男生在他的带领下，也渐渐喜欢拿两人的关系来取笑。

展若绫知道大家只是随口说说而已，倒也不介意，随他们说去。

言逸恺见她满不在乎，加上他跟那几个男生关系都很要好，也就没去反驳。

那天课间，言逸恺不在教室，展若绫拿了物理练习册向钟倚问一道题。

钟倚坐在座位上，随意地扫了一眼题目，微仰起下巴与她的视线相对，漆黑的瞳仁里闪着戏谑的光芒："这题我也不懂，但是我知道言逸恺懂！"

钟倚是班上的物理课代表。展若绫知道，以钟倚的水平，那道题绝对难不倒他，他只是借机戏弄她而已。

她知道这件事的罪魁祸首是钟倚，一直都知道。以前她从来都不介意班上的男生拿她和言逸恺的关系来开玩笑，但是这一刻，她的内心深处突然生出一种无力感来，像潮水一样，迅速地将她彻底淹没。

她突然想起，那次车祸过后，她躺在医院的病床上，一直希望自己出院后可以平平淡淡地过完高中剩余的时光，可是如今的自己已经被卷入流言的旋涡中心，逐渐跟初衷背离。她又窘迫又惶恐，竭力维持着平稳声调："你真的不懂？那我自己算！"说着她迅速抽回自己的书。

钟倚却没打算这么轻易就放过她，微微挑起细长的眼角："不问言逸恺吗？他绝对懂的！"他浓墨般的眸子里闪动着戏谑的光芒，神情竟装得认真无比。

展若绫懒得理他，走回自己的座位。

上午最后一节是语文课。展若绫坐在座位上，听到几个男生在后面聊天，钟倚清越爽朗的声音一听就能辨认出来。

言逸恺走进教室的时候，有个男生突然叫住他，提起她的名字："言逸恺，你跟展若绫……"那一刻，展若绫的心里转过许多念头，然后她做了一个决定。她打开语文书，翻到其中一页空白页，抓起铅笔开始写字。

钟倚:

　　我不知道最近你为什么老拿我和言逸恺开玩笑,也许你只是觉得好玩而已,但是你知不知道这样会让我很困扰?将心比心,如果那个被开玩笑的人是你,你会作何感想?如果可以,我希望你以后再也不要拿我和言逸恺开玩笑。谢谢!

　　她放下笔,把信在心里默默念了一遍,觉得把想说的意思都表达出来了。还是在课间,她拿起语文书就笔直地走向钟倚。钟倚看到她走过来,明显一愣,漆黑的眼眸如同蕴着研磨了许久的墨水,直直地回望着她。

　　展若绫迅速地将语文书打开到写了字的那一页,然后举到他面前让他看。

　　旁边的廖一凡好奇地凑过来:"什么东西?我们一起看吧!"展若绫守在钟倚旁边,僵着声音说:"只有他才可以看!"廖一凡笑着戏谑道:"情书吗?"

　　展若绫虽然知道他只是在开玩笑,还是免不了尴尬万分,并没有回答。

　　钟倚坐正身子,向廖一凡打了个手势,示意他不要说话,迅速敛去脸上那种漫不经心的表情,开始低头看她写的那段话。

　　展若绫再也无暇顾及廖一凡,只注意着钟倚的神情变化。他垂着眼眸,侧脸十分专注,线条刚毅。

　　"看完了吗?"展若绫从教室的后门望出去,看到了语文老师的身影,急急地问他。"等一下。"钟倚的视线依旧聚焦在语文书的铅笔字上,目光缓慢地随着字迹移动,他像是要把每一个字都背下来一样。只是几秒钟的时间,展若绫却觉得很漫长。

　　这一刻,她的心里后悔到了极点。她目不转睛地盯着钟倚,一双腿绷得直直的,似乎只有这样才可以带给她力量和勇气,让她支撑

· 8 ·

下去。

　　如果时光可以倒流,她真的不想给钟倚写这样的话——钟倚平时对人都是一副不正经、玩世不恭的态度,她又何必跟他较真儿呢?如果她继续采取以前那种不搭理的态度,流言应该过不了多久就能淡下来吧,而她现在这样的做法,或许已经打击到他那高高在上的自尊心了。

第二章
恶作剧少年

　　展若绫很久以后都记得钟徛那天的表情。他从语文书上抬起头的时候，脸上已经丝毫不见平时那种吊儿郎当、玩世不恭的神情，漆黑的眸子里盛满了深深的歉意。

　　那一刻，展若绫心里后悔不已：她真的不应该给钟徛写那样的话。他只是一个大男孩儿，一个童心未泯的大男孩儿。她为什么要试图改变他那种游戏人间的态度呢？

　　钟徛看着她，动了动嘴唇，似乎想说什么。

　　展若绫还是第一次在他的脸上看到那种神情：很认真，带着歉疚，又有点儿不知所措，就像一个做错事的小孩子一样。

　　她突然泄气，伸手抽回语文书，没等钟徛说话，就立刻走回了自己的座位。

　　他想说什么？对不起吗？可是他那种性格的人，会跟人道歉吗？不知道为什么，展若绫潜意识里并不希望听到他跟自己道歉。

　　那天下午的自习课，言逸恺拿了地理练习册来问她一道题目。展若绫接过他的练习册，读了一下题目，是一道计算区时的题。

她心中蓦地生出一丝好奇来，忍不住仰起头问言逸恺："他们这么说你和我，你怎么都不生气啊？"

言逸恺无所谓地一笑："他们爱怎么说就怎么说呗，反正我们又没什么，清者自清。"

"你不怕吗？"展若绫侧着头，认真地问他。这个五官清秀的男生，脾气也太好了。

"怕什么？有什么好怕的？"言逸恺扬了扬眉梢，略微提高音量，有些不明所以。

是啊，怕什么？他又没有经历过车祸，那种遇事格外惶恐的心情，应该只有自己才会有吧。

展若绫笑了笑，向他点头："说得有道理！"她低头继续帮他看题目。

言逸恺注视着她。她低头看着练习册，卷长的睫毛微微颤动着，一侧的头发顺着脸颊流泻而下，在灯光的映照下，如黑缎般光滑。

言逸恺心中突地一动，伸手敲了敲她的桌子，待她抬起头来，问道："怎么突然问起这个来了？你介意吗？"

"无所谓了。"展若绫淡淡一笑，"清者自清，你说的。"

那是怎样淡然的笑容，她仿佛看透了一切，却又带着不自觉的怡然。

"那就行。"言逸恺只能这么回答。

从那天开始，钟倚就收敛了许多，再也没有拿她和言逸恺的关系开过玩笑。倒是廖一凡和其他几名男生时不时地还会拿这件事来开玩笑。她跟钟倚之前建立起来的那种浅浅的交流，也随之泯灭。从那天起，两人就几乎没再说过话，形同陌路。偶尔，钟倚对上她的视线，略作停顿就会马上移开目光。

就这样，展若绫落得一个学期的清净。

钟倚仍然端着那种玩世不恭的态度，展若绫每次听到他跟男生们聊天说笑，就觉得很欣慰：他依旧是那个童心未泯的大男孩儿，仍然维持着活泼的本色，她没有妨碍到他的洒脱与不羁。

老师们普遍较偏爱钟倚这个学生，展若绫经常听到老师叫他回答问题。虽然钟倚的语文成绩并不突出，但是这丝毫不影响语文老师对他的喜爱。

有一次上语文习题课，老师讲评文言文阅读题，向学生简要地介绍了一下解题的规律，最后说道："顺着这个思路，就能把题目做出来。"

"有道理！"钟倚的声音几乎是立刻响了起来。

全班同学都笑起来，展若绫也是一笑，就连平时非常严厉的语文老师脸上也展露一抹笑容。愉悦的氛围迅速在教室里蔓延开来。

钟倚偶尔会在课堂上冒出这种利落巧妙的接话，大家都已经习惯了。这样一个阳光灿烂的男生，走到哪里，都是众人关注的焦点。

可是，他的阳光与笑容，都与她无关。

展若绫虽然在那场车祸中保住了性命，膝盖和肩膀处却留下了遗患，每隔半年就要到医院复诊。体育课对她而言，从来都是自习课。每到体育课，她就待在教室里写作业。做完当天的数学作业，她推开习题册，揉了揉肩膀。

教室里除了她还有两个女生和一个男生。偶尔会有学生翘体育课，留在教室里，这样的情形，展若绫早已经习以为常。

她走出教室，站在走廊上，望着下面的室外篮球场。班上的男生正在下面打比赛，钟倚和言逸恺等一群男生都在其中。

阳光照在篮球架上面，反射出亮白而耀眼的光芒，明晃晃地射入她的眼睛。远处是绿草如茵的足球场，男生在草地上追逐着那个黑白块组成的足球。

体育课，那是何等无忧的时光、何等遥远的记忆！她下意识地动了动膝盖，传来的依旧只有僵硬和吃力的感觉。

程忆遥上完体育课走上楼梯时，就看到展若绫呆呆地望着篮球场。她走到展若绫旁边站好："展若绫，你一直在这里看球赛吗？"

"不是。只是在教室坐久了，有点儿无聊。"展若绫收回目光。这个学期很快就要过去了，她还有多少这样的时光，可以站在这里悠闲地看下面的学生打球？

高二第二个学期开学后不久，班里实行了大范围的座位调换，钟徛被安排与程忆遥坐到一起，座位在展若绫的斜后方。

"展若绫，我好舍不得你！"在程忆遥的心里，展若绫无疑是同桌的最佳人选。虽然钟徛能在学习上带给她极大的帮助，可是跟他相处绝对不容易，甚至会是一种煎熬。

"没关系，我们还是坐得挺近的。"展若绫实在没法像别的女生那样，说出太肉麻的话来。

换好座位后，她将自己的书塞到抽屉里，不禁看了钟徛一眼，飘过去的视线在半路就对上钟徛的目光。

"干吗？"他的语气很欠扁，可里面分明含着熟人之间才有的亲昵。

很久以前的那种感觉，在他这不经意的一句话里，轻轻地流露了出来。

展若绫歪头，一本正经地看着他："你坐在这里，很影响后面的人看黑板。"

钟徛懒懒地靠到椅背上，一副你奈我何的表情："我近视！你有意见啊？"

这个人真的是很欠揍，他根本不近视！展若绫压下还嘴的冲动，低头收拾东西。

展若绫没有想到，这次调换座位，让她从此以后都困在钟徛的魔掌底下了。

那是一节语文课。那节课学《西厢记》,语文老师叫了几个学生分角色朗读对白。

从小学开始,展若绫就从来没有参加过角色朗读。她的嗓音有点儿中性化,不适合朗读,她也从来没有希冀过在全班面前声情并茂地进行朗读。每次老师点名让学生朗读的时候,她都像看客一样置身事外,只等着欣赏同学的朗读。

选崔莺莺的角色时,儒雅的语文老师习惯性地环顾教室一圈:"谁来读崔莺莺的部分?"

展若绫低头看着课本,突然听到钟倚清亮的声音响起来,以一种理所当然的语气:"展若绫!"

她大惊失色,心想这个人真是唯恐天下不乱!她的嗓子念崔莺莺的台词?只怕效果会相当恐怖!

儒雅的语文老师莞尔一笑,点头说道:"好,那就由展若绫来念崔莺莺的部分吧!"

展若绫只能捧着语文书站起来,准备开始她十年读书生涯中的第一次角色朗读。

可是她的心里并不情愿,趁着语文老师向学生交代事宜时,她转头狠狠地瞪了钟倚一眼。

钟倚颇有几分得意地朝她扬了扬眉毛,唇边露出的笑容却如同天真无邪的小孩子般干净纯洁,又似乎带了一点儿无辜。

就在那一刻,展若绫心里翻滚的怒气消失得无影无踪。她在心底暗暗叹了一口气,因为她对这种恶作剧过后的纯洁笑容很没辙。

"下节化学课到报告厅上。"化学课代表的一句话,让全班同学都陷入了一阵忙碌之中。展若绫和同桌的女生拿了化学书和笔记本,急急忙忙地往报告厅走去。

还没上课,报告厅的灯光就已经熄了,窗帘也被拉得严严实实的，整个报告厅里黑黢黢的。课上到一半的时候，与展若绫同桌的女生弯下腰，伸手在地上摸索着。

展若绫见同桌已经摸了她这边脚下的地板，便问："怎么了？你掉了什么东西？"

"一支笔，黑色的。"同桌的女生小声地告诉她。

"你起来，我帮你找吧。"这边由她来找比较方便。同桌坐回座位，展若绫弯下腰，在地上慢慢摸索。

视野里一片黑暗，手指在地上一路摸索，她终于摸到了一个物体，可是……好像摸到别的东西了。

她停下动作——这个触感，似乎是……一只鞋子。

忽地感觉有人靠向自己，清爽的男性气息越来越近，她抬起头，黑暗中一双晶亮的眸子正看着自己。

钟徛俯着颀长的身躯，语调中是满满的戏谑："展若绫，你知不知道你这种行为已经构成了性骚扰？"声音不大，但是她偏偏听得很清楚。

展若绫敢打赌，以他们两个人为中心，方圆两米以内的同学都将他这句话听得一清二楚。

腾地，她觉得自己的脸像是被火烧了一样，热度以惊人的速度传到了心脏。她不用想都知道自己脸红了，幸好黑暗之中什么也看不清。

她张开嘴想辩解："我……"

她想说"我在找一支笔"，但见眼前那双黑眸异常明亮，星星点点地闪着光芒，那句话就这么卡在喉咙里，吐不出来。

钟徛显然不知道什么叫作适可而止，更不懂得什么叫作得饶人处且饶人，依旧锲而不舍地调侃："你准备好收我的律师函吧！"

打从出娘胎以来，展若绫第一次产生了想要揍人的冲动。终于摸到一支笔，她用力握住笔杆，立马坐直了身子。

迎上钟徛炯炯的目光，她突地火上心头，不禁伸手推了他的胸膛一下："骚扰你个头！"

· 15 ·

她气势汹汹，彻底地扬眉吐气。

钟倚一愣之后，依旧兴味盎然地望着她："性骚扰外加恶意伤人，你完了！"

展若绫彻底知道了什么叫作不自量力。

类似的情形开始接二连三地发生。

一次英语课上，老师讲评了一道阅读题。展若绫对标准答案还是有疑问，就跟老师说了一下自己的看法。听完老师的解答，她依然觉得答案模棱两可："可是 B 选项的这个单词……"

钟倚突然嚷起来："展若绫，你怎么那么多问题？"他似乎是不耐烦了，迅速一锤定音："下课再问！"

全班同学都爆笑起来，他们对于钟倚欺压展若绫的情景已经司空见惯了。年轻的英语老师也是满脸笑容。她当然知道钟倚的性格，两名学生都是自己的得意门生，便由着他们闹了。

展若绫只好无奈地笑笑，那就等下课再说吧。

好不容易挨到下课，展若绫等老师走出教室，转过身拍了一下钟倚的桌子："你今天没吃饱是不是？"

"你上课怎么那么多问题？有问题就去医院啊！"那个罪魁祸首说出的话永远都能绕开问题的重点。

展若绫狠狠地瞪了他一眼，却对上了他无辜的眼神。

又来了！

每次恶作剧之后，这个人就会摆出这种纯真的表情。

她表情微微松动，装作十分严肃地对他说："我那是发散思维。"

夏日的脚步在慢慢地踱近。下午放学后，教室里的学生走得七七八八，展若绫在座位上继续做当天的数学作业。

几个值日生一边做值日一边聊天，展若绫听了几句，依稀听出他们是在说物理老师的趣事。

头顶的风扇"呼呼"地转着,她解完一道应用题,抬起头就看到钟倚正在讲台上擦黑板。

这个人竟然也会做值日?

展若绫难以置信地看了他的背影几秒,然后收回目光,低下头继续做习题。

过了几分钟,她突然听到钟倚叫她的名字。

她转过头,只见钟倚站在桌子旁边,将语文书和英语书放进书包里,问她:"展若绫,你是不是有教室的钥匙?"

"对啊。"开学不久班长就把一把教室的钥匙交给她保管,方便住宿生回教室学习。

钟倚将书包拉链拉上,对她说:"我明天会很早来教室,你能不能早点儿来开门?"

展若绫微微一愣,随即点头:"可以啊!"她问他,"你大概几点来教室?"

"六点半。"

"那么早?你不会是想干什么伤天害理的事吧?"

他只是挑了挑眉,并不说话。

展若绫也只是跟他开玩笑,当下向他点头确认:"可以。"

翌日早晨,展若绫早早起床,洗漱完毕去食堂买了早餐就赶到了教室。

她用钥匙开了门,坐到座位上开始吃早餐。她看了看手表,还有五分钟才到六点半。

展若绫吃完早餐又看了两篇古文,钟倚还没来。

这个人,叫她早点儿来开门,结果自己却人影也不见。

展若绫很困。实在困得不行了,她只好趴到桌子上补觉。

过了十几分钟,陆陆续续有学生走进教室。坐在她后面的程忆遥奇怪地问她:"展若绫,你很困吗?"

"嗯。我昨晚没睡够。"

"既然那么困,为什么不多睡几分钟再起来?"

"我也想的,"展若绫很郁闷,"但是我今天要来教室开门。"刚好钟徛走进教室,她也懒得详细说明了,对程忆遥摆了摆手:"不行了,我去厕所洗把脸。"说着她便走出了教室。第一节课下课后,展若绫继续补觉。

那个罪魁祸首奇怪地问她:"展若绫,你怎么一直在睡觉?"

展若绫一听,心里一股无名火开始熊熊燃烧:"我昨晚没睡够,当然要补回来了。"这个人叫她六点半来教室帮他开门,结果他自己磨到七点才现身。

她忍不住问他:"喂,你不是说你今天要很早来教室,叫我来开门吗?结果你这人却不知道跑到哪里去了。"

他明显一愣:"昨晚我叫林建诚跟你说我今天有事,不能那么早来学校了,他没跟你说吗?"

这回轮到展若绫愣住了,她摇摇头:"没有,他可能忘了。"

钟徛将目光锁在她的脸上,眉头深深皱起,慢慢地问道:"你几点来教室的?"

"六点二十五分。"展若绫平静地回复。

上课铃响起来,她也懒得再看他的表情,将身子坐正,从抽屉里抽出这节课要用的书——她还是不忍心看他愧疚的表情。

高二第二个学期一下子就走到了后半段,随着期末考的临近,学习也越来越紧张。

英语课上,老师在讲台上讲评习题,展若绫一边看黑板,一边在笔记本上记笔记。突然"啪嗒"一声,似乎有什么滴到桌子上,声音小得几乎听不见。

展若绫突然觉得脑袋里有片刻的黑暗,几乎同时,有股热流从鼻子里涌了出来。她下意识地摸上鼻子,手掌立刻沾上了黏稠的液体——是鼻血。

猩红色的鼻血。她的视野里一下子挤满了红色的血,满目狰狞的鲜红。血液从指缝间流下来,滴在棕黄色的桌子上,迅速洇开,绽成一朵血花,相当触目惊心。

同桌的女生惊呼一声:"展若绫,你流鼻血了!"

展若绫捂住鼻子:"有没有纸巾?"鼻血刚流出来,还带着身体的温度,沾在手上热乎乎的。

同桌连忙从抽屉里找出一包纸巾,坐在展若绫侧后方的男生也迅速递过来一包纸巾。

展若绫伸手接过纸巾,雪白的纸巾立刻被染成了可怖的猩红色。她草草地擦了一下桌子上的血渍,便站起来直接从后门走出教室。

到了洗手间,她很平静地掬起清水,仔细地洗着脸,将鼻血都清洗掉。

水很凉,也很清澈,跟鼻血那种暖乎乎的感觉截然不同。

她弯着腰开始洗手,然后直起身子,双手抵在洗脸池边,怔怔地望着镜子里那张苍白的脸。

她怎么会突然流鼻血,是天气太热了吗?

课间的时候,程忆遥拍了拍她的肩膀,关切地问:"你没事吧?"

展若绫摇摇头:"没事。"

钟徛一直听着两个女生对话,此时也问道:"展若绫,你怎么突然流鼻血了?"

心湖似乎有一股暖流无声地汇入,展若绫向他一笑:"可能天气太热了。"

钟徛皱皱眉头:"小心中暑。不要太累了。"见她一脸不可思议地看着自己,他也不好意思起来,"干吗这样看着我?"

"我第一次发现,你也会关心人。"展若绫缓缓说道。

"把眼睛擦亮点儿!我的优点多着呢!"钟徛大言不惭地道。

展若绫"哧"的一声笑出来,夸张地扬起眉毛:"是吗?我决定收回刚才说的话。"

"覆水难收！你以为开支票啊，想收就收？"

展若绫和程忆遥对视一眼，忍住笑，极慢地问他："覆水难收是这样用的吗？"

一个星期后，同样的状况再次发生了。展若绫在宿舍洗衣服的时候突然又流起了鼻血。

这次止完血，展若绫去了一趟校医室。

校医建议道："我建议你去医院里检查一下，这样才保险。"

她到了医院，医生询问了的症状，然后问："家族里有什么病史吗？"

展若绫呆了几秒，脑海里闪过一个模糊的影像，张开嘴："有。我姑姑患有白血病，去世很多年了。"

语毕，她见医生脸上露出一个了然的表情，"这样，你先做个血常规检查，等检查报告出来再过来复诊。"

出了医院大门，白晃晃的阳光从天上射下来，晒得沥青马路不断地冒着热气。

她想起了姑姑展汐盈，那个二十岁出头就因为白血病去世的年轻女子。

她知道白血病也称血癌。在普通人眼里，只要病名里带了一个"癌"字，这病就属于绝症了。

展汐盈去世的时候，展若绫还在读小学一年级。那时她只知道姑姑得了一种非常严重的病，因为无法救治而离开了人世。后来她升上初中，学习生物这门课的时候，生物老师介绍了一些白血病的临床表现，她觉得这跟姑姑的病症非常相似，特意回家问了妈妈，才终于知道姑姑确实是患白血病去世的。

检查结果还没出，她的心里却忍不住生出一丝惊惶。

难道她跟姑姑一样,都患了那个可怕的病吗?

星期三下午,要去医院取检查报告。

展若绫这两天总是频繁想起去世的姑姑,心里如同有块石头压着,她走上教学楼楼梯时,觉得自己的脚步都是轻飘飘的。

廖一凡从报纸上抬起头,就看到展若绫走进教室,神色中带着几分茫然。他举起手中的报纸,问道:"要不要看报纸?"

展若绫一怔,随即点头:"好啊。谢谢!"

廖一凡将整份报纸都递给她:"我已经都看完了,给你看吧。"展若绫走到自己的座位坐下,然后将报纸翻到娱乐版。

娱乐新闻,顾名思义,就是拿来娱乐身心的,只要能看就行,根本不用费脑筋去思索前因后果,最省脑细胞了。

钟徛走进教室的时候,看到展若绫手里捏着一份报纸在发呆。他可以明显感觉到她在神游:她看的是娱乐版,但是心思分明不在上面,目光飘忽,找不到聚焦点。

他走上前,迅速抽走她手中的报纸,先声夺人:"自习课看什么报纸?没收!"他完全是一副大人训斥犯错的小孩子的口气。

展若绫愣了两秒后"扑哧"一声笑出来,接着板起面孔想将报纸抢回去:"上课铃还没响,你管我!"

虽然他装得凶巴巴的,但是这一刻,在这心神茫然的一刻,她奇异地分辨出了他语调里含着的几丝亲昵。像是一缕轻快的清风驱散了重重雾霭,飘浮了一整天的心,终于觅得了片刻的安宁。

钟徛笑着坐下,从报纸里抽出体育版,然后将娱乐版还给她。她似乎心情不错,很奇怪,他的心情也很不错。

下午最后一节是自习课,展若绫请了假去医院拿检验报告。

等叫号的时候,坐在她旁边的一个青年在给同伴解释检验单上各项指标的意义:"……白细胞的数值高于XX,一般就是白血病。"

展若绫的心里一跳，只觉得脑袋一片空白——她手里的报告单的数值更高。

她拿出手机逐一搜索报告单上的检验项目和数值，网页上所列的描述无一例外都有白血病几个字。

终于叫到她的号，医生看完报告单，表情十分凝重："你父母呢？"

"我是住宿生，今天还在学校住宿，我父母没一起过来。"展若绫本来就心里存疑，见医生的态度慎重，不免心里打鼓，"医生，我到底是什么问题？"

医生仍是紧锁眉头："你还没满十八岁，按规定要有父母陪同看诊。你回去跟你父母说一下，让他们尽快抽空陪你来一趟医院。"

第三章
一场误会

从医院出来后,展若绫茫然四顾,不知该何去何从。心脏处好像有一个制冷机,不断地送出冷气,冷意蔓延至全身。

良久,她摸出口袋里的手机,找到通讯录中的一个号码,却迟迟没有拨出去。

各式各样的车辆不断地从她的身前飞驰而过,她就这么捏着手机伫立在原地。太阳被大片的云层遮住了,天空灰蒙蒙的,整条街道的景色在她的视野里都成了灰色的。

展若绫犹豫片刻,终于还是按下了绿色的通话键,等了很久,终于听到一个低沉的男声响起:"喂?"

展若绫深吸了一口气,缓慢地开口:"哥哥,是我,阿绫。"

"嗯,我知道。阿绫,怎么了?"展景越的声音通过手机传入耳朵。

要平静地告诉哥哥。要平静,不要让哥哥担心。

可是展若绫一听到那个熟悉而关切的声音,自制力一下子就在夏日的空气中蒸发掉了,心里只剩下无尽的委屈和伤心。"哥哥,我刚才来医院拿检查报告……"酸楚的味道从喉咙传向全身，展若绫哽咽着说了下去，"检查报告显示我有白血病。"

手机另一端的展景越显然吃了一惊，声音也提高了八度："你说什么？白血病？怎么可能？！"

"我也不知道，可是报告上的检验项目的结果都指向白血病……我为什么会得白血病？"展若绫也说不出此刻内心的感受，只想大哭一场。

她的心里只剩下一句话：我怎么会得白血病？我怎么会得白血病！

展景越依稀听到妹妹在手机另一头哭泣的声音，虽然心急如焚，却强迫自己冷静下来："先别哭啊，你跟我说说是怎么回事……"

展若绫回宿舍简单地收拾了一下东西，就往车站的方向走去。过马路的时候，一辆出租车突然从她后面疾驰而过，差点儿让她成为车下亡魂。

展若绫站在原地，怔怔地望着那辆出租车驶远，泪水忍不住又流了下来。

她伸手狠狠地擦去眼泪，告诉自己别哭、别哭，可泪水根本就不受控制，离车站越近，泪水就流得越凶，她只能一边走一边擦眼泪。

下了天桥，她突然听到身后有人在叫自己的名字："展若绫。"

展若绫一直在想事情，一时分不清东南西北，就那么愣愣地站在原地。

"展若绫！"那个声音又唤了一遍，这回音调里带了几分急切。

她茫然四顾，泪眼模糊中，一抹颀长挺拔的身影正在走向自己。

钟倚穿着黑色的T恤衫、黑色的校服裤子，夕阳的余晖从高楼大厦的缝隙中穿出，洒在他的身上，柔和了他身上那件T恤衫的黑色。

在淡金色的光芒中，他宛如中世纪的骑士般走过来，到了她的身前才停下，讶异地问："展若绫，你怎么会在这里？"

"我要回家啊。"展若绫知道这个时候自己的眼睛应该都哭红肿了,狠狠地别过头去,望向公路上的车流。

"回家?"

钟倚移动脚步,仍旧站到她的面前,然后微俯下身子,皱着眉头端详着她脸上的泪痕:"你干吗哭了?"

"有沙子。"展若绫有些不自在。

钟倚打开书包,从里面掏出一包纸巾递到她跟前,一双漆黑的眼睛无声地看着她,神情坚决。

展若绫犹豫了两秒,还是接了过来。

他的表情微微一松:"没什么好哭的。"

此时正是下班的高峰期,公路上都是车流,引擎的声音、车轮轧过柏油马路的声音、车门开关的声音,各种各样的声音混杂在一起,飘荡在城市的上空。

他说话的声音不高,但是两人站得这么近,展若绫听得非常清楚。

有几秒钟的时间,她只是怔怔地看着眼前这个同班了两年的同学,不知所措。

见她怔怔地看着自己,钟倚不禁问:"干吗?"

展若绫想:我只是不习惯你突然变得这么成熟。原来,眼前这个人,并不总是一副小孩子的模样。

钟倚说要陪她等车,展若绫知道他一向都是洒脱的个性,陪人等车不像他平时的作为,而且他也要回家,便对他说:"我自己等就行了。"

他只是扬了扬眉,依旧站在原地:"展若绫,你现在这个样子,被人卖了都不知道。反正我也要等车,一样的。"

虽然知道他是在关心自己,但展若绫仍习惯性地反击道:"你才会被人卖掉!而且你被人卖掉的时候,我肯定还好好的!"

钟倚扬了扬眉,不置可否,只是,那双黑白分明的眼睛里,渐渐有了轻微的笑意。

要等的那一路车迟迟不见踪影，展若绫知道钟徛一向都没什么耐心，但是他此刻的表现与平时迥异。他既没有表现出丝毫的不耐烦，也没有像平时那样欺压她，间或还讲了几个笑话给她听。

展若绫听到第二个笑话时便破涕为笑，心情渐渐平复，偶尔也应他几声。

她想，终此一生，她都会永远记得，这个向来没有什么耐性的人，曾经这么耐心地陪她等公交车，这么耐心地。

只是，她仍忍不住会有几秒的失神。她现在还能这样跟他说话，还能这样听他开玩笑，可是，她还有多少个这样的明天？

等了许久的那一路公交车终于开进车站。"好了，你等的车终于来了。"钟徛拉着她的手臂走向公交车，"小心一点儿，注意保管东西。"

"钟徛。"展若绫忍不住停下脚步，叫他的名字。

他侧过头："干吗？"他表情中微微带着一丝凝重，漆黑的眸子，似乎一眼望不到底。

"没什么。"展若绫轻轻摇了摇头。

她想：只是想再看看你的笑容——明净的笑容，像小孩子一样纯洁的笑容，天真无邪的笑容。可是，你这个时候突然变得这么体贴，哪里还有那种小孩子的样子？

他突然笑起来："展若绫，你……"他没有说下去，笑容下的表情竟然带了一分无奈。

"再见！"展若绫踏上公交车，突地转身补上一句，"还有，谢谢你！"

钟徛微微一笑，举起手对她挥了挥。

车还没启动，展若绫站在车厢里，注视着车窗外那个黑色的身影，鼻子一酸，泪水再度溢出了眼眶。

展景越回到家，放下包就走进妹妹的房间。

展若绫是住宿生,平时都在学校宿舍住,只有周末才回家。车祸发生后,妈妈在家里进行过一次比较大规模的整理,很多东西被收进了杂物房。

房间的布置非常简单,书桌上放着一个黄色的钱包。

展景越思忖片刻,打开钱包。钱包里面放着一张照片,彼时尚在读初中的展若绫站在两个男孩儿中间,笑得很开心。

他坐到椅子上,看着那张照片,良久不语。

直到听到从玄关处传来开门的响声,展景越才收回飘远的思绪。他将钱包搁在桌子上,站起来走出房间。

到了客厅,他就看到展若绫风尘仆仆地站在玄关处,眉宇间丝毫不见忧伤,甚至带着几分平静。

展景越虽然在手机里已经听妹妹说过一次,但还是将事情的前因后果又问了一遍:"除了流鼻血,还有没有其他的症状?你有没有晕倒之类的经历?"

"没有,只有流鼻血。"

展景越眉头紧锁:"你上次去医院复诊是什么时候?那时医生有没有说什么?"

"三月份,医生什么也没说。"

展若绫在车站的时候已经平静下来,跟哥哥说话的时候也极力控制着自己的情绪。可是一回到家,对着自己的哥哥,蓦地想起一个人,她眼角一热,泪水渐渐充溢眼眶。

展若绫哭着问:"哥哥,老天是不是觉得我害死了阿望,所以让我得了白血病?"

展景越心疼地搂住妹妹,不断地安慰道:"不是!阿望的死跟你没有关系。他是失血过多死的,跟你一点儿关系都没有!你为了保护他,不是把自己的腿都摔断了吗?还把肩膀弄成了这个样子……"

"如果我能早一点儿看到那辆车,阿望就不会死了……"展若绫喃喃自语。

"不关你的事!"展景越斩钉截铁地说。他也不知道应该如何安慰妹妹,只能机械地重复着:"阿绫,你听着,阿望的事,跟你一点儿关系都没有!一点儿关系都没有!"

展若绫抽抽噎噎地哭着,过了很久,闷着声音吐出一句话:"哥哥,我想阿望了!"

她想起两年前的秋天。那个时候,展景望刚升上小学五年级,缠着她要买新的文具,她便带着他去了附近最大的书店。可是,那个笑起来一脸天真无邪的弟弟,就么葬身在那场车祸中,她再也看不见他了。

"嗯,我也想他。"展景越摸了摸妹妹的头,哑着声音回道。那是他们的弟弟啊!

展若绫哭累了就睡了过去。展景越走出房间,爸爸妈妈都坐在客厅的沙发上,展妈妈双眼红通通的,明显哭过了。展爸爸拧着眉头不停地抽烟,见展景越走出来,问道:"阿绫怎么样了?"

"睡着了。"展景越走到沙发旁边坐下。展妈妈一言不发,不停地抹着眼泪。

展景越望了妹妹的房间一眼,说:"爸,妈,我把她的报告拍照问过一个当医学生的朋友,朋友说从检验结果来看很大概率是白血病,不过我觉得我们应该带她去医院再检查一遍。我听了阿绫的话,觉得她不像得了白血病。她跟我说上个星期流过鼻血,可是我记得她小时候就经常流鼻血。姑姑生病和去世可能对她产生了一点儿影响,还是赶紧找个时间带她去一家大医院再检查一次吧!反正我就在广州读大学,那里的医院也多的是,而且都比较可靠。过几天刚好是周末,让她再去检查一下吧!"

"如果检查结果出来还是白血病呢?"展妈妈忧心忡忡地问。

"到时再说吧。幸好她不是独生女,我是她哥哥,即使她最后被证实是白血病,也不至于没得救。"展景越皱着眉头,果断地说。

翌日早晨，展若绫回到学校上课。

课间，她从洗手间回来，走回座位时被钟徛叫住了。

钟徛专注地看着她，眸子里沉淀着往日没有的温度："喂，你没事吧？"这一句话十分简单，他却似乎经过了漫长的考虑才问出来。

展若绫压下翻腾的心绪，向他摇头："没事。"

他还记得昨天的事。这个人，从来都是一副吊儿郎当的样子，不了解他的人会以为他对什么事都不在意，但是展若绫知道，在他玩世不恭的表面下，有着一颗最纯真的心，一如他明净纯洁的笑容，能直直地烙入每个人的内心。

下午第二节是体育课，展若绫留在教室里做作业。其实整个下午她都在等哥哥展景越的电话，基本处于浑噩的状态，什么都看不进去。可她既然是学生，就必须好好学习。她已经记不清自己把一道计算题的题目读了多少遍，结果还是什么都记不住；习题册上的字从眼前飘过，全部变成了没有意义的方块。

终于熬到了放学，展若绫开始收拾东西，将最后一本书塞进书包，手机突然响起来。手机上面显示的名字仿佛是一颗定心丸，展若绫赶紧走到教室外面接电话。

展若绫赶到校门口，就看到展景越定定地站在大门外面的修长身影。

展景越见到展若绫，心中稍微松了一口气。他大步上前，环住妹妹的肩膀："跟老师请假了吗？"

"请了。"

"我上网查过了，医院误诊的情况也不是没有发生过。你自己昨晚也跟我说了，你的症状不太像白血病。明天我们去广州再做一次检查，等结果出来了再说。所以，现在你什么都别想，知道吗？"

"知道了。"展若绫顺从地点头。

展景越站在原地，仔细地打量了一下妹妹，突地问道："饿不饿？"他在广州中山大学读书，只有放长假的时候才回本市，这次回来，发现妹妹似乎比以前瘦了一些。

展若绫摇了摇头："不饿。"

展景越带着她往前走："我饿了，我们先去吃饭吧？"

"不回家吃吗？"展若绫奇怪地问。

"先在这里找个地方吃东西吧，然后我们再回家，好不好？"

血缘这种东西，真的非常奇妙。其实展景越的性格从来都跟"温柔"两个字沾不上边，只是妹妹现在的情况特殊，他的心思也不禁比平时缜密了许多。

"嗯。"展若绫平淡地应了一声，顺从地跟着哥哥往学校外面的快餐店走。

迈入快餐店，展若绫脚步不禁一滞。展景越关切地问："怎么了？"

展若绫摇头，继续跟着哥哥往里面走："没事。"她只是没想到会在这里看到班上的同学——钟倚、廖一凡和言逸恺等几个男生就坐在快餐店靠窗的一张桌子边。

廖一凡眼尖，最先发现走入快餐店的展若绫，立刻用筷子敲了敲桌子，示意几个男生看门口。

钟倚正在低头研究菜单，被对面的廖一凡在桌子下面踢了一脚，不耐烦地抬起头："干吗？"

"门口！快看！"廖一凡低声说着，"你的展若绫也来这里吃饭了！"她旁边竟然有一个相貌英俊的男子。

"什么我的……"钟倚扭头望向门口，两道浓眉立刻拧了起来。

展景越跟展若绫走到角落的一张桌子旁边坐下，服务员立刻热情地递上菜单："两位好，请问想吃些什么？"

展景越一向雷厉风行，迅速点了几个菜，就示意服务员将菜单收走。

他给妹妹和自己分别倒了一杯茶:"膝盖和肩膀的伤现在还会发作吗?"

"很少。"

"也就是现在还会疼?"展景越皱眉,眉宇间浮现忧色。

"有时会有点儿疼,不严重。"展若绫低头摆弄着筷子,轻描淡写地回复。

"明天顺便让医生看看你的膝盖吧,总这么疼下去也不是办法。"

"好。"

服务员端着菜走过来,展景越稍微让开身子,方便服务员上菜,这才发现不远处一张桌子旁边的几个男生正不断地往自己的方向看。

他略一思索,拍了拍妹妹搁在桌子上的手:"阿绫,你认不认识后面那几个人?"

展若绫虽然背向廖一凡等几个男生而坐,但也知道哥哥指的是谁,淡声解释道:"我们班的同学。"

"这么巧?"展景越微微一笑,目光蜻蜓点水般掠过妹妹口中的同班同学。

那个身穿黑色T恤衫的男生刚好望过来,看似漫不经心的眼神之中竟然带了几分凌厉。

展景越微愣,抓起筷子给妹妹夹菜:"穿黑衣服那个看上去挺气度不凡的。"

在班里,她和钟倚都偏爱黑色的衣服。今天钟倚穿的就是一件黑色T恤衫,她走进快餐店时,一眼就发现了那抹清俊的黑色身影。

哥哥一眼就注意到了钟倚,这个人,果然走到哪里都能吸引人的目光。

如果展景越夸的是言逸恺、廖一凡或者其他人,展若绫顶多应一声就算了事,但是哥哥口中那个气度不凡的人是钟倚……在她的心中,钟倚跟其他人毕竟是不一样的。

展若绫暗自苦笑,听到哥哥这样夸钟倚,也分不清此刻自己的心中到底是喜是悲,忍不住告诉哥哥:"他在班里经常欺负我的。"

他在班里经常欺负她。当然,也正是这个经常欺压自己的人,昨天超有耐心地陪她等公交车,一直等了二十多分钟。

"有这样的事?怎么个欺负法?"展景越微微皱了皱眉头,又瞥了一眼那个穿黑色T恤衫的男生。

展若绫极少在家人面前说学校里的事情。车祸过后,展景越和爸爸妈妈担心她会陷在过去的阴影里,偶尔问起她在学校的情况时,展若绫从来都只是简单地回一句"还行"。展景越和爸爸妈妈见她不愿意多说,渐渐地也问得少了。

展若绫初时听到哥哥谈到钟倚,忍不住就想把钟倚经常欺负自己的事告诉哥哥,现在哥哥细问,她潜意识里却不愿意再多谈,避重就轻地回答:"就是老找我的麻烦。"

展景越听着妹妹的回答,感觉她的情绪比昨天晚上好了很多。他一边吃菜一边给妹妹出谋划策:"真的?如果是这样,你可以向老师反映一下。"

"没必要,都是一些小事,无伤大雅。"展若绫一想到钟倚和廖一凡就坐在自己后面不远的桌子前,平静无波的心湖没来由地起了波浪,眼前饭菜的美味可口也大大打了折扣。

"你能这么想就好。"展景越见妹妹似乎不愿意多说,也就不再继续这个话题。

廖一凡扭头又看了角落里的桌子一眼,按捺不住好奇心:"那个男的是她什么人?看样子跟她很熟。"

不用他说,在座的其他人都注意到了。"会不会是她哥哥?"言逸恺慢吞吞地说出一个可能。

"不可能!"廖一凡断然否定,"他们长得一点儿都不像!而且我从来没听说过她有什么兄弟姐妹。有一次我问程忆遥,程忆遥也很肯定地说她是独生女。"他特意强调了"很肯定"三个字。

一个男生奇怪地问道:"廖一凡,你无缘无故的干吗去打听展若绫的底细?你不会是存了什么非分之想吧?"

廖一凡举起双手:"苍天可鉴!我这不是关心未来的嫂子吗?"可是他的语调里根本没有哪怕一丝一毫的关心,全然是看热闹的心理。

钟倚冷冷地看了他一眼,目光冰冷得足以把廖一凡冻成一根人肉冰棍:"你不说话,没人会把你当成哑巴的!"

廖一凡用筷子敲了敲钟倚的杯沿,语不惊人死不休:"钟倚,你的情敌出现了!这个男的的实力不容小觑!长相英俊,又跟展若绫那么熟——实力真是非常强大。"

他伸筷子去夹摆在钟倚面前的排骨,不无幸灾乐祸地说:"明天报纸的娱乐头条是这样的——展若绫与神秘男子共进晚餐,绯闻男友钟倚冷面观看。"

钟倚伸出脚精准地踹了他一下:"你给我闭嘴!"

这一脚卓有成效,廖一凡一点儿防备也没有,突然挨了一脚,手不禁一抖,刚夹起来的排骨便掉到桌子上,杯子里的水也溅出了一点儿。

看着钟倚冰冷得堪比南极冰山的眼神,他终于乖乖地闭上嘴。

展景越胃口很好,见妹妹不怎么吃东西,放下筷子建议道:"没胃口吗?要不要叫碗粥吃?"

"什么粥?"展若绫抬起头。

"皮蛋瘦肉粥怎么样?"

皮蛋瘦肉粥。弟弟展景望生前最喜欢吃的就是皮蛋瘦肉粥了。以前每次一家人出去吃饭,他必定会点一碗皮蛋瘦肉粥,有几次他光顾着吃菜忘了点,还是展若绫帮他点的。

展若绫不想让展景越担心,稳了稳心绪,打起精神应道:"好。"展景越招手示意服务员过来:"麻烦来一碗皮蛋瘦肉粥。"

服务员走后，展景越给展若绫夹了一块鸡肉，说道："多吃点儿东西，这样才有精神。"

一顿饭吃完，展景越站起来："好了，我们走吧。"

他走向收银台，向展若绫交代道："我去结账，你去外面等我。"展若绫求之不得，转身推开玻璃门走出去，在外面站好。

正是夏日，太阳下山比较晚，街道上仍残留着白天的喧嚣，空气仍然热乎乎的。傍晚的风吹过来，将道路两旁的树叶吹得"哗哗"直响。

透过快餐店的落地玻璃可以看见里面的陈设：明净宽敞的空间、整齐有序的桌椅、明亮大方的装潢……还有里面的顾客。

百无聊赖之下，她低下头研究脚下的大理石。

黑沉沉的大理石地板，纯净的墨色浓得几乎化不开，沉淀出几分复古的气息。

等了几十秒，还不见展景越出来，展若绫有些疑惑。透过落地玻璃，可以看到展景越仍然站在柜台前，她不禁推开快餐店的玻璃门走进去。

展景越见妹妹走回来，不等她开口便说："马上就好了。"前面那位客人结账花的时间比较久。

廖一凡排在展景越后面等着结账，举起手朝她挥了挥："嘿！展若绫，这么巧啊！"

"嗯。"展若绫点点头，"你们吃完了？"她忍不住将视线投向他们那一桌。

他们也吃完了。钟徛和言逸恺等人早就停下了筷子，坐在座位上聊着什么。

钟徛背向餐厅的门口而坐，对面一个男生跟他说了一句话，他转过头，两道平静的目光飘了过来。

不知道是他身上那件黑色T恤衫的原因还是临近夜晚的缘故，他脸上的表情就如同她刚才在快餐店外面看到的大理石地板一样，深沉无边。

展若绫连忙收回视线,正好听到廖一凡说:"是啊!我们比你们早一点儿吃完。"

廖一凡别有用心地又看了展景越一眼,目光狡黠,笑得颇为暧昧。展若绫用脚指头都猜得出他在想什么,心里想着:这个人想象力真是丰富,简直可以拿奥斯卡金像奖的最佳编剧奖了。

展景越虽然是她的亲哥哥,但是两人长得一点儿都不像,不知情的人绝对不会想到他们是两兄妹。展若绫虽然不是独生子女,却从来没跟任何人说过这一点。自从出了车祸以后,她每次填个人资料都下意识地不填展景越的信息——如果填了展景越,那么去世的弟弟展景望呢?从那以后,她的档案基本上只有父母的信息。几乎没有人知道她有一个哥哥,更加没人知道她有一个弟弟——而且那个弟弟已经离开了人世。

第四章
最深刻的记忆

"血常规有点儿异常,要做骨髓穿刺。"

到了广州的医院,展若绫做完血常规检查,医生以公式化的口吻吩咐道。

经过一个多小时惶恐不安的等待,检查结果终于出来了。

展若绫坐在医生跟前听报告,妈妈站在她旁边,紧紧地握着她的手,将她的手攥得生疼。展景越站在展若绫后面,双手扶住她的肩膀,仿佛这样就可以将力量和勇气传输给她。

展若绫看着医生的嘴巴一开一合,医生说了很多医学术语,她半懂不懂的,唯一明白的就是那两个词:没事、误诊。

医术老到的医生扶了扶鼻梁上的眼镜,语气里满是不以为然:"你这样情况的也不是第一个了,上个月也有一个在××附属医院检查过的病人被误诊得了白血病,到了我们这里,才知道自己根本就没事。"

医生叹了口气:"也有可能是你们之前去的那家医院把检验标本弄错了……"

妈妈率先流下眼泪，搂住展若绫不断地重复着："老天保佑！老天保佑！"她已经经历了丧子之痛，不希望女儿再有一丝一毫的差池。

展爸爸的神色也是明显一松："没事就好。"

展景越整个人都放松了下来，用力地搂了妹妹的肩膀一下："阿绫，没事了，没事了！"

展若绫将头靠到妈妈的肩膀上，任由泪水滚落脸颊。

明明已经证实身体无恙了，她依然忍不住想要流泪，因为，这几天实在熬得太辛苦了！

老天终于还是给她留了一条活路。

出了医院，一向涵养极佳的展景越不禁破口大骂："之前那家医院是怎么检查的？！简直害人不浅！"

妈妈一手搂住展若绫的肩膀："只要没事就行了。"她又嘱咐道："伤口不能沾水，回去记得三天内都不要洗澡。"

银灰色的轿车在高速公路上飞驰着，从后座的车窗望出去，只能看到浓郁的青绿色绵延不绝，即使隔了一扇玻璃，依旧能让人感受到夏日奔腾不息的生机。

车子突然慢下来，隔了很久都没挪动。展景越不禁问："咦？怎么堵车了？"说着他探身望向前面。

"前面有车祸。"展妈妈望向后座，声音微微带了点儿喑哑，"有两辆车撞到一起了。"

车祸。

车厢立刻陷入一片沉默之中，安静得能清楚听见每个人的呼吸声。展景越心中一跳，想到在车祸中丧生的展景望，脸色不禁变得黯然。过了好一会儿，他才恢复如初，下意识地转头去看展若绫。她一只手撑着膝盖望着窗外，呆呆的，似乎在想着什么。

· 37 ·

他温声说道:"阿绫,累的话就先睡一下吧,反正没那么快到家。"

"嗯。"展若绫依言闭上了眼睛。

她其实也没睡着,断断续续地想起了一些以前的片段。

展景望总是会学着展景越的样子叫她阿绫,她不以为意,每次都任由他叫。倒是妈妈经常训斥他:"没大没小!阿绫是你姐姐,你就不会叫一声姐姐吗?"展景望每次都是吐吐舌头,嘴里振振有词:"姐姐在心里叫就行了!"然后他就一溜烟地跑开。

每逢寒假和暑假,展景望都会兴高采烈地跑到她跟前,说:"阿绫,我带你去打游戏!"那种口气,就像他是哥哥,而展若绫是妹妹一样。

只有闯了祸的时候,他才会蹭到展若绫面前,讨好地叫她姐姐:"姐姐,妈妈说今天不许我出去。姐,你帮我跟妈妈说一下,让我出去吧!"或者他就黏到她身边,哀求着:"姐,我想吃麦当劳!哥哥没空,你带我去吃吧?"

可是如今,哪里还能听到那个稚嫩的童声?

那天从车祸现场去医院的路上,展景望一直处于深度昏迷状态,呼吸十分微弱,后脑上全是血,将黑色的头发都浸湿了,脸上却没有丝毫血色。她抓着展景望的手,一直不松手,生怕一松手他就消失了。可是他被送入抢救室后不久就停止了呼吸。

她知道,自己这一辈子再也不可能听到那个声音,再也听不到那个声音清脆地叫她阿绫,听不到那个声音带着撒娇意味地喊她姐姐。

即使闭着眼睛,隔着眼睑她也能感受到窗外耀眼的阳光,眼眶酸酸的。

展若绫在家休息了三天,星期二回到学校继续上课。

当她坐在教室里看着黑板的时候,她才终于真真切切地意识到那场关于白血病误诊的风波确确实实远离自己了。

英语课上，老师让学生们翻译语句。学生一个接一个地站起来，翻译完又坐下。

展若绫一直低头看自己的英语书，耳中听着同学们的翻译。陆续听了几个人的声音后，她听到了钟徛的声音："是每一个中国人的荣耀。"

她怔怔地看着自己写在英语书上的译文，几秒钟后，唇边缓缓绽开一抹微笑。他翻译得十分到位。原来他英语也学得很好。

她随即有些心神恍惚，觉得他的声音跟印象中稍微有点儿不一样，似乎变得更低沉了。

临近期末考，班上的学习气氛日渐浓厚，课程也越来越紧，体育课留在教室的学生人数也多了起来。

周四下午那节体育课，宽敞的教室里坐了十来个学生。展若绫做完当天的物理作业，环顾教室，突然心生无聊之感，拿了手机到走廊上玩游戏。

受展景望的影响，她会玩的游戏种类很多，对于手机游戏自然是驾轻就熟。她玩了十几分钟，轻而易举地又拿下一个最高分，正在这时，后面突然响起一个声音："展若绫，体育课你竟然在这里玩游戏！"

她大吃一惊，手一抖，手机从手里滑出。

黑色的手机在午后强烈的阳光中画出一道直线，从三楼一直往下掉，直直地摔入楼下的灌木丛中。

展若绫倒抽了一口冷气，正要开口骂旁边那个肇事者，就听到钟徛轻飘飘地说："展若绫，你怎么连东西都拿不好？"

展若绫气势汹汹地反驳他："如果不是你突然冒出来吓了我一跳，它怎么会掉下去？"

钟徛微微眯起眼看了她一会儿，她不甘示弱地瞪回去。他舒展开眉头，说："下去吧。"

"什么?"

"你怎么这么笨?下去找手机啊!还是说你不要了?"丢下这句话,钟倚不等她回答便转身下楼梯。

展若绫追上他,向他威胁道:"如果我的手机摔坏了,你要负责把它修好!"

他懒懒地回复:"我直接赔你一个得了。"

展若绫也只是说说而已,急忙摆手:"那倒不用。"她不禁暗暗骂他挥霍无度,有钱人就是喜欢到处撒钱。

到了一楼的草坪,钟倚掏出手机拨她的号码,等了十几秒都听不到草坪上有什么动静。他挂了电话,微微蹙起眉头:"你的手机是振动状态吗?"

展若绫无比挫败地告诉他:"不是,是静音状态,没开振动状态。"

"现在只能进行地毯式搜索了。"钟倚不以为意地收起手机,"记不记得刚才你的手机大概掉在哪个地方?"

"大概在这个圈里吧。"展若绫用手在半空中画了一个圈,将半个草坪的灌木丛都圈了进去。

钟倚丢给她一个"我服了你"的眼神,哭笑不得:"小姐,你干脆把整块草坪都划进去得了!"

展若绫尴尬地站着,觉得自己就像一个做错事的小孩子。

钟倚蹲下身,用手拨开灌木丛的树枝:"从这边开始找吧。"

"好。"展若绫也蹲下来。

他立刻向她摇了摇手,皱着眉说:"你给我站在一边就行了!"

"为什么?"手机是她的啊。

"想早点儿找到手机的话,就照我说的做!"

什么?他是什么意思?展若绫马上反应过来,一时气结:"你什么意思?说得我好像只会搞破坏一样!"

"你总算还有些自知之明。"他头也不抬,扔出一句话。

40

展若绫明白再说下去只会招来更恶毒的话语，乖乖地闭上了嘴。

绵密细长的阳光像流水一样泻在他的身上，她甚至可以看见金灿灿的光芒在他的发梢处跳跃。

她突然觉得，这样的时光很难得——这样近的距离，只有她跟他，安静、悠长。

她所希望的，也不过是离他再近一点点，跟他再多相处几秒钟；再近一点点，再多几秒钟……

她心里不禁期盼手机不要那么快被找到，可以就这么站在他的身后，看着他帮自己找手机。

她希望每一秒都能拉长，无限拉长……

展若绫不小心蹭到他身上那件黑色的 T 恤衫，才恍然惊觉上面的热度烫得惊人。

他跟她都穿着黑色的 T 恤衫。她对黑色有一种莫名其妙的偏好，也从来不在意在这样高温的天气穿黑色衣服会很热。不管多热，不管温度多高，她都已经习惯了。

可是现在看到他的额角上布满了细密的汗珠，似乎随时都可能滴下来，她忍不住问他："钟埼，你热不热？"她突然又无比期盼能赶紧找到手机，这样他就不用再受烈日的暴晒了。

钟埼的目光依旧聚焦在灌木丛里："废话！今天太阳那么猛，当然热啊！"

那就别找了！她几乎就要脱口而出。

他忽然劈开灌木丛站起来，举起手晃了晃："找到了！"找到了！

展若绫看到自己的手机被他修长有力的手握着，在午后细密热烈的阳光下分外耀眼，机身反射出亮银色的光泽。她的心情莫名其妙地舒畅，唇边浮现笑意：这是他帮她找到的手机，她一直在旁边看着整个过程。

目光往下移一点儿，她的笑容立即凝固在脸上。

她看到他蜜色的小臂上错落地分布着几道鲜红的划痕。那几道红色的划痕，一下子挤满了整个视野，她不禁心生歉疚："那个，疼不疼？"她指了指他的胳膊。

"没感觉。"

钟倚查看了一下手机的功能，将手机还给她："完好无损。下次拿稳了，别又掉下来了。"

这个人显然已经忘了，她的手机之所以会掉下来，跟他也有间接的关系。

展若绫接过手机，看也没看就放进裤袋，目光像探照灯一样追踪着他的手臂："真的不疼吗？"

"展若绫，我发现你很啰唆！"他似乎是不耐烦，又似乎是不自在，皱起了眉头。

明明是关心他，却被他扣上啰唆的帽子，展若绫气结，却不知道该说什么，只能木木地站在原地看着他。

他突地一笑，浅浅的笑容如同破云而出的晨曦，明媚而温暖："不疼。"

"真的不疼。"似乎是为了让她安心，他又加了一句。

他的声音似轻风拂过细柳，柔和而轻缓，却一条一条都拂到了她的心里去。

高二的时光，还没来得及细细品味，就已经走到了最后，展若绫升上高三，开始了紧张的学习。

"高考"两个字就像头顶悬着的一把剑，每时每刻都在提醒着学生们：学习，学习，再学习！

升上高三，对展若绫而言，意味着终于可以脱离钟倚的魔掌了。那个时候，广东省实行的是"3+X+综合"的高考模式，展若绫选的是历史，在历史班读书；而钟倚选的是化学，理所当然地被分到了化学班就读；程忆遥也选了化学，跟钟倚和廖一凡在同一个班读书。

历史班跟化学班的教室分别在不同的两栋楼内,平时两个班几乎没有交集,唯一能将两个班牵到一起的是数学老师——两个班的数学老师是同一个人。

历史毕竟是文科,历史班大部分学生的数学头脑没有化学班学生的好,数学老师上课时偶尔会拿两个班的学生做比较。

历史班的学生不止一次听到数学老师在讲评试卷时说:"这道题我们班没人能做出来,只有(7)班的钟徛做出来了。"

彼时的展若绫坐在教室里,眼睛看着试卷的最后一道题,思绪飘得老远。

这样的话她在高中的前两年早就听得习以为常,不同的是,那时她跟钟徛在同一个教室读书,而现在,她在这一栋楼,他在另一栋楼。

她突然觉得,一个教室的空间虽然不大,却有着奇妙的作用。

以前她跟钟徛在同一个教室读书,起码还偶有交流;现在被分到不同的两栋楼,说话的机会直接降到了零,距离蓦然变大。

她偶尔会在校园里看到钟徛跟言逸恺等几个男生走过,脸上布着疏朗的笑容,如孩童般纯真,如阳光般温暖。

有几次他的目光飘了过来,在她的身上停留了一两秒,同时他点了一下头算是打招呼。每当这个时候,展若绫都抑制不住心底的喜悦,然后向他回礼。

程忆遥生日那天,展若绫跟她一起去吃麦当劳庆祝,两个女生随意聊了一下各自的近况。

高三分班后,钟徛再度成为程忆遥的同桌。程忆遥提起早上的数学测验,不停地抱怨:"钟徛做题好快,我还没做完第二道大题,他就已经在检查选择题了,跟他坐在一起压力好大……"

展若绫坐在一旁,一边听她说话,一边吃着薯条。

程忆遥想起一个在心里压了很久的问题,很自然地问道:"展若绫，为什么每次钟倚欺负你，你都不反抗？"这也几乎是以前所有（6）班的同学都好奇不已的一个问题。

展若绫愣了一下，随即淡淡一笑："因为有时觉得他很像一个人。"

程忆遥更好奇了："谁啊？"

"你不认识的。"展若绫放下可乐，目光毫无焦距地望向窗外，落到某个遥远的地方。过了很久，她又补充了一句，"而且，他已经离开这个世界了。"

"哦，对不起啊！"程忆遥忙不迭地道歉。

"没什么。"展若绫摇了摇头，继续低头喝饮料。

程忆遥虽然很想问那个人跟展若绫到底是什么关系，但是看着她寂寥的神情，最终还是选择了缄默。

三月份的时候，展若绫被那所全国最有名的语言学府——北京外国语大学提前录取。就这样，展若绫高三的后半段一下子变得轻松起来。她依然每天到学校上课，但是已经不用再每天埋首题海，要做的只是每天晚上去西班牙语外教那里学习基础西班牙语。

时间在日复一日的复习中不断流逝，高三的学子们终于在六月七日那天迎来了高考。

高考分数公布后，考生们都回学校拿成绩单。

展若绫虽然已经被北外提前录取，但还是参加了高考。当天拿到成绩单，她走出历史班的教室，到教学楼一楼的楼梯口等程忆遥——程忆遥约了她一起去看电影。

程忆遥从楼梯上下来，气喘吁吁地跑到她旁边："不好意思，我刚才在跟我们班的人说话，现在可以走了。"

展若绫随口问："你们班的人考得怎么样？"

程忆遥马上摆出一副"别提了"的表情："很多人没考好。今年的化学卷子出得很变态，题型前所未有，以前见都没见过，根本就不知道要怎么答题,也就只有钟倚那种人还能考那么高分。"她是化学班的学生,自然最为关注化学的分数。

展若绫也听说了今年高考化学科的试题奇难无比,想着程忆遥最后一句话,心里宽慰不已:不管题目怎么变,他还是考得很好。

可是程忆遥的下一句话犹如晴天霹雳:"不过……"程忆遥喃喃自语着,"我好像听说钟倚语文考砸了,只考了九十多分。"

展若绫一呆,心脏骤然收缩,过了很久,才艰涩地发出声音:"怎么会这样?"

"好像是作文被判离题,只拿了二十多分。"程忆遥叹了口气,遗憾地摇摇头,"我听他们说钟倚那天重感冒又发烧,烧得很厉害,影响他正常发挥了。"

他发烧?而且是在高考那几天发烧?展若绫的心脏像是被狠狠地绞到了一起,疼得她连呼吸都变得困难起来。展若绫好不容易克制住翻腾的情绪,竭力装作平静地问:"那他总分考了多少?"

程忆遥报了一个分数,感慨不已地说道:"这就是我佩服他的地方,明明被语文拖了那么多分,最后总分还是比我们这些人都高出了一大截,他还真是让人无话可说……"

展若绫之前听程忆遥说过,钟倚报考的是北大的一个热门专业,而语文作文跑题,语文只拿到九十多分,就意味着他已经基本与北大无缘。

"虽然他这个分数还是很高,可是估计上不了北大了。"程忆遥兀自说个不停,"不过,以他的分数,上中山大学还是绰绰有余的。"

明明是热浪逼人的六月盛夏,展若绫却仿佛置身于冰天雪地之中。他上不了北大,上不了北大……整个世界仿佛只剩下这句话。

也就是说,他去不了北京读大学了。而她的大学,在北京。

高二选科时,虽然在化学和历史之间有过挣扎,最后她还是选了比较擅长的历史。

她曾经以为,即使高三分别一年,以后他们起码会在同一座城市读大学。却原来，高考时一场突如其来的高烧，就意味着大学的四年他要走向一个跟她不同的城市。

从今以后，他们将走向两个截然不同的方向。

经过办公室时，程忆遥对她说："我进去交一份表，你在这里等我一下。"

展若绫站在办公室外面，嘈杂的说话声不断地从办公室里传出，涌入她的耳朵。

办公室的门敞开着，里面的情景一清二楚地呈现在她眼前。

展若绫瞥了一眼，只见里面聚集了一堆学生，正排队准备填确认高考结果的表格，本来宽敞的办公室显得异常拥挤。

钟徛和廖一凡也在其中。钟徛像往常一样穿着一件黑色T恤衫，修长挺拔的身姿在一堆学生之中颇有几分鹤立鸡群的味道。他正侧着头跟身旁的廖一凡说着什么，嘴边噙着一抹淡淡的笑容。

这笑容，那么熟悉，却又那么陌生。

一瞬间，展若绫的心好像被硬生生撕开了一个口子。

他向来是老师的骄傲，几次模拟考也一直维持着年级前十的排名，现在这个分数，对他而言，只怕非常难以接受吧？他的心是不是在哭泣？再洒脱的学生，面对高考失利这样的大事，都无法一笑置之吧？

有人曾说，平时越是洒脱的人，在失败面前，自尊心反而越强。

他在办公室里面，而她就站在办公室的门外，只隔着十几米的距离。可是她只能站在那里远远地看着他，不能走过去安慰他。那短短的十几米，像万水千山一样，横亘在眼前，她只能站在那里，远远地看着他。

程忆遥说，他各科都正常发挥，只有语文考砸了。可是，即便只有一科发挥失常，在北大这样著名的学府面前，也是致命的。

"交完了！"程忆遥交完表，如释重负地从办公室里出来，拉了她的手就走,"走,我们去看电影!"

展若绫只得迈开脚步,匆匆回头一瞥,钟倚跟廖一凡相依而立,站在语文老师的桌子前。她跟他之间隔了十几米,那一眼又如此仓促,有一种雾里看花的感觉。

办公室里的那个身影,是她高三漫长的暑假里关于他的最后的记忆,也是最深刻的记忆。

第五章
有所思

　　吃过午饭，展若绫坐在客厅的沙发上看电视。妈妈从房间里出来，走到她旁边坐下："阿绫，后天你爸爸有空，我们去医院看看你肩膀的伤好不好？"

　　展若绫一愣，脱口而出："我的肩膀没事啊。"

　　妈妈拉起她的手，关切地说："我说的是你肩膀上的疤痕，我跟你爸的意思是找个医生给你做手术……"

　　见她僵着表情不说话，妈妈继续说道："你一个女孩子家，以后总有一天要嫁人的，留着那么长一道疤痕总不好，去医院做个手术把它去掉吧？"

　　展若绫眼眶一酸，摇头对妈妈说："妈，我不想做手术。反正它只是一道疤痕，一点儿也不疼的，你让我留着它吧！"

　　妈妈一听就急了，声音也不由得稍微提高："那怎么行！而且留着它有什么用呢？即使你自己不介意，你以后的男朋友也会介意的……"

　　"那我就不交男朋友！"展若绫赌气地说。

　　妈妈笑了，一只手搂着她的肩膀："傻丫头，女孩子总归是要嫁人的，哪能不交男朋友呢？我们的阿绫，以后也会有男朋友的。"

展若绫硬邦邦地说："妈，我不想做手术，就想留着它。"她说着说着，泪水就流了下来，妈妈的脸也变得模糊起来。

妈妈充满忧虑的声音传入耳朵："阿绫，你这样，以后……"

展若绫哽咽着声音向妈妈哀求道："妈，你就让我留着它吧！让我留着它，好不好？"

妈妈心中怜惜，连忙搂住她，软声说道："好，不做手术，不做手术了！既然你想留着它，那就留着吧！"

女儿在想什么，做妈妈的岂有不懂之理？想到这里，妈妈眼睛不由得红了，在心中暗想：阿望，你姐姐一直记着你，一家人都记着你！

高三的暑假长达三个多月，没有了高考的压力，日子一下子变得清闲起来。展若绫每天在家除了学西班牙语就是看电视，日子无聊得人都要发霉了。

各所高校的录取分数线陆续公布，录取情况也有了结果，钟倚、廖一凡、言逸恺和程忆遥都考上了中大。

从程忆遥那里知道钟倚被中大的酒店管理专业录取的时候，展若绫望向窗外，碧空如洗，一群飞鸟迅速掠过，在蔚蓝的天幕上没有留下任何痕迹。

她拿起桌子上的钱包，打开。

照片上，展家三兄妹笑得很开心，尤其是展景望，脸上的笑容一如窗外的阳光般灿烂。

她将钱包放回原处，怔怔地站在窗前思索着。

她对他最初的印象是那节化学课，那时只是觉得他很有趣，想认识他。也许是对他那句"看完了"太过印象深刻，以至经历了那场车祸后重返校园时，即使很多记忆已经变得模糊不清，她对他的记忆却没有丝毫减损。

记不清是哪天的事情,她下午走进教室的时候刚好看到他在跟言逸恺说话,他的笑容很干净,一如纯真的小孩子。

　　那一刻,她突然就想起了弟弟展景望。

　　她一直站在教室门口怔怔地想事情,回过神的时候就看到钟徛正用疑惑的眼神看着自己,这才想起要回座位。

　　后来被他欺压,也似乎成了习惯,在与他相处的过程中,她有时甚至会忘了展景望的事。

　　到底是从什么时候开始,事情逐渐脱离了原先的轨道呢?

　　她突然想起那天下午的事。那时她拿着廖一凡的报纸却一个字也没看进去,满脑子都在想着放学要去医院拿检查报告,以及即将要面对的未知结果。他猛地走过来抽走了她的报纸,那一个动作,似乎把她的脑子里所有混乱的思绪也顺带着抽走了一样。

　　耳边似乎还回荡着他那句话:"自习课看什么报纸?没收!"那么理所当然的语气,丝毫没有让人拒绝的余地。

　　所有的过往,像被放到放大镜下面一样,一下子都变得清晰生动起来。

　　她甚至记得他唇角上扬的弧度——不深不浅,刚刚好。

　　如果说,以前他在她心中只是偶然掠过心头的飞影,那么这一刻,终于尘埃落定。

　　展若绫看着手机屏幕上程忆遥发过来的短信:我觉得我们都可以去中大开同学会了。过了很久,她慢慢地回了一条短信:我也觉得。

　　在同一所大学读书,必定会有很多便利的地方,联系、聚会什么的都会很方便。可是,那些人中不包括她。

　　从此,他的生活与她的将会是两条平行线,延伸向无穷远,却永远不会相交。

　　很奇怪,她和钟徛高二时就有对方的号码,但是彼此之间极少发短信。高三分班后,她偶尔会跟程忆遥联系,却从来不敢给钟徛发短信。

即使那天知道了他高考语文发挥失常,她在手机上反反复复地编辑了好几条短信,几次滑到他的号码,最后还是没有发过去。

越是在乎一个人,越是不敢主动去靠近。

展景越在中山大学读大二,期末考试结束后,他给展若绫打了电话,让她去广州玩几天。

抵达广州的大学城,下了出租车后,展若绫并没有立刻走进校园,而是在气势磅礴的校门前站了很久。

明媚的阳光从她的身后照射过来,照到牌坊上。牌坊中央写着六个红色的大字:国立中山大学。

她在心里将六个字默默地念了一遍。

中山大学,这所南方数一数二的大学,以前在她的印象中仅仅是哥哥展景越读书的地方,在不久的将来,这里将会成为另一个人的母校。

当天下午,展景越带她逛大学城。

从雄伟壮阔的图书馆出来,展若绫放慢了脚步,问道:"哥,你们学校的酒店管理专业也在这个校区吗?"

展景越点头:"对啊,管理学院都在大学城,如果读研,就要去珠海校区。"展景越读的专业是市场营销。

"哦。"

这么说来,往后四年他就要在这里读书了。接下来参观的时候,她更是认真。既然不能跟他在同一座城市读书,她起码可以把他以后读书和生活的地方认真地看一遍。

傍晚的时候,展景越带她到本校的食堂吃饭。展景越一边吃饭一边问展若绫:"你应该有不少同学考上中大吧?"

展若绫点了点头:"嗯。我高一那个班里有十几个人都考上了中大。"过了一会儿,她又轻声说道,"其中有一个人本来报的是北大,不过他的总分刚好比北大的录取分数线低了十几分，所以只能读中大了。"

"那么可惜？"展景越不禁讶然。

展若绫低着头，微垂的睫毛将眼中的所有情绪都掩藏了起来："是啊，他考语文那天发高烧。"

"发高烧？运气那么不好？"

像是要找一个宣泄的渠道，展若绫也不禁多说了几句："是啊。他读书很厉害，平时成绩很好的。那时二模他考了全市第一，我们年级的老师都觉得他肯定能上北大的。谁想到他会发烧呢？他虽然语文只考了九十多分，最后总分还是比其他人高出了一大截……"像程忆遥所说的一样，这就是让人不得不佩服的地方。

可是，从今以后，她跟他就南北相隔了，她以后还有资格像现在这样说起他吗？

一个月后的晚上，展若绫收到程忆遥的短信：明天上午十一点，高一老同学聚会，在××公园门口等。你来吗？

她拿着手机，没有犹豫，立即回复：去。

这是一个小型的同学聚会，只有十来个人参加。廖一凡、言逸恺都在其中，却唯独没有钟倚。

翌日早上，展若绫到了××公园的门口，程忆遥上前拉住她的手："展若绫，我都一个多月没见到你了！"

廖一凡也说："展若绫，见你一面还真不容易，简直比见总理还难！你还真称得上是真人不露相啊！"

展若绫以为他在跟自己开玩笑，正准备回答，却听到程忆遥也责怪似的问她："就是啊，展若绫，上个月的同学聚会你怎么不来啊？"

她一愣，随即回道："上个月？什么时候？我不知道啊！"

"就十五日那天，在××酒店！"程忆遥也有些疑惑，"那天一共去了三十多个人，只是没看到你……你没收到班长的短信吗？"

展若绫一想就明白了：上个月她的手机摔坏了，她当时心想反正也不急，拖了一个星期才去买新手机。班长的短信在那期间发过来，她当然收不到。

她在心里自嘲："自作孽"说的不就是她这种人？最终她只是平静地说道："没有，手机刚好坏了。"

"真可惜，那天去了很多人……"程忆遥一脸遗憾地说。

那天去了很多人，他自然也去了。可是，她还是错过了跟他见面的机会。

一群人找了一家店吃饭，席间，一个女生问道："钟倚怎么没来啊？"

"他跟裴子璇一起去打球了。"廖一凡习以为常地回答。

展若绫停下筷子看了一眼窗外："这么热，不怕中暑啊？"正午明晃晃的阳光射在外面的地板上，看得人眼花。

"他们最近老在一起打球。现在太阳这么猛，我看，他们打完球即使不中暑也要都黑上一圈了。"一个男生说道。

展若绫低下头，目光毫无意识地落到眼前的饭菜上。

裴子璇经常跟（6）班的几个男生一起打篮球，她是知道的。高二时有几节体育课，她在走廊里就看到裴子璇跟廖一凡他们一起在室外篮球场上打球。裴子璇高一时坐在钟倚的前面，在（6）班换座位之前，她是班里唯一能跟钟倚说上几句话的女生。高三她也选了化学，在（11）班读书，跟廖一凡等人的交情颇为不错，跟钟倚是非常好的朋友。

大一还没开学，高三的暑假又这么长，这个时候，有个人陪着他也好。

哪怕，心很疼。可是，打球这种事，她毕竟是做不来的。

店里的冷气开得很足，一顿饭吃下来，展若绫只觉得冷，全身都冷，膝盖更是完全被冷空气浸得失去了知觉。

高三漫长的暑假在夏日高温的空气中一日一日地蒸发掉了，日子很快滑到了八月末。

下午，展若绫在房间里看西班牙语资料时，收到了一条短信：从明天起换新号，13××××5171，旧号作废。钟倚。

一看就知道是群发的短信。

展若绫将他的新号码存进手机，却不知道应该怎么回复。她想了很久，终于编辑了两个字发过去：收到。

九月初的时候，展若绫去医院复诊。

那天她刚好拿到北京的SIM卡，出了医院后，坐在车上将北京的号码发给同学，一个一个地发。

陆续收到几个同学的回复短信，过了十几分钟，展若绫以为不会再有回音了，便将手机收了起来。

轿车一路开进了住宅区，她下车的时候才发现钟倚的短信：你什么时候开学？

她回复：下个星期。

跟着妈妈进了家门，她忍不住问他：你呢？

他很快回复道：已经开学了啊。

展若绫：啊？

钟倚：在军训，有点儿烦。

这个人真没耐心。展若绫想象着他烦躁的样子，嘴角不禁浮现一丝浅浅的笑意，还是忍不住问他：广州现在是不是很热？

钟倚：嗯，很热。

就这样，在他军训期间，两个人会偶尔互发短信联系。

展若绫几乎每天都守着手机，时刻等待手机短信的提示音。

九月中旬，是展若绫去北京报到的日子。在她去北京的前一天，妈妈在餐桌上问她："阿绫，明天就要去北京了，东西都收拾好了吗?"

"收拾好了。"展若绫一边吃饭一边回答。

明天一走,她就要等到寒假才能回来了。到那个时候,很多事情都会变了吧?

吃完饭,她回到房间跟展景越通了二十几分钟的电话,合上手机,就收到了钟埼的短信:你哪天开学?

展若绫:明天。

钟埼:什么时候走?

展若绫:早上七点半的飞机。

她拿着手机,心想:看来这个人今天心情不错。

在他军训期间,展若绫通过观察得出结论:这个人心情不好的时候极少会主动给人发短信,有时甚至都懒得回复短信。

翌日早晨,展若绫坐爸爸的车去机场,妈妈陪她一起去北京报到。展景越在广州读书,自然不能回来送她。

上了车,展若绫望着窗外,跟爸爸妈妈聊着天。

车窗外的景色飞逝。正是清晨,晨曦初现,薄薄的雾霭笼罩在城市上空。虽然隔着车窗,展若绫也感觉到了一丝丝的凉意。

手机一振,她点开一看,竟然是钟埼发的信息:你今天去北京?

程忆遥这几天忙着军训,一直没跟她联系,并不知道她今天去北京,而他,竟然还记得她是今天的航班。虽然她昨天跟他说了今天会去北京,但是她一直以为,他收到短信的下一秒就会忘得一干二净。

可是他居然还记得。

展若绫:对。现在在去机场的路上。

短信发出去后,展若绫拿着手机,心不在焉地望着车窗外的风景。这个时候,他早就晨练完了,应该在吃早餐吧?

手机很久都没有回音。

展若绫跟妈妈到了机场,办好行李托运手续,登机,然后找到座位坐好。

她的座位正好在窗边,透过狭小的舷窗望出去,可以看到广阔的停机坪上停着许多架飞机,有几架正缓缓滑到跑道上准备起飞。

机舱里开始播放注意事项,其中一项是提醒乘客关掉所有电子通信设备。

展若绫扣好安全带,一只手仍握着手机,也不知道自己在等什么。美丽的空姐在机舱里来回走动着,细细地检查着乘客头顶的行李架和安全带,并善意地提醒乘客关掉手机等通信设备。手机还是毫无动静,而飞机马上就要起飞了,她握着手机,闭上眼睛,最终还是关掉了手机。

飞机终于开始滑行了,在滑行道上滑行一段距离后,上跑道加速,飞离地面,越飞越高,然后斜斜地插入云层。

大一的课程不多也不少,但是比起高三第一个学期,无疑轻松了许多。

展若绫每天都跟西班牙语为伴,阅读、写作、视听……半个学期的课上下来,满脑子只剩下西班牙语。

展景越建议她加入学生会锻炼一下。学院学生会招新的那一天,展若绫去参加了面试,一周后,她成为学生会办公室的一员。

中大二十多天的军训结束后,展若绫跟程忆遥联系,问她近况如何。

程忆遥很快回了信息:军训完,总算解放了。廖一凡提议出去吃个饭,然后到处逛一逛。

展若绫:不错啊。你们打算去哪里逛?

程忆遥:我们对广州也不熟,打算去市区走走。

展若绫:人多吗?

程忆遥:有十几个人,挺热闹的。

展若绫：嗯，好好放松放松。

程忆遥又发了条信息过来：你国庆节假期回来吗？

展若绫回复：太远了，不方便，寒假再回去。到时我们见个面。

到北京上大学后，展若绫跟钟倚的联系也相对减少了，偶尔两人有话题，也是浅浅地聊几句便结束了交流。

有一次她晚上跟钟倚发信息，聊了几句各自的近况，他说：有些怀念高中的日子。

她拿着手机，看着屏幕上的那句话，只觉得这部小巧的高科技产品沉甸甸的。

她在心里不停地揣测着：他在大学果然过得不开心吗？读着一个并不喜欢的专业，他可能还是没有什么热情。而他，本来是可以上北大的。

可是她也不知道说什么，不知道怎么安慰他。

每次两人联系，都是她问一句，他回一句，她不问，他也不会继续说下去。

就这样，两个人对话渐稀。

国庆节放假期间，展若绫跟室友一起去中关村买了一部笔记本电脑。她上网申请了一个邮箱，偶尔会跟展景越及初中好友发邮件描述一下自己的大学生活。后来她又问了程忆遥的邮箱地址，有时在网上看到好看的照片或者听到好听的歌，就会把相关的链接发给程忆遥。

有了电脑，生活也多了些消遣。

那段时间一部叫作《大唐双龙传》的古装电视剧开播，并且很快在网上走红，展若绫也跟着几个室友一起追看。展若绫尤其喜欢这部电视剧，看完后，一直存在硬盘里不舍得删掉。

元旦的前一天，北京下了一场雪。

展若绫上完阅读课走出教室的时候，就看到雪花纷纷扬扬地从天上飘了下来。她是一个典型的南方人，从小没有看过雪，初次看到满天的雪花，有些震撼。站在教学楼的门口，她望着眼前纷扬的雪花，心中沉积了很久的抑郁，也似乎随着雪花飘散在了空气中。

展若绫让室友先回去，自己一个人在教学楼前站了很久，浑然不知有人正在看她。

过了几分钟，她才迈开脚步循着小路慢慢地走向宿舍，然后摸出手机给哥哥展景越打了个电话。

展景越听到北京在下雪也有些惊喜，问她："下雪好不好看？"

"很好看！"展若绫细细地向他描述，"雪花很小，几乎看不清，不过整个地面都铺了一层，软软的，很好看。"

展景越也被她的喜悦感染了，跟她说："我也没看过雪景，你拍下来传给我看吧。"

"好！没问题。"

挂了电话，展若绫又在原地站了一分钟，才重新抬起脚。走了几步路，没有提防雪滑，她脚下一个趔趄，差点儿摔倒。

一只手有力地托住了她的胳膊，她回过头向那个人道谢："谢谢！"

她认出那个人是大二的学长，学生会宣传部的部长，叫徐崇飞。

徐崇飞放开她的手，说道："展若绫，下雪天路很滑，注意一点儿。"

"谢谢。"展若绫再次向他道谢。

晚上，她在宿舍里上网时，收到了程忆遥的邮件。

邮件的附件里有几张军训的相片，还有军训结束后他们在广州市区酒楼里拍的集体照，十几个人的脸上都写满了解脱与放松。

程忆遥穿着一件白色T恤衫站在第二排中间，笑得很文静。她身前的廖一凡坐在桌子前，旁边坐着钟倚，他穿着一件黑色T恤衫，唇边挂着一抹淡淡的笑容，轻靠椅背。裴子璇站在他身后，左手按在他的肩膀上，笑容甜美。

裴子璇跟他高中同学三年，暑假又经常跟他一起打球，以两人的交情,这个动作其实并不算什么,而且钟倚的表情也十分坦荡。也许是深知自己和他不可能在一起,展若绫不免有些难过。她坐在电脑前,对着照片看了很久,终于还是点下那个红色的叉,继续看《大唐双龙传》。

她看到一直跟随寇仲闯荡江湖的宋玉致用轻快的语气对自己的哥哥说:"其实我已经想通了,只要能够和他在一起开开心心地闯荡江湖,我已经很满足了……其实做朋友也不错啊,做朋友可以一生一世的嘛!"那个他,自然是指为了心上人李秀宁而打天下的寇仲。

展若绫的泪水霎时夺眶而出。

她一直都很喜欢宋玉致这个角色,觉得宋玉致能一直陪在寇仲身边十分难得。在这一刻,她更是被宋玉致感动得无以复加。

如果她也可以跟他做一生一世的朋友,该有多好。一生一世的朋友。

校园十大歌手决赛那天晚上,展若绫收到了徐崇飞的信息:我有十大歌手的门票,一起去看吗?

展若绫不是傻瓜,明白这意味着什么。这段时间,徐崇飞偶尔会给她发信息,内容很少涉及学生会的事,都属于比较私人的话题。

她想了很久,最终还是礼貌地回复:谢谢。不好意思,我有点儿头疼,想休息一下。

她也不知道自己在坚持什么,只是单纯地想一直守着那种感觉。

期末那个星期,展若绫把部长交代下来的任务完成后,正式提出退出学生会。

晚上,她回到宿舍,收到了徐崇飞的信息:展若绫,你这样对我不公平。

这就是大二的师兄的风格吧,说话一针见血,却又不至于在师弟师妹面前失了分寸。

她拿着手机,不知道该说些什么。

她知道徐崇飞是一个很好的师兄，办事能力强，她曾经不止一次地听到室友说他人很好，对每个部员都很关心。

看着那条短信，展若绫心底陡然生出一种苍凉的感觉来。可是，徐崇飞不是他，有什么用呢？她只能打出一句话发过去：感情本来就是不公平的。

走到洗手间，她在洗手台前站了很久。她突然想起那次在车站遇到钟徛，他对她说："展若绫，你现在这个样子，被人卖了都不知道！"

她对着镜子笑了一笑，回到宿舍又给徐崇飞发了一条短信：师兄，我有喜欢的人了。其实我不值得你对我这么好，非常抱歉。相信总有一天，你会找到一个真正喜欢的人的。

过了很久，徐崇飞回复她：我没话可说了。展若绫，我会记得你的。

她从短信退出，进入手机的收件箱，里面还存着钟徛给她发的短信。

她随手点进一条信息，一行字跃入眼帘：你今天去北京？

她望向窗外，觉得心情陡然舒畅起来。

随着最后一门考试结束，大一第一个学期也走到了尽头。寒假终于到来了。

第六章
在远道

回到 N 市后的第一个星期，妈妈一直对她念叨："阿绫，在北京吃得不习惯是不是？瘦了这么多！"

展若绫听了不禁失笑："妈，你是太久没见到我，所以就觉得我瘦了，我的体重一直没变。"

展景越正在读大三，早就放假在家，偶尔有兴致就拉着展若绫到小区楼下教她开车。得知展若绫要去书店买西班牙语专业四级的辅导书后，他自告奋勇，开着妈妈的车给她当免费司机。

公路两旁各种了一排高大的梧桐树，繁密的叶子遮住了冬日薄薄的阳光。

必胜客的落地窗边响起男生的说话声："打完球就是特别有胃口！不得了，这家必胜客赚死了！"

钟䅟皱了皱眉，毫不留情地说："我记得刚才结账的人好像是我。"

"我为你的钱包着想啊！"廖一凡嘻嘻一笑。

言逸恺忽地说道："钟䅟，这个星期五的同学聚会……"

"我不去。"钟徛干脆地说。

"为什么?"

"这样不好。"钟徛回答的声音淡淡的。

廖一凡立刻反应过来:"躲谁啊?"

钟徛面无表情,任由他说,并不搭话。

憋了好一阵,廖一凡还是忍不住问道:"裴子璇有什么不好?人长得漂亮,又会打球,这个学期你跟她不是过得挺好的吗?"没想到过了一个学期,两个人还是毫无进展。

"不是她不好,只是没那种感觉。"钟徛无意与他在这个话题上纠缠,白了他一眼,"你那么多管闲事干吗?"

廖一凡不无幸灾乐祸地说:"你现在躲得了同学聚会,回到大学城还是没法躲。我看你下个学期开学的时候怎么办!"

钟徛懒得理会这种人,不再说话,只是望向窗外。

言逸恺皱起眉头,用手肘捅了廖一凡一下,示意他少说两句。过了一会儿,言逸恺说道:"钟徛,裴子璇不是去上海旅游了吗?她肯定不会回来参加同学聚会的,你还是去吧。"

"不好。"钟徛依旧拒绝得很干脆。

"干吗不去啊?"廖一凡另辟蹊径,"去了说不定可以见见我们温柔动人的展若绫同学啊,都一个学期没见到她了。"

听了他的话,钟徛忍不住一笑:"你刚才不是这样说的吧?"他接着又淡淡地说,"而且,她跟我也没什么关系。"

他也不知道后天的聚会她会不会去。暑假那时有同学聚会她就不来,难道在她心中,高中的岁月就这么不值得珍惜?北京跟广州的距离,果然还是太远了吗?

"什么没关系啊,人家毕竟曾经是你的绯闻女友。"廖一凡继续瞎掰。

钟徛没有说话,将目光转向窗外,目光穿过落地玻璃窗落到某个点上,他的眼睛倏然一亮,然后迅速地黯淡下来。

结完账以后,展景越提着一整袋的书跟展若绫并肩走出书店。

看着街上来往的行人,展景越转头看向展若绫,缓缓地问:"阿绫,你还会想起阿望吗?"

"嗯,有时会想起他。"展若绫知道他想说什么,"哥,其实我已经没事了,只不过觉得没必要经常提而已。他毕竟是我们的弟弟,跟我们生活了那么多年,有很多珍贵的回忆,有时怀念一下也很好……"

展景望的离去,对展家无疑是一个莫大的打击。在他离世后的几个月,妈妈基本是以泪洗面,爸爸沉痛过后便极少再提展景望。展景越身为长子,虽然什么也没说,但是每次看到展景望喜欢的东西都不免会非常伤心。而展若绫目睹了展景望出事的整个过程,之后就开始变得沉默寡言。

展景越听到妹妹的话,不禁感慨万分,用空出来的那只手揉了揉她的头发:"阿绫,你也长大了。"

展若绫笑了笑,对哥哥说:"总不能让爸爸妈妈一直为我们操心。"

"真的是长大了!爸爸妈妈知道了一定会很开心的。"展景越又摸了摸她的头。

展若绫偏头躲开他的手,抗议道:"干吗老摸我的头,我又不是三岁的小孩子!"

展景越玩心忽起,用力揽过妹妹的肩膀,又使劲揉了揉她的头发,得意地笑道:"可是你还是我的妹妹啊!"

阳光似乎正在一点点地隐去,唯独遗漏了落在女生肩膀上的那只手,明晃晃的,分外刺眼。即使隔了很远,其他人也能感受到男子眉目间的宠爱——是高二那年在快餐店里跟她一起吃饭的那个男子。

坐在落地窗旁的男生面无表情地望着外面,唇边仅存的一点儿笑意也终于完全退去,眉宇间只剩下冷淡。

两个身影渐渐走远,很快融入街道上的人潮中,不见踪影。

言逸恺见钟徛一直面无表情地望着外面,忍不住也望向落地窗外,却什么也没看到,便问道:"外面有什么好看的?"

钟徛收回目光,神色恢复如常,只是眼神略微冷淡:"没什么。吃东西。"

就在这时,他口袋里的手机响了起来。钟徛接通电话,皱着眉听了几句,应道:"知道了。我现在回去。"

他站起来,对还在解决比萨的两个男生说:"你们继续吃,我家里有事,先走了。"

廖一凡装作很委屈地问:"有什么事比跟我一起吃饭还重要?"

钟徛皱起眉头推了廖一凡一下:"你少给我恶心人了!言逸恺,你吃完最好早点儿回家,不要跟这个危险人物混在一起!"他说着转身就走。

言逸恺叫住他:"喂,星期五的同学聚会你真的不来吗?"

"到时再说。"钟徛推开玻璃门走了出去。

展景越见妹妹从北京回来后就一直待在家里不出门,不禁问道:"阿绫,你怎么一直待在家里不出去走走?你们没有同学聚会吗?"

"有啊,就在这个星期五。"展若绫露出笑靥。

星期五,高一同学聚会约在了忆蓝娱乐广场。全班总共有五十多名学生,当天有三十多个人到场,也算是不错了。

在餐桌旁坐好后,班长诧异地问钟徛:"你不是说有事不能来吗?"

钟徛靠到椅背上,漫不经心地回答:"反正还有时间。"

廖一凡就坐在他旁边,伸手钩住他的肩膀:"是吧?早就应该听我说的。"

钟徛用手肘一把顶开他:"注意一下你的形象!"

展若绫坐在他们对面的座位上看着,心里又欣慰又羡慕:大学过了一个学期,这帮男生的感情还是很好。

吃完饭后几十个人在广场的花坛旁拍了一张集体照,接着队伍分成两拨,一拨学生去看电影,另一拨则继续留在花坛附近聊天。

展若绫被程忆遥拉向一家小卖部。程忆遥兴致很高:"我们去吃雪糕好不好?"

"好啊。"展若绫立即点头。

言逸恺也加入两人,队伍就壮大了。最后钟徛和廖一凡等人也一起过来买雪糕吃,而其余的人都去电影院了。

言逸恺拿着雪糕走向展若绫,说道:"我们都以为你不会来了呢,太难得了!"毕竟去年暑假那次同学聚会她就没去,而且她性格娴静寡语,不少同学以为她对同学聚会不感兴趣。

展若绫听懂了他的意思。她小心地撕开雪糕的包装纸,故作不经意地应付道:"那我现在来了,是不是应该给我颁个奖?"她很明白自己为什么会来,可是不知道来了有什么用。

言逸恺打量了她一眼,阳光在她的脸上投下浅浅的影子,将细小的绒毛都照得非常清楚。他收回目光,不再说什么。

"一会儿我们去哪儿?"程忆遥举着雪糕问班长。

"不知道。"班长答得干脆。

程忆遥乜斜着眼睛看他,目光里满是不可思议:"你不是班长吗?"班长反问道:"那又怎样?"

展若绫静静地吃着雪糕,默默地听两人对话。这种吵吵闹闹的日子很熟悉,让她觉得好像又回到了高中时代。

她忍不住望向钟徛。他皱着眉头,一言不发地在一边吃着雪糕,竟然没有说话。

刚才吃饭的时候,他还是跟高中的时候一样一直挑她的毛病,但是吃过饭后他就特别安静。裴子璇今天没来,他是因为这个吗?

物是人非事事休。

想到这里，展若绫心里陡然生出一股无力的感觉来。

她低下头，尽量忽略心湖中那一圈细小的波纹，继续吃雪糕。

吃完雪糕，几个人又在原地聊了一会儿天，然后走到广场的大门口，不约而同地看向班长。

班长感应到大家期待的目光，说道："我们去到处逛逛吧，然后去看电影，怎么样？"这个提议马上得到在场多数同学的支持。

钟倚从裤兜里摸出手机看了一眼，转向班长："我有事，先回去了。"说罢他转身就走。

班长叫住他："喂，什么事这么急啊？难得放假出来聚会。"

南方的气候一向温和，四季不分明，而今年的冬天更是比往年都要暖和。正是午后两点多的光景，阳光又密又长，在钟倚周围镀上一层金色的边。他长得高，此时身形显得更加挺拔。

他停下脚步对班长说了一句话，阳光有些晃眼，他脸上的表情展若绫看得不太真切。

程忆遥站在展若绫旁边，手里拿着刚买的橙汁，絮絮地说着话："××橙汁又改口味了，越来越不好喝了……"

展若绫心神不宁，偷眼望过去，依稀看到钟倚张开嘴又说了一句话，很短，却没听见他到底说了什么。她跟他本来就隔得有些远，即使程忆遥不跟她说话，她也什么都听不见。

再回头时，她只看到他一个人向车站走去。阳光把他的身影照得越发地挺拔，他身上的那件黑色T恤衫仿佛可以反射太阳的光辉，照得她的眼睛也开始发涩。

冬日的阳光照得她微微有些失神，一时间让她有一种错觉，仿佛又回到了高中。

她眼睛的余光仍旧望着那个方向，看着他一步一步走向车站，一步一步地远离。他们之间从来都是这样，不曾靠近，就已经远离。

她一点儿一点儿地收回目光，那个身影，就此在她的记忆中定格。

接下来的日子就像黑白默片一样无声地滑过,她的记忆也变得模糊不清。

大一第二个学期,她跟钟猗联系的次数少得可怜,但是每逢过节的时候,她群发祝福短信都会发给他,有时收到好笑的短信也会发到那个号码。钟猗很少回复。尽管她也知道很少人会回复这种群发的短信,但是等不到他的回复时,还是免不了有一些伤心。

六月十二日,是钟猗的生日。那天早上上课的时候,展若绫给钟猗发了一条祝福短信,短信的内容只有四个字:生日快乐!

到了下午,她终于收到了他的回复:谢谢啊。

除此以外,他再没有别的话语。

大二九月份开学后,她跟系里的其他同学要前往古巴当交换生。

出国前那个星期,她给几个经常联系的人群发短信告知出国的事,也给钟猗发了一条。过了很久,钟猗发了一条短信过来:什么时候回来?

她回答:明年六月。

钟猗:去一整年?

展若绫:是啊。

又过了很久她收到他的短信:那挺不错的。等你回来再联系。

展若绫在古巴待了大半年,回国的时候,已经是次年的六月底。回来后她先跟家人去东南亚玩了一个星期,再回到 N 市时,已经是七月份。

回国后,她给程忆遥和言逸恺等人发了短信,也给钟猗发了一条。很久都没有收到他的回复,后来她才发现那条信息发送失败了。那时她已经回国一个星期了,就没有重新给他发一遍。

暑假的时候展若绫加入了高一(6)班的QQ群。她很少上网,偶尔上QQ也是隐身登录。每次QQ群弹出来的对话框里面基本是廖一凡和林建诚等人的聊天记录，钟倚的头像一直是黑色的，她从来没有看到过他在群里说话。

十月份的一天，她给几个同学群发短信，也给钟倚发了一条。翌日早上，她心不在焉地听着副教授在讲台上授课，摸出手机查看时才发现发给钟倚的那条没有发送成功，短信下面显示的是"未发送至"。

她思索片刻，估计他可能是话费用完手机被停机了，心里不免有些沮丧，便拿着手机，一条一条信息看过去。她的手机里本来存着很多短信，但是大一那次寒假聚会后她就把手机里的短信清空了，现在收件箱里的短信只有几条是钟倚发过来的。

不知道为什么，这几天她心神不宁，意识犹如游离在空中的尘埃，随处飘。

她拿着手机摆弄，随手按着键盘，屏幕上跳出一行字："清空短信？"她还没反应过来，拇指一按，已经点击了"确认"。手机界面一刷新，显示所有的已读信息都已经被清空。

她愣愣地坐着，过了几秒才意识到自己做了什么。她颤抖着手点进收件箱，空空如也。

她只能无力地趴到桌子上，眼眶随之一湿。

那些承载着她跟他过去一年多时光的短信，所有的短信，都随着刚才那一下，从这个世界上消失了。

那年十一月底的一个周末，展若绫跟两个高中的女同学在王府井的一家餐厅聚餐。

展若绫听两个女生闲聊，偶尔也插几句话。听到陈淑说"裴子璇现在在中大混得可好了，她男朋友是学院的学生会主席"云云，她不禁一呆，端起杯子喝了一口茶，语气有些愣怔："那钟倚怎么办？"

"就是啊，我也一直在想这个问题。"陈淑似笑非笑地回答。

过了几十秒，展若绫装作不经意地问："陈淑，你最近有没有跟钟徛联系？"

陈淑摇了摇头："没有，我又跟他不熟。"她高三跟展若绫一样是在历史班读书，跟钟徛接触得并不多。

话题便又转到了别的同学身上。

展若绫心不在焉地听着两个女生说话，心里不停地想那个在中大读书的男生：他过得还好吗？

回学校的时候，展若绫在公交车上玩手机，随手点进已发信息，这才发现昨天群发短信时发给钟徛的那条没有发送成功。

下车后她忍不住又给钟徛发了一条短信，结果还是显示"未发送至"。

未发送至，他手机又被停机了？这不太像他的作风。

她心里有些疑惑，站在校园的小径上，极力思索着原因。

脑海中倏地灵光一闪，她整个人像是坠入了冰窖一样，浑身冰冷。是啊，她怎么没有想到？除了停机，还有一种可能会使她发出的信息的状态为"未发送至"——空号，那是一个空号。

她的脑袋有片刻的空白，她一动不动地站在那里，全身僵硬。尽管已经浑身无力，尽管已经知道是怎么回事，她还是不死心，从短信转到他的号码，按下拨号键。

手机的另一头传来机械的声音："您好，您所拨打的号码是空号，请核对后再拨。"

校园里走动的人不多，蜿蜒的小径好像没有尽头一样，往前延伸着。天色已经完全暗下来，将她的心也卷入无边的黑暗之中。

是十一月吗？她是耐寒的人，一向是不怕冷的，从来都不觉得北京十一月的天气冷，可是此时她浑身又僵又冷，血液像是停止流动了一样。

他换号了,而且已经换了一段时间了,却没有通知她。

从今以后,她连跟他联系都是奢望,一生一世的朋友,已经完全没有可能性。

这下,她终于可以彻底死心了。

她抬头就能望到远处外研社的大楼,砖红色的外墙猛烈地刺激着她的眼。

她呆呆地站了很久,泪水终于从眼睛里涌出来。有一滴眼泪滑到了她的嘴角边,是咸的。

可是她有什么资格在这里伤心呢?她跟他,本来就只是高中同学而已,关系一向都谈不上亲密。

展若绫就这样拿着手机站在小道上,任由冷风掀起她的外套。寒风凛冽的深秋,她的唇边慢慢地挂上了一抹笑,无比讥诮。

她伸手拭去泪珠,迈步走向宿舍楼。

晚上,她拿笔记本电脑上网的时候,分别在谷歌和百度的搜索引擎中搜索了一下"钟徛"这个名字,搜索结果只有寥寥几则相关消息,其中有一个网页的标题叫作"钟徛的博客"。

可是他那样潇洒不羁的人怎么可能会写博客?她点进那个博客,毫无意外地发现那个博客的主人果然是另一个人——一个跟他同名同姓的人。

她将每个搜索结果都点开查看了一遍,终于在一份全国化学竞赛的得奖名单上看到了他的名字——他名字后面的括号里有"N中"的字眼。

除此以外,她什么都搜不到,关于他的其他消息,都搜不到。

熄灯之后,她躺在床上辗转反侧,怎么也睡不着,索性打开笔记本电脑,看高一(6)班大一那年寒假聚会时拍的照片。

照片上,他跟言逸恺站在一起,笑容疏朗,带着少年人特有的风华正茂。

也许是他人缘好受欢迎,关于他的照片也比较多。那天的聚会有几个人带了相机,临告别前好几个人都相互合影留念,程忆遥那时也过去跟他拍了一张合照。她当时就站在不远处看着,却一直没有勇气上前对他说想要跟他拍合照。

可是她现在后悔已经没有用了。

有一张照片是他侧身站在水池边上,一只手扶着栏杆,侧过头跟人说话,虽然笑着,表情却有些心不在焉。

她将照片一张张地看过去,眼睛越来越酸,两条银线滑过她的脸,点缀了黑夜。

原来,喜欢一个人也会这么心痛。

她关了电脑,去厕所洗了脸重新回到床上睡觉,然后做了一个梦。梦里,周公完成了她的心愿——她又看见了钟倚。

在高二那个教室里,她在埋头做一道数学题,钟倚坐在一旁嘲弄她:"展若绫,你有点儿脑子好不好……"

她放下笔,将身子探过去,假装凶巴巴地伸出手作势要掐他:"你说什么?"

他一边躲开一边笑着,笑容疏朗不羁。

她忽然想到,这样他们又算是在同一个班里读书了。那一刻,她的心里异常满足。

他就坐在她旁边,触手可及,她甚至可以闻到他身上散发出来的那股淡淡的、清爽的男性气息。

裴子璇笑着对她说:"展若绫,你别理他……"

她对裴子璇笑了笑,看了钟倚一眼,然后低下头继续写作业。钟倚闲闲地坐在那里,靠在椅背上,看着她写作业。

温馨的感觉蔓延至全身,命运终究还是眷顾她的。

那一刻,她心里突然觉得幸福来得太及时了——在她失去他的联系方式时,他就这样出现在她的梦中。可是,就连她自己也知道,这是睡梦中的景象。这一层意识,无比清晰。

其实她知道问题所在,她只要给程忆遥发一条短信就能问到他的号码。只不过,那样始终跟他告诉自己不一样。

问题出在她自己身上。她没有努力,只是一直这样站在原地看着他的背影。她也没有勇气,跟他发信息的时候只要再多聊几句,就能将话题继续进行下去,可是她没有。

因为两个人距离太遥远,所以她只能希冀跟他做朋友。

想他,想见他!不可抑制地,她希望能跟他见一面。

她这样千盼万盼,终于迎来了大三的寒假。

第七章
一直都很喜欢你

放寒假前,导师找展若绫谈话,推荐她去西班牙的一所知名大学留学。

她是学西班牙语的,如果能去西班牙留学,自然能大大提高西班牙语的水平。她深知自己总有一天会去西班牙的,这也是她从小就有的梦想。

可是这种事毕竟要跟家人商量一下,她对导师说:"老师,我回去跟我父母商量一下。"

寒假春节期间,(6)班果不其然有一个小型的同学聚会,有十来个人到场,但是展若绫并没有看到钟倚的身影。

一群人等着上菜的时候,十几个人开始聊高中的往事,林建诚笑着对程忆遥说:"钟倚经常回忆跟你坐在一起的时光。"

展若绫低着头默默地喝饮料,耳边回荡着林建诚的话。

钟倚经常回忆跟程忆遥坐在一起的时光——虽然知道这也许只是他们的玩笑之话,但她心中仍是不可抑制地发酸。他还记得程忆遥,那么,他还记得她吗?他们已经这么久没联系了,他还有可能记得她吗?

不知不觉间,他们的距离已经如此遥远。

过了不久,林建诚转头问她:"展若绫,你还记不记得钟倚?"

"怎么可能不记得!"展若绫的心"突突"地跳着,桌子下的手也握成拳头,她却依旧装作云淡风轻地说,"他那时老是找我的麻烦。"

话题却没有继续,而是逐渐扯开,绕到了别的同学身上。过了几分钟,展若绫忍不住问道:"钟倚现在怎么样?"

"他现在在澳大利亚晒太阳,不会回来了。"言逸恺半开玩笑地说道。

展若绫呼吸猛然一滞,干巴巴地问:"不会回来了?什么意思?"

一个男生答道:"他移民去澳大利亚了。"

刹那间,她只觉得黑暗铺天盖地地袭过来,毫不留情地将她吞没。

大脑失去了思考的能力,只剩下"移民"两个巨大的字在脑海里不住地翻腾叫嚣着。

他移民了。

她原想着这次回来可以见他一面,可是,他竟然移民了!

她艰难地扯起嘴角:"原来是移民了啊!我想起高三时,我们那个班也有一个同学移民去了加拿大。"

他去澳大利亚了,去了南半球那个著名的国家,自然也不会再回来了,她永远也不可能再跟他见面了。

她的意识变得恍惚,在空气中四下飘荡。过了几秒,她依稀听到有个男生问了一句"为什么移民"之类的话,然后听到言逸恺模糊的声音:"他去当交换生。"

展若绫将指甲用力地掐进掌心,逼着自己问出来:"到底是交换生还是移民?"

这对她而言非常重要。如果他是交换生,那他早晚会回国的,以后她或许还可以再跟他见面;如果是移民,那么有生之年她都只能将这个心愿压到心底了。

其实她心里也明白,这个问题问与不问都差不多。他那样洒脱的人,即使只是去两年就回来,回来后还有可能记得她吗?毕竟他们已经这么久没联系了。

他有理由记住程忆遥,却没有理由要记住自己。不知不觉间,她跟他已经变得如此陌生。

在这件事上,言逸恺是唯一的发言人:"交换生。"

展若绫稍稍放宽了心,心底却在苦笑。她知道其实这颗心一点儿都不算宽,甚至已经被逼到了一条绝路上。即使他只是去当交换生,以后回来见面岂是一件容易的事?她本来就不是那种会为了感情不惜一切的人,而以后,还会有同学聚会吗?

言逸恺接着说下去:"不过他可能一直待在那边不回来了。"

霎时间,她只觉得一颗心迅速沉下去,沉到了无底深渊,她只能干涩地问:"为什么?"

言逸恺说道:"可能去两年,也可能在那里发展,永远都不回来了。"

她只觉得内心那股酸涩越来越浓,五脏六腑都搅在了一起,连呼吸都变得非常困难。

他可能去两年,也可能永远都不回来了。

永远都不回来了——这一生,她连见他一面都是奢望。

她曾以为将来总有一天会跟他见面,却原来已经不可能了。钟倚,这一生,我与你再无相见之日。

她很想问言逸恺为什么钟倚永远都不回来了,动了动嘴唇,才发现自己已经发不出声音,喉咙就像被一把尖刀顶住了。

她将手搭到桌子边沿,这看似不经意的动作使这双手成了全身的支点,也终于给了她一点儿力量。展若绫艰难地扯起嘴角,以开玩笑的口气说道:"如果他到时回来开酒店,我们去他的酒店吃饭,说不定可以叫他给我们打折。"这句话,几乎耗尽了她全身的力气。

言逸恺看了她一眼，若有所思。

林建诚问言逸恺："他什么时候走的？"

展若绫低下头看杯子，垂下的眼睑恰到好处地藏起了所有的情绪。言逸恺回想了一下，答道："七月。"

七月。

"哪一天？"是林建诚的声音。

尽管意识已经开始变得有些飘忽，她还是拼命集中注意力，接着听到言逸恺清晰的声音："十二日。我十一日的时候去送他的。"

难怪后来她给他发短信都没有发送成功，原来他那时已经不在国内了；难怪他的QQ头像一直是灰色的，难怪他从来没有在群里说过话，因为那时他已经在另一个国度了。

她的心里不知是释然还是茫然。

他那时已经出国了，可是他没有跟她说一声。原来在他的心目中，她属于不需要告知的那种同学。

她靠到椅背上，侧头望向落地窗外，眼里有热气蔓延，泪水几乎马上就要涌出来。

苍白的阳光惨淡地照着街道两边的树木，天空灰蒙蒙的。这个寒假，史无前例地冷。

她的一颗心凉飕飕的，五脏六腑像是都要翻过来一样。

钟徛，我们终于还是错过了。这是从一开始就注定的结局。

吃完饭，一群人结伴去了附近的游戏城玩游戏，展若绫跟其他女生一起玩了几个适合女生玩的游戏。

游戏城里到处是喧闹玩乐的声音：音乐声、游戏机运作的声音、说话声……她通通都听不见，脑海里只有那句话在不停地播放："可能永远也不回来了。"

她木木地跟着言逸恺等人玩游戏，在震耳欲聋的音乐声和音效声中，心绪逐渐平静了下来。

展若绫在格斗游戏区的游戏机前玩《街头霸王》的时候，言逸恺一直站在她后面看着，见她接二连三地闯关，眼睛都瞪直了。

旁边的几个男生也是第一次见到玩游戏这么厉害的女生，都围在她身后观看。

展若绫一脸淡漠，手下的动作却跟脸上的表情形成极大的反差，摇杆和按钮都操作得异常熟练，又快又准，一看就是熟手。

围观的几个人见她打通关，不断地鼓掌，惊叹不已："这个女生好厉害！"

言逸恺见她毫无得色，提议道："去玩别的游戏吧。"他伸手指了指不远处的投篮机器。

到了投篮区，他站到投篮机器前开始投篮，展若绫在旁边帮他捡球。

钟倚很喜欢打篮球，很喜欢很喜欢。想到这一点，言逸恺和她的游戏币用完后，她又去服务台买了十几个游戏币，然后站到那个机器前开始投篮。

这是她第一次玩这个游戏。弟弟展景望运动能力比较差，每次带她到游戏城玩游戏都是直奔格斗游戏区，两姐弟从来没有玩过投篮的游戏。

她是第一次玩，投篮的命中率非常低。言逸恺在后面看了一会儿，索性走到她旁边跟她一起投篮。在言逸恺的带动下，她玩第二局的时候命中率开始直线上升。两人接连玩了几局，总分不断上升，拿到了很多兑奖券。

从游戏城出来后，十几名老同学依依惜别，然后各自回家。

展若绫家离聚会地点比较远，要换乘一次公交车才能到家。她站在公交车站，拿出手机拨下钟倚的号码，机械的声音响起，犹如一把锋利的冰刀割在她的心上："您好，您所拨打的号码是空号，请核对后再拨。"

她使劲摁下结束通话的红色键，然后将 MP3 的耳机塞进耳朵里，一边听歌一边等车。

天色渐渐暗下来,一辆接一辆的公交车开进车站,又绝尘而去,就是没有她要等的那一辆车。

空气中有细小的尘埃在飞舞,正是初春,她的心却已经迈入了寒冬。

他那么出色的人,自然是往高处走。

她将 MP3 的音量开得很大很大,音乐声几乎震破耳膜。可是即便这样,还是有一个声音盖过了音乐声:"可能永远也不回来了,永远也不回来了。"

她的眼里有水汽不断上涌,模糊了视线。

展若绫回到家的时候已经是晚上七点了,刚好赶上晚饭。

展景越一边吃饭一边问她:"阿绫,你们今天的同学聚会怎么样?"他今天出去跟女朋友约会,跟展若绫一起出的门。

展若绫平静地笑了笑:"就那个样子,见个面吃顿饭。"

吃完晚饭,展若绫走到阳台上。浓浓的夜色一眼望不到尽头,将整座城市都浸透。湛蓝深沉的天幕上点缀着几十颗星星,泛着冰凉的光。

黑暗的天边忽然闪过一点红色的亮光,接着是一点绿光。两个光点以一定的频率闪烁着,在夜空中移动。飞机航行的轰鸣声响起来,机身在墨蓝的夜空中逐渐显现。

半年前,他乘坐飞机离开了这个国家,去了澳大利亚。

晚风带着冰冷的温度吹过,她穿着一件薄 T 恤衫和小外套,固执地站在原处,就这么望着夜空,仿佛这样就可以望见他。

随着飞机越飞越远,那点红色的灯光也逐渐变得微弱,最后终于消失在视野里。这一刻,展若绫心里顿生寂寞之感。

澳大利亚位于南半球,夏令时跟中国有三个小时的时差,他那边应该是晚上十一点了。他们生活在不同的大陆上,使用不同的区时作息,连季节都是相反的。无论是空间还是时间,都截然不同。

晚上,展若绫做了一个梦。

在大学的那个校园里,她背着书包去教室上课。她去得晚了,偌大的教室里几乎座无虚席。她瞄到中间某一排有几个空位,急急忙忙地走过去准备坐下,转头看向旁边那个人时,不由得愣在当场。

是钟徛!他竟然回来了!

这一刻,真的是恍如隔世。

她怔怔地站了很久,直到上课铃响起来才知道要坐下去。坐下去后,她顾不得放下书包,急急地推了推他的手:"你不是去当交换生了吗?"

他稳稳地坐在座位上,气定神闲地一笑,声音爽朗:"我回来了。"

刹那间,喜悦如巨浪般向她袭过来。时光匆遽,他终于还是回来了。

两年没见,他的眉宇之间多了一股沉稳,不复往日的稚嫩与青涩。

可是没过多久,她的视野就开始暗下去,他的笑容也逐渐被黑暗掩盖。她马上惊醒,不可避免地发现这是一个梦,心头涌起一阵悲伤。

钟徛,我们还会见面吗?会像在梦里那样轻松自在吗?

第二天早上,展若绫吃完早餐就回房间打开电脑上网。她登上QQ,从高一(6)班的群点进钟徛的个人页面。他的个人资料基本是空的,只有昵称那一栏写了一个"徛"字。

她关掉窗口后登录邮箱,里面有一封导师发给她的邮件,附件是有关留学西班牙的资料。

回完导师的邮件,她给程忆遥发了两首歌的试听链接,接着打开存有大一寒假聚会照片的那个文件夹,将每张有钟徛的照片都仔细地看了一遍,然后登进网络相册,将所有照片都传到上面,又把相册的属性设为私人,接着把电脑里的那个文件夹拖进回收站,再清空回收站。

下午的时候,展若绫跟展景越坐在客厅里看电视。

正值一年一度的澳大利亚网球公开赛举行的时间,电视上正在播放刚刚获得本次澳网男单冠军的选手的视频,画面上是墨尔本的城市景观航拍。

看了一会儿节目,展景越扭头问道:"阿绫,你在大学里有没有谈恋爱?"

展若绫将注意力从电视节目上收回来,摇头答道:"没有。"

"趁着没毕业,早点儿找一个男朋友吧,毕业以后就不好找了。"展景越跟女朋友蔡恩琦都在中山大学读书,大二时正式确立了男女朋友关系,到现在已经有三年多了。

展若绫不由得笑起来:"哥哥,妈妈都没跟我说这个,你怎么比妈妈还急?"

"你一个女孩子,有一个男朋友照顾的话会比较好。我跟我女朋友是大学同学,对这一点深有体会,而且毕业后就不好找男朋友了……"

展若绫平静地回答:"没有喜欢的人。"

展景越十分理解地说:"那也没办法。"他转头继续看电视。

过了很久,展若绫端起杯子,唤道:"哥哥。"

展景越又转过头来:"什么事?"

"我想出国留学。"说出这句话来的时候,展若绫心中仿佛卸下了千钧重担。

展景越先是一愣,随即就说:"想去就去吧,晚上跟爸爸妈妈说一下。你学语言的,到说那种语言的国家体会一下总是有好处的……是去西班牙吗?"去年她当交换生前往的国家是古巴。

展若绫一只手握着杯子,指关节微微泛白,声音如同杯子里的白开水一样平淡:"嗯。"

她望向窗外,一群鸟儿飞过,白色的翅膀在蓝色的天幕下一闪而过。

不管如何,她总是要生活的。

接下来的日子,展若绫开始积极准备前往西班牙留学的事宜。

在准备留学各项手续的那段日子里,她收拾东西时看到了一张高一(6)班的同学联系表。

那份联系表是高三分班前言逸恺做的,表上有每个学生的家庭电话号码、手机号码、电子邮箱地址以及 QQ 号。那时展若绫还没有 QQ 和邮箱账号,只填了手机号和家庭电话号码。

她拿着那份联系表看了很久,心里翻腾着一个念头:如果终此一生,她跟他都没有机会再见面的话,那么,就跟他说几句话吧!

不知道哪里来的勇气,她注册了一个新的邮箱。登录后,她在新邮件的收件地址那一栏输入了钟倚的邮箱地址,想了半天才打出一句话:你在澳大利亚的哪个城市留学?

她没有留下任何署名,就把邮件发送了出去,等了一个多月,没有等到任何回复。

她也分不清心中到底是放心还是绝望:这个邮箱,应该是被他弃置了。

可是不管怎么样,她总算可以给他发邮件了。在等签证的那段时间,她每隔几天就给钟倚发一封邮件。

因为知道他不可能会看到邮件,所以她锲而不舍地写,然后发过去。

这样的举动,已经成了习惯。

邮件的内容很简单,说一些不着边际的事,偶尔附上一张图片或一首歌的链接,没有什么实质性的内容。

可是这样就足够了,这称得上是她做过的最勇敢的事了。她从来都只是一个随波逐流的人,从来没有想过要主动做些什么去改变现状。

在他离开后,她终于勇敢了一回。

邮件一封接一封地发过去,尽管明知他看不到,但她还是很忐忑。

大四毕业的那个夏天,展若绫去西班牙驻华大使馆参加面试,顺利地拿到了出国的签证。

拿到签证后,她发短信告知程忆遥自己即将出国的消息。

程忆遥申请了去新加坡留学,也在等签证,收到她的信息颇为感慨:等你回来的时候,都不知道我们会变成什么样子了。

程忆遥交友广泛,跟展若绫也算不上是无话不谈的好友,但是因为大学四年一直都保持联系,交情还不错。

展若绫回复她:是啊,也不知道到时还能不能见面。

程忆遥,这个曾经的同桌,好像总是提醒着展若绫,她曾经有过那样的岁月,曾经跟他在同一个校园里生活,在同一间教室里读书。

程忆遥又发了一条短信过来:我上次跟言逸恺聊 QQ,他还提到了你。

彼时的展若绫,看着手机淡淡一笑:是吗?

出国的事,她只告诉了初中一个叫林微澜的好朋友和程忆遥,自然没有特意通知言逸恺。

言逸恺,这个人在她心中总是跟另一个人联系在一起的。钟倚周围虽然围绕着很多朋友,但是跟言逸恺交情最深。那次寒假聚会言逸恺也说了,钟倚去澳大利亚的时候,他去送行了。

出国前一天,她给钟倚发了最后一封邮件。

钟倚:

我要走了,去西班牙留学,跟你那时一样。

我一直在担心，想知道你的大学生活过得怎么样，怕你因为高考失利而影响心情，不想你不开心，希望你能像高中时一样笑口常开。

　　去年寒假同学聚会那时，我听他们说你去澳大利亚当交换生了。这样很好，看来你在大学适应得很好。他们说你可能永远都不回来了，当时我非常伤心。我一直想见你一面，所以才去参加聚会，听到的却是你再也不回来的消息。

　　你可能不知道吧？我喜欢你，一直都很喜欢你，从高二时就开始了。

　　我在想，这种感觉其实挺难受的。我知道得太晚，或者说，能表现的时候已经结束了。

　　也许因为你看不到这封邮件，所以我才说得毫无顾忌；也许我们已经分别，所以我才说得这么放心。我在想，如果你现在站在我面前的话，我是绝对说不出来这些话的。其实我是一个很爱逃避问题的人，即使很喜欢也说不出口。

　　也许我们终究是没有缘分，虽然我不想承认。我曾经想，就这样跟你做朋友也不错，做一生一世的朋友，那有多好！不过，还是不行啊，我连你的联系方式都没有。

　　你还是出国了，你的人生一定很精彩。

　　我也不知道你会不会回来。可是即使你回来了，也未必记得我了。

　　如果可以，我会用一生一世的时间来记住你。

　　我要走了。

　　祝你永远开心！再见！

　　打完最后一个字，她点了发送，关掉页面后，泪水不期然地滑下。在熟人看来，他应该是很开心的，因为他永远都摆出一副玩世不恭的样子。可是她知道他也有不开心的时候，那张他站在水池边上的照片里，他分明就笑得心不在焉。可是她从来没有机会问他为什么。

这也许是她跟他最后的结果了。

那段飞扬的青春，一路苦撑的暗恋，终于还是走到了凋零的一天。从今以后，他们再无瓜葛。

出国的那天，是一个阴天。

展若绫留学的城市是巴伦西亚，N市国际机场没有直达航班，中途要转一次机。她乘坐的是早上十点的班机，此时距离登机还有一个半小时。

她坐在N市国际机场宽敞的候机厅里，透过巨大的落地玻璃窗望着广阔的停机坪。

一架蓝白色的飞机在跑道上快速滑行，加速，机头抬高，然后飞离地面，平稳地插入空中。蓝白色的机身越飞越远，在蔚蓝的天幕中逐渐变成一个小小的黑点，最后终于被厚重的云层吞没。

两年前，他乘坐飞机去了南半球那个有名的国家……她就坐在那里，看着一架架飞机飞离机场。

偌大的候机厅里响起一阵广播声："前往悉尼的乘客请注意，您乘坐的×××航班很快就要起飞了，还没有登机的旅客请马上由××登机口迅速登机，谢谢。"

悉尼是澳大利亚的城市，而澳大利亚那么大，她连他去了哪个城市都不知道。

她忍不住摸出手机，找到钟倚的号码，然后摁下通话键拨了过去，熟悉而机械的声音传入耳膜："您好，您所拨打的号码是空号，请核对后再拨。"

一颗泪珠从她的眼眶中滑出，滚落脸颊。

展若绫，你这一生都完了！

她一遍遍地听着，任由泪水沾湿面颊，到第四遍的时候，终于挂断了通话。

登上飞机后，等了十几分钟，她乘坐的航班终于要起飞了。

她的座位就在机舱右侧最里面，透过舷窗能看到飞机的右翼微微振动着。

飞机在滑行道上滑行，加速，引擎的轰鸣声越来越大，几乎震耳欲聋，她的一颗心像是要从嗓子里跳出来一样。就在这一瞬间，舷窗外的景物陡然一变，飞机已经飞向蓝天，插入了云层。她隔着舷窗望出去，天空蓝得好像可以滴水一样，莹莹透亮。

飞机升上万米高空后，展若绫掏出 MP3，开始听音乐。

男歌手磁性而富有张力的歌声透过耳机，一句句传入耳朵：

爱上了 / 看见你 / 如何不懂谦卑
去讲心中理想 / 不会俗气
犹如看得见晨曦 / 才能欢天喜地
抱着你 / 我每次 / 回来多少惊喜
也许一生太短 / 陪着你
情感有若行李 / 仍然沉重待我整理

天气不似预期 / 但要走 / 总要飞
道别不可再等你 / 不管有没有机
给我体贴入微 / 但你手 / 如明日便要远离
愿你可以 / 留下共我曾愉快的忆记
当世事再没完美 / 可远在岁月如歌中找你

再见了 / 背向你 / 眉头多少伤悲
也许不必再讲 / 所有道理
何时放松我自己 / 才能花天酒地
抱着你 / 我说过 / 如何一起高飞

· 85 ·

这天只想带走 / 还是你

　　如重温往日游记 / 但会否疲倦了嬉戏

　　…………

　　飞机穿过云层，阳光从舷窗外照射进来，带着暖洋洋的温度。她将遮光板拉下一半，透过剩下的那一半玻璃望出去。

　　银白色的云团密集厚重地堆在一起，橙红色的太阳悬挂在云层上方，密集的阳光像是煮沸的开水一样，在云层里不断地翻滚着，浓烈而耀眼。

　　也许是阳光太耀眼，她被照花了眼，泪水悄悄地溢出眼眶，沾湿了眼睫毛。

　　她目不转睛地望着云层中的太阳，舍不得移开目光，近乎固执地望着外面。

　　而 MP3 里那首《岁月如歌》已经唱到了最后：

　　愿你可以 / 留下共我曾愉快的忆记

　　当世事再没完美 / 可远在岁月如歌中找你

　　可是，她要在怎样的岁月中寻找他的身影？

　　在西班牙留学的日子是匆忙的，展若绫每天除了学习还是学习，闲暇的时候就跟几个关系好的女留学生一起到附近的城市旅游。

　　翌年冬天，展若绫独自一人去了巴塞罗那旅游。

　　巴塞罗那是西班牙的第二大城市，比她留学的城市巴伦西亚热闹许多，街道上人头攒动。巴塞罗那濒临地中海，是典型的地中海型气候，全年气候温和。其时虽然是一月份，但是并不寒冷，街上有许多来自其他国家的游客。

　　展若绫穿过繁华的街道，一抬头就看到了对面大厦上的巨型电子广告板，上面正在播放澳大利亚网球公开赛的新闻。

那个南半球的国家正值夏日，阳光充沛，一派生机勃勃的景象。

他就在澳大利亚留学，或许以后也将在澳大利亚永远生活下去。然而，那个国家离她是如此遥远。

身边的行人络绎不绝，她站在街头，心里蓦然生出一种寂寞的感觉。

钟倚，你知道吗？我曾经站在繁华的巴塞罗那街头，回忆着高中时的点点滴滴，任思念蔓延全身。

可是，经历过这样的岁月，她以后就不会再轻易受伤。

第八章
回忆如果有棱角

去西班牙留学只需要两年,但是展若绫完成学业后没有马上回国,而是选择了继续待在西班牙,在巴塞罗那的一家贸易公司工作。

展景越和爸爸妈妈虽然都舍不得她独自一人在异国他乡待那么久,但是也知道她在西班牙的工作经历能在她将来的履历表上留下浓墨重彩的一笔,对于回国后找工作而言有百利而无一害,也就同意了。

展若绫在西班牙的第三年初,展景越和蔡恩琦结束了六年的爱情长跑,携手踏入婚姻的殿堂。

展景越和蔡恩琦结婚前,展若绫专程从巴塞罗那坐飞机回N市参加两人的婚礼。她回国的那天,展景越带了蔡恩琦去机场接机。

展景越一见到妹妹就心疼无比:"阿绫,你怎么瘦了这么多?"

蔡恩琦也担心她在西班牙过得不好:"阿绫,是不是在西班牙待得不习惯?"展若绫出国前常常跟蔡恩琦待在一起,两人关系相当好。

展若绫挽住未来大嫂的手臂:"没有的事。都已经待了三年,什么都习惯了。"

展景越皱了皱眉,说道:"你还是早点儿结束那边的工作回来吧。你不在的时候,爸爸妈妈每天在我的耳边说个不停,就盼着你能早点儿回来。不信你问阿琦。"虽然当初他赞成妹妹留在西班牙工作,但是作为哥哥,有时难免会担心她一个人在国外生活太辛苦,希望她能早点儿回国。

"嗯,知道了,知道了!"展若绫连连点头,笑着对蔡恩琦说:"琦姐姐,我哥这么啰唆,你以后有的受了!"

蔡恩琦瞪了展景越一眼,做了个无奈的表情:"是啊。幸好我已经习惯了。"

翌日早上,全家人去了一趟墓地。

正是二月初,清晨的墓地还笼罩着淡淡的雾霭,寒风一阵阵吹过来,吹得人不禁生出一股凉意来。

妈妈蹲在地上,将水果放到墓碑前的台面上,对着展景望的遗照絮絮地说了很多话:"阿望,你姐姐从西班牙回来了,今天跟我们一起来看你了。你已经很久没看到她了吧?……你哥哥明天就要结婚了……"

展若绫将一直捧在手里的那束花放到墓碑前,然后蹲在墓碑前,将两只手合拢到一起,在心里默默地念:阿望,我回来了。对不起,这么久都没回来看你……哥哥明天就结婚了,你一定要保佑他跟琦姐姐一直幸福地生活下去!

烧完香纸,一家人又在墓前站了很久,才收拾东西离开。

晚上,展若绫在客厅看电视的时候,给初中好友林微澜打了一个电话,挂断电话后想起程忆遥,于是到房间里找出程忆遥家的号码,重新拿起听筒拨号。

程忆遥接到她的电话十分惊喜:"展若绫?天哪,好惊喜!你回来了?"

"是啊，我回来了。"程忆遥的反应这么热烈，让展若绫也不禁生出几分喜悦来。

"什么时候回来的？终于知道给我打电话了？"程忆遥在兴奋劲过去后便开始兴师问罪。

展若绫歉疚地说："我昨天才回来的。今天早上一直在睡觉，时差还没调过来。"

聊了一会儿，程忆遥得知她后天就要回西班牙，不禁讶异万分："后天就要回西班牙？我还以为你不用再走了呢！怎么这么急啊？我还想跟你见个面……"她去年就已经从新加坡留学归来，现在在一家广告公司工作。听到昔日同桌的声音，她不觉忆起了美好的高中岁月。

展若绫万分抱歉地说："不行啊，我只有几天假期。我哥明天结婚，我只是回来参加他的婚礼，婚礼一结束，我就要回西班牙……"

"你哥哥？亲哥哥吗？天哪，我都不知道你有哥哥！"程忆遥好奇地问。她一直都以为展若绫是独生女，不知道展若绫还有一个哥哥。

"是啊！如果不是亲哥哥，我就懒得回来了。"

展景越刚好走过来，听到展若绫的话在她的头上敲了一记栗暴，顺便将手上那盒曲奇饼干递到她面前。

程忆遥连忙道喜："这样啊，恭喜恭喜！"

"谢谢！我一会儿跟我哥哥说。"展若绫拿起一块饼干放到嘴里，示意展景越可以拿走饼干了。

程忆遥在电话另一头问："展若绫，你不会打算一直待在西班牙不回来了吧？"

展若绫笑了笑："也说不准。"

程忆遥叹了一口气，问道："那你什么时候再回来？"

"说不清楚，但是我回来的话一定会告诉你的……"

挂了电话后，展若绫眼睛盯着电视机，思绪开始游离。其实她的心里很清楚，她早晚会回国的——不管她在西班牙待多久，最终一定会回中国的。

可是他不一定。那时言逸恺也说过,他可能永远也不回来了。这也许就是她跟他的不同,她是一个念旧的人,根在哪里,就会回到哪里。她的家人都在这里,所以无论如何她都会回来的;而他一向洒脱不羁,不受束缚,也许就会一直在澳大利亚生活下去了。

展景越和蔡恩琦的婚礼结束后的第二天,展若绫坐飞机回西班牙。她的邻座是一个非常年轻漂亮的女人,展若绫刚坐下不久,就有一个一身休闲打扮的男士走过来,希望能和她换座位。展若绫自然成人之美,就这么坐到了商务舱。

商务舱的空间比经济舱宽敞许多,座位也更舒适。展若绫根据换过的登机牌找到座位坐好,便望向舷窗外。说来也真是巧,她坐了这么多次飞机,一半以上的时候座位都靠着窗。

她的邻座是一个西装革履的男士,长得非常养眼,五官很端正,目光深沉锐利,表情冷静自如,俨然是一位成功人士。

展若绫看着那身名贵的西装,不期然地想到了另一个人。

她不禁在心里想:如果他以后穿上西装,应该会很好看,一定也是一副社会精英的样子,可是她注定没有机会看到了。

飞机准备起飞了,机舱里照例响起广播的声音,提醒乘客关掉所有的电子通信设备。

她突然想起那时大一开学去北京报到,在飞机上等钟徛信息的情景。现在的她即使手里拿着手机,里面存着的也只是一个空号,再也没办法像那时一样,等着他回短信。

进入平流层后,飞机平稳地航行着,展若绫闭上眼睛小睡了一会儿。她做了一个短暂的梦,依稀回到了高二的那间教室。

梦里,她坐在言逸恺前面的座位上,听到后面有人叫她的名字,一扭头就看到了钟徛。他坐在言逸恺旁边的座位上,教室的光线有些昏暗,她只看到他穿着一件黑色 T 恤衫,样子很模糊。

其实她已经记不清他长什么样子了。她跟他一起读书的两年,在岁月长河中显得如此短暂，相处的时间更是少得可怜，而他们已经六年没见面了。

在西班牙的日子里，她不停地回忆，希望能将所有跟他有关的片段牢牢地记在心里。可是分别了这么多年，有些记忆还是随着时间慢慢流逝掉了，就像金字塔，在岁月中渐渐被磨去了尖锐的棱角。

但是她知道那个人是他。那件黑色T恤衫传递过来的，是属于他的特有的气息。

最后一次见面时，他就穿着那件阿迪达斯的黑色T恤衫，留给她一个黑色的背影。那个身影深刻得像是一刀一刀刻在她的心上的一样，每一根线条都清晰无比。

余知航合上笔记本电脑，目光一转，移向邻座的女子。

飞机起飞后她就一直望着窗外，表情说不出地温煦恬淡。那明明是一张朝气蓬勃的脸，他却从她沉静无波的眼底看出了她并不开心，甚至很寂寞。

展若绫从窗外收回目光，端起放在小桌板上的塑料杯子。机身突然剧烈地颠簸了几下，杯子里的水随之溅了出来，在光洁的桌板上留下了一串水珠。她连忙放下杯子，伸手到衣兜里去摸纸巾。

旁边突然伸出一只手，她侧头一看，只见邻座的男士手里拿着一张纸巾，目光平和友善。

展若绫伸手接过纸巾，向他道谢："谢谢！"

"不用客气。"回答的男声低沉悦耳，格外好听。

机身又是一震，紧接着机舱里响起一阵广播："尊敬的乘客，您好！……"飞机遇到不稳定气流了。

余知航将桌板收起来，笑着说："今天的天气不适合长途飞行。"

展若绫弯起嘴角："可是你还是上了飞机。"

从N市飞去西班牙，无疑比飞去北京更称得上是长途飞行。

余知航摆摆手，表情有几分无奈："人在江湖，身不由己。"

"说得有道理。"展若绫不禁莞尔。

余知航亦是一笑,微一沉吟,问她:"去西班牙读书?"

展若绫摇摇头:"不是。前几年就已经读完了,现在在那里工作。"

余知航挑了挑漂亮修长的眉毛:"不打算回中国了吗?"

"当然不是。中国人都比较念旧,讲究落叶归根,我也不例外。不管在西班牙生活得多么自在,不管过了多久,我以后还是会回中国的。"展若绫心里觉得有些奇怪,之前对着程忆遥说不出来的话,现在对着一个陌生的男子却轻易地说了出来。

似乎,在面对跟他毫无关联的人时,她才能毫无顾忌地说出心里话。

飞机抵达巴塞罗那的时候已经是傍晚时分。

出了机舱,展若绫向一路欢聊的旅伴道别:"再见!"

"再见。"余知航微微一笑,站在原处没动。

再见再见,就是再次相见。希望他们真的可以再次相见。

回到巴塞罗那,展若绫继续待在之前的公司工作。

周末,展若绫前往邻市巴达洛纳旅游。她在当地的商店买了几张明信片,给爸爸妈妈、展景越和蔡恩琦各写了几句话,填好地址后塞进了街道旁的邮筒里。

经过报亭的时候,她顺便买了一份报纸,看到报纸头版上方的日期,才猛然意识到今天是六月十二日,钟倚的生日。

她坐到街边的一张椅子上,从包里拿出一张纸片,那是一张米黄色的纸片,只有普通纸币的一半大小,很薄。

伊比利亚半岛细细碎碎的阳光穿过厚厚的云层射了下来,照在那张纸片上,反射出淡淡的光。

今天是他的生日,写一些什么吧!

她凝神想了很久，提笔在卡片上写了一行字，然后将纸片叠起来塞进钱包的夹缝里，再将钱包放进挎包里。她拿出手机，调出那个名字和号码。

大学那几年，每逢钟倚生日，她都会给他发短信。到了大四那年，即使已经知道那是一个空号，她还是发了一条祝福短信过去。

退出通讯录，她看了一下手表，正是下午两点的光景，而澳大利亚，应该已经是晚上了。

在西班牙的第五个年头，展若绫向上司递交了辞呈，开始准备回国的事宜。彼时正是十一月，她准备在西班牙尽情地玩几天再回国。

刚好她的初中同学林微澜来巴塞罗那旅游，给她打了一个电话，告知了自己来西班牙的缘由：林微澜的男朋友徐进杰在西班牙公干，工作结束后有一个多星期的假期，林微澜特意向上司请假，来西班牙陪男朋友玩几天。

展若绫听完后，对林微澜说："你先过来吧，我这几天还会留在巴塞罗那。反正徐进杰的工作还没结束，我就先带你到处走走。等他工作结束可以陪你的时候，我就自动闪开，去我的马德里旅游。"她跟林微澜有十几年的情谊，彼此之间说话非常熟络。

林微澜听了她的话，当即说道："小展，你真好！那我马上过去！"

林微澜晚上抵达巴塞罗那，两个好朋友在宾馆休息了一晚，翌日中午，展若绫带她逛巴塞罗那。

林微澜跟男朋友是读大学的时候认识的，后来自然而然地开始交往。两年前展若绫回国参加展景越的婚礼，临走前约林微澜出来见了一面。两人分别时徐进杰来接女朋友，当时林微澜把展若绫介绍给徐进杰，郑重地说："这是我的初中同学和最好的朋友展若绫。"

两个好朋友沿着街道边走边聊天，提起两年前那件事，展若绫装作无奈地向林微澜抱怨:"你还真是对得起我,还说我是你最好的朋友,交了男朋友那么久,竟然到那时才告诉我。"

林微澜虽然知道她只是在开玩笑,但俏脸还是忍不住一红,辩解道:"你平时又没问我,我总不能突然就冒出一句'我有男朋友了'吧?只不过如果你问我的话,我一定会告诉你的。"

展若绫点头,语气十分欣慰:"我知道。有一个人照顾你,我挺放心的。"林微澜毕竟是她最好的朋友,即使这几年因为她在海外减少了联系,但两人十几年的情谊丝毫不受影响。

林微澜眼眶一红,挽住她的手:"小展,你真好!"

其实林微澜比展若绫还要小几个月,但是她初中读书那时叫展若绫"小展"成习惯了,一直将这个称呼沿用到了现在。

西班牙正处于冬季,街道上的空气都是冰凉的。

展若绫考虑到徐进杰晚上会过来接林微澜,就只带着林微澜在巴塞罗那的市中心大致逛了一下,跟她说:"那些有名的景点,还是到时让他跟你一起去吧,这样你们可以多一些共同的回忆。"

林微澜使劲挽住她的手,坚决地摇头:"那种机会多的是,反正现在还有时间,你带我逛一逛吧!"

展若绫点头:"好。"

走了几步路,林微澜想起刚才聊的话题,抱歉地说:"你从来都不跟我说这方面的事,所以我也不好意思主动说……而且,我也不知道你的事……"

展若绫侧过头看她,微笑着问:"你想听?"

林微澜一直隐隐觉得这个好朋友心里装着一个人,但是从来没有机会询问。她原本只是想要试探一下而已,却没想到一试就成功了,当即鸡啄米似的点点头:"当然想听啊!"

展若绫仰头望向远处的蓝天白云,说道:"其实很简单。那个人是我高中的同学,长得很高……"

"他长得好不好看?"林微澜好奇地插嘴。

"很好看。"展若绫毫不犹豫地点头。

林微澜一脸了然:"我也猜到了,能让你动心的人,肯定长得很好看!"

展若绫只是淡淡一笑。

他是她心中的那个人,不管什么都是好的。即使他的长相一般,在她的眼里也是最好看的,何况她是先听到他的声音再看到他本人的。

她也不辩驳,继续说道:"你知道,我高一时在医院待了两个多月,跟他也没说过几句话,到了高二才开始说得上话。有一天我心情很不好——就是我之前跟你说过的,我去医院做检查,结果医院误诊,报告显示我有白血病。那天下午我请了假回家,路上遇到他。他平时耐性很差的,但是那天一直陪我等公交车,还给我讲了几个笑话。后来他考上中大,我去了北京,我们的联系变得越来越少,到后来给他发信息都发送失败,我才从别的同学那里知道他已经出国了……"

"啊,这个人真是不应该!"林微澜为她打抱不平,"出国也不跟你说一声,太过分了!小展,你别理他,忘了他吧……"

展若绫拍了拍她的手臂,示意她少安毋躁:"其实也没有什么,毕竟我跟他本来就算不上非常熟,他不跟我说,也不算过分。"

那时候,她的确很伤心。可是她跟他只是高中同学,又不常联系,不像他那些中大的同学一样,能够轻易地知道他的去向。

林微澜很不理解:"他有什么好,这么多年了你还记着他?小展,你为什么不试着接受其他人?"虽然展若绫说得很简洁,她也能够感觉到展若绫对那个人用情很深,但是仍然为这个十几年的好朋友感到不值:她听不出那个人有什么地方值得好朋友牵挂这么多年。

展若绫平静地回答:"因为他是第一个走进我内心的人。"

那时她面对的是指向白血病的化验结果,整个人绝望又迷茫,而他气势汹汹地抢走她手中的报纸,轻易地就驱散了她心中的团团阴霾。她记不清在北京和西班牙时,曾有多少次陷入迷茫,但只要想起那天的情景,心里就仿佛立刻注入了暖流。

林微澜沉默了十几秒,然后说:"我现在开始有点儿佩服那个人了,能让你一直记这么多年,他一定非常出色。"

她使劲握住展若绫的手,用最真挚的语气说:"小展,你这么好,老天一定会让你跟他再见面的!"

展若绫淡然一笑。

再见面?她连他将来会不会回国都不清楚。但是,如果他回国,她还是有可能再跟他见面的。这么多年下来,她一直坚持着,期盼真的会有那样的一天。

包里的手机突然响起来,展若绫接通电话听了十几秒,说道:"我跟我初中同学在一起……对,她来西班牙了,我跟她到处逛一逛……嗯,你跟大嫂说一下,把想要的东西列到一张清单上发到我邮箱里,我到时一起买了带回去。"

林微澜是重庆人,不会说粤语,但是在广东省生活了十几年,日常会话基本能听得懂。她从展若绫的称呼听出电话是她的哥哥打过来的。看到展若绫挂了电话,她问道:"你哥哥吗?"

"对啊。"展若绫收好手机,吁了一口气,呼出的气流在冷空气中化作一团白雾,"好了,我们别说这些了,继续走走吧!"

"好,听你的。"

林微澜用数码相机拍了几张照片,问:"小展,你在西班牙生活了这么多年,现在要回国了,会不会很舍不得这里?"

展若绫对回答这个问题已经驾轻就熟:"可是我在中国生活了二十多年,更加舍不得呀!"

"对!你看,我这个问题问得真是没有什么深度。"林微澜不好意思地笑了。

"哪里,只不过已经有好几个人问过我这个问题,所以我有了答题经验而已。"

两人穿过铺着积雪的广场，展若绫随口问道："我一直没问你，你现在的工作怎么样？"

林微澜微微一怔："我没跟你说过吗？"

"林微澜，你没跟我说的事情可多了。"展若绫微笑着看她，同时用目光提醒她两年前跟徐进杰见面的那件事。

"不好意思！我肯定又记错了。"林微澜吐了吐舌头，"那我现在跟你说吧，我在一家酒店工作，是策划部的副经理。"

展若绫侧过头，真诚地说："哇，策划部的副经理！很不错！真厉害！"

林微澜谦虚地笑了笑："哪里，我只是工作得比较早而已，你回去之后肯定做得比我还好。"

"策划部平时工作多吗？"

林微澜裹紧了围巾，说道："没有事情忙的时候还比较好，一旦要开展什么活动就特别忙。"

展若绫点头同意："工作都是这样的。"

"是啊，而且我们那家酒店毕竟是五星级酒店，管理也很严格，每次有什么活动和会议都要经过详细策划。"

展若绫突然想起心中的那个人，他大学读的是酒店管理，也一定会在酒店里工作。可是，这时他还在澳大利亚。

那时寒假聚会，她是怎样忍着满心的酸涩开玩笑的："如果他到时回来开酒店，我们去他的酒店吃饭，说不定可以叫他给我们打折。"然而，言逸恺说他可能永远也不回来了。

即使已经过了这么多年，那种痛彻肺腑的感觉，她记忆犹新。可是，即使已经跟他分别了这么多年，即使已经这么久没有听到任何关于他的消息，她还是放不下他。

这么多年了，也不知道他过得怎么样了，也许他已经有女朋友了。收起纷乱的思绪，目光一转，看到远处的教堂，展若绫伸手指过去，向林微澜征询意见："想进那座教堂看一看吗？"林微澜点头："想啊！你带我过去。"

傍晚的时候徐进杰过来接林微澜，十分抱歉地说："展若绫，真是不好意思，这次见面又是在这么匆忙的情况下，回到 N 市，请务必让我们请你吃顿饭。"

"没问题。"

展若绫要乘当晚的飞机去马德里，徐进杰和林微澜一直把她送到了机场。

在安检口前，林微澜依依不舍地拉着她说话："小展，你回 N 市的话一定要告诉我，我们再好好聚聚。如果你要住酒店的话，就更要找我了，你来我们酒店的话，我给你内部优惠价……"说着林微澜俏皮地向她眨了眨眼睛。

展若绫笑着回应道："好的，我记住了。如果哪天我要住酒店，一定会去你们酒店的。"

第九章
再见，西班牙

到达马德里后，展若绫将当地的著名景点都逛了一遍。离开马德里的前一天，她买了皇家马德里比赛的门票，坐在能容纳八万人的伯纳乌球场，感受着西班牙的足球文化。

在西班牙生活了这么久，她终于要离开这个国家了，下一次来，也不知道是哪年哪月了。

看完球赛，她返回下榻的酒店。

她到了酒店门口，伸手要去推门，旁边突然伸出一只手，先她一步推开了玻璃门。那只手抵着玻璃门，让她先走进去。

"Gracias!（谢谢!）"她侧头，用西班牙语向那人道谢。

"不用谢!"耳畔响起一句中文回复。

她一抬头，便看到一双炯炯有神的眼睛。

她眼前的人穿着一身黑色的西装，轮廓很英挺，样子看起来有几分熟悉。余知航微笑着点了点头，提醒她："我们见过的。"

展若绫微微一怔，随即向他绽开一抹舒畅的笑容："我记得! 那次坐飞机……"点到即止，她没有继续往下说。

余知航不知道为什么这一刻心里舒畅无比——她说她还记得自己。走进酒店后,两人在大厅处驻足,余知航微笑着伸出手:"正式介绍一下,我叫余知航。"那次在飞机的商务舱,两人只互相报了姓氏。展若绫也伸出手:"余先生,你好!我叫展若绫。"

两人边走边聊,到了电梯口,展若绫向他道别:"那么下次再见。"

冬日的阳光穿过马德里古老的建筑,洒落在大街上,这座城市,又将度过一天。

看到余知航走出电梯,等候在大厅的助理连忙迎上前,恭敬地叫道:"余总。"

余知航应了一声,抬起手腕看了一眼手表,微微皱眉:"翻译呢?"助理急得像热锅上的蚂蚁,说道:"余总,杨小姐临时有其他事,说不能来了……"

余知航面无表情地看了他一眼,助理只能硬生生地将剩余的话咽入肚中。

余知航微微挑起嘴角,语气冰冷:"临时不能来?你们请的是什么翻译,这个时候才说不能来?"

助理心知老板正在气头上,连忙噤声,大气也不敢出一口。余知航也知道此时再说什么都于事无补,冷冷地"哼"了一声:"叫司机先把车开过来。"

助理连忙应是,然后讪讪地问道:"余总,需不需要再找一个翻译?"余知航微一沉吟,在心里飞快地盘算着,沉稳地吩咐道:"你打电话给小肖,看他能不能再找到一个翻译。"

"我这就打电话。"助理掏出手机,退到一旁准备打电话。

就在这时,电梯中走出一个年轻女子。那位女子长着一张东方人的面孔,穿着米黄色的外套,脖子上围了一条暖色的格子长围巾,一头乌黑的长发随意地披在肩膀后,几根额发软软地滑在额前,面孔清秀温婉。

她低头看了一眼手里拿着的一本小册子,便转身准备走向酒店的咖啡厅。

余知航将目光投向不远处那位女子,向身边的助理打了个手势:"不用打电话了,我想我找到人选了。"

他迈出脚步,大步走到展若绫面前停下,说道:"展小姐,非常不好意思,请问你今天下午有没有空?"

展若绫先是愕然,随即点头:"嗯,我下午有空。"

余知航放下心头大石,当下说道:"我能否冒昧地请你帮我一个忙?"展若绫无言地扬了扬眉毛,目光亲和,表明自己在很用心地听着。余知航知道自己此时必须速战速决,继续说:"我是至凌有限公司的常务副总,是这样的……"

他简要地说了一下情况,用诚恳的目光望着眼前的女子:"我们的翻译临时有事不能来了,你能不能给我们充当一下临时翻译?"

展若绫惊讶万分,犹豫着说道:"可是你们的行业有些术语我可能不太清楚,不一定能帮得上忙……"

"没事,术语的问题我考虑过了。"余知航沉稳地说。

展若绫想了一下便点头:"好。如果能帮忙的话,我一定尽力。"她在巴塞罗那的公司工作时,也曾经当过几次翻译。

余知航表情一松:"展小姐,我代表我的公司感谢你。那么,请这边走。"他往侧边一站,右手抬起。

展若绫学了西班牙语这么久,曾经给中西商务洽谈当过几次翻译,这次虽然是临时替补,但是也做得驾轻就熟。由于至凌公司跟马德里这家公司早有业务来往,续约的阻力也少了许多,进行了三个小时的谈判后,两家公司顺利续约。

马德里夜晚的街头霓虹灯闪烁,热闹却不显得喧嚣。街道两旁的古典建筑灯火辉煌,灯光映照在行人身后深蓝的天幕上,无形中增添了一丝魅惑感,显得神秘而典雅。

展若绫跟余知航坐在车后座上，一路聊着天。

"展小姐，我记得上次你说你在巴塞罗那工作……"

"我已经辞职了，这次是来马德里旅游。"

余知航略微沉吟："旅游？准备叶落归根了吗？"

"是啊。都这么久了，也要回去了。"

"我也记得你说过，你是一个念旧的人，不管过了多久，总有一天会回去的。你在西班牙生活了……"余知航顿了一下。

"五年。"

余知航扬了扬眉："难怪你的西班牙语说得这么好。"

展若绫扬起嘴角一笑，笑容温和自信："西班牙语是我读大学时的专业。"

余知航见她似乎有些疲乏，不着痕迹地将话题收住，吩咐司机把车速放慢。

轿车在街道上平稳地行驶着，一直开到餐厅的门口才停下。司机转过头叫："余先生——"却立刻被余知航伸手制止了。余知航摇了摇头，示意他噤声。

展若绫在后座上睡着了。

车里的暖气开得很足，她斜斜地靠在左侧的车门上，左手支着脑袋，右手环在胸前，几缕头发从她的头上垂落下来，顺着白皙的脸颊滑下，勾出一张柔婉清秀的睡颜。

她应该很累了。翻译工作要求精神和注意力高度集中，她神经绷了那么久，想必非常辛苦。

刚上车的时候，她还跟他闲闲地聊了不少话题，但是后来就开始困乏。可是即使睡着了，她无形之中仍是将自己跟外界隔绝开来，形成一种自我保护的状态，不让外人轻易入侵。

车子一停，展若绫立刻就醒了。她睁开眼睛的同时迅速坐直身子："我睡着了，不好意思！"

余知航压下心底的遗憾，向她露出一个和煦的笑容："没有的事。"

"到了?"展若绫望向车窗外。

"到了。"

余知航先下了车,右手扶着车门:"展小姐,中餐适合你的胃口吗?"说话的同时他指了指餐厅的招牌。

展若绫拎起手袋走下车,只听到"中餐"两个字便点头:"绝对适合。"

余知航似乎来过这家餐厅,跟老板颇为熟悉,点的菜式也极可口。展若绫在西班牙没少吃中餐,但是吃这种地道粤式餐点的机会并不多,忍不住称赞了几句。

余知航并不怎么吃东西,只是寻些话题跟她聊:"你以前没来过马德里?"

"以前读书的时候来过一次,加上这一次,总共两次。"

他笑得十分温和。看着他的笑容,展若绫突然想起初次在飞机上见到他的情景。刚才签约的时候,他一直都表现得十分冷静沉着,而现在,则丝毫没有商业人士的那种气场,显得亲切而温和。

"虽然我在西班牙待的时间没有你长,但对马德里还是很熟的,有空可以带你走走。"

"恐怕我是没有机会了,因为我明天就要回去了。"

"明天?这么急?"对面的男人有些讶异。

展若绫停下筷子,笑着说道:"都待了五年了,再不回去,就对不起伟大的祖国了。"

他挑了挑眉:"那为什么之前不回去?"

"之前觉得自己磨炼得不够,更愿意待在这里。"展若绫笑了笑,望向窗外。

落地窗外,入夜的马德里街头一片繁华,远处的大厦闪烁着五彩的灯光，格外璀璨绚烂。

没有人知道，即使到了今天，她的手机里依旧存着那个空号。在初来西班牙的那两年，每当她觉得寂寞孤独时，都会拿出手机拨打那个号码，一遍遍地听那个机械的声音，仿佛那样就是在跟他通话一般。

在西班牙的这五年，寂寞的感觉始终陪伴着她，成为她生活的一部分。

而那种寂寞，都跟一个人有关。

可是，只有遍尝寂寞后，她才能更坚强地面对人生，更坚定地生活下去吧。

翌日，展若绫拖着行李去前台退房，遇到了等候在那里的余知航。"展小姐，我今天还有事，不能送你了。我跟司机说过了，他会把你送到机场。"

展若绫感激不已："真是太谢谢你了！"

余知航扬了扬眉，表示不赞同："比起昨天你帮我们公司所做的一切，这不算什么。"

司机把她的行李都放进了后备厢，余知航打开车门让她上车："展小姐，下次回N市的时候再见。"

"好，下次再见。"

在西班牙的第五年即将结束时，她终于乘上了回国的班机。

飞机脱离地面，升上了万米高空，伊比利亚半岛在视野里变得越来越模糊，最后变为一个小黑点，再也看不见。

再见，西班牙！

五年的光阴，不知不觉间，终于走过。

展若绫突然想起，那年寒假自己在回N市的飞机上憧憬着，只是想见他一面，回去之后听到的却是他再也不回来的消息。这一生，她还是错失了这个机会。

如今也是坐飞机,同样是冬天,她却已经没有了那种期盼的心情。算一算,她最后一次见到他,已经是八年前的事了。从认识他那一天到现在,已经过了十二年。

和钟倚有关的,她曾经以为微不足道的高中两年,却几乎占据了她的整个生命,成为她回忆最多的岁月。时间如白驹过隙,这么多年过去,什么都会被时光冲淡,唯独关于他的记忆,永不褪色。

她忍不住将手掌覆在舷窗玻璃上,感受着阳光的温度。她望向机舱外的时候,就迎来了一片灿烂的阳光。

展若绫踏出机舱的时候,南方沿海地区特有的潮湿空气扑面而来,冬天的冷空气里夹着一丝久违的熟悉感,随着吸入的空气流到全身。

出了机舱,她在行李提取处拿了属于自己的行李,便推着车缓步走向接机口。前面一个短头发的女人蹲在地上,东西散落了一地,展若绫立刻松开行李车,走上前帮忙捡东西。

"谢谢,太谢谢你了!"短发女子一边捡东西,一边忙不迭地道谢。

"不用谢。"展若绫把杂志和报纸叠到一起,还给那个女人。

那个女人抬起头,一看到展若绫的脸就愣住了。她目不转睛地盯着展若绫,一双眼睛瞪得大大的,在短短的一瞬间,深棕色的眼睛里闪过了各种各样的情绪,先是愣怔愕然,继而是惊讶,又仿佛是终于知晓了一个大秘密,带着一丝了然与醒悟,目光说不出地意味深长。

展若绫将手定在半空中,扬起眉毛,无声地看着她。

短发女子终于在她善意的目光中回过神来,伸手接过自己的东西,再次道谢:"谢谢。"

"不用客气。"见对方拿好东西,展若绫站起来,推着行李走了几步，突然听到后面传来那个女人清脆的声音："你好——"

她停下脚步，转身对上短发女子友善的目光。

短发女子提着行李走近她，探询似的问："不好意思，请问我可不可以知道你叫什么名字？"

展若绫报以一笑，答道："展若绫。我叫展若绫！"

"展若绫，嗯，我记住了。"

短发女子跟她并肩而行，又问道："展小姐，你高中是不是在N中读书？"她虽然是在问话，语气却相当有把握。

"你怎么知道？"展若绫惊讶不已。

看到对方带着几分得意的笑容，展若绫忍不住问："你以前也在N中读书？"

"不是。"短发女子狡黠地眨了眨眼睛，"因为我见过你的照片。"

展若绫一愣，好奇心立刻被勾了起来："你在哪里看到我的照片的？"

"季班！"就在这时，一个男人的声音响起来，打断了两个女人的对话。

季班望了接机口一眼，举手朝某个方向挥了挥。她站在原地想了几秒钟，突然转身笑着对展若绫说："展小姐，冒昧地问一句，我能不能跟你一起拍张照片？"

展若绫愣了两秒便点头："当然可以。"

"谢谢你！"季班当即从挎包里取出一部数码相机，请一个路过的乘客给两人拍了一张照片。

拍完照片，季班将相机收回包里，笑道："我叫季班，季节的季；班嘛，王字旁右边再加一个进步的进。至于我在哪里看过你的照片，下次如果我们有机会再见面的话，我一定会告诉你的。那么，就这样了，再见！"

说完她也不等展若绫回答，推了行李就走。她到了接机口那里，一个男人迎上前，接过她的行李，跟她相偕走向机场出口。

好潇洒的人。
展若绫站在原地，看着两人离去的身影，只能无奈地笑笑。

回到 N 市后，爸爸妈妈让展若绫好好休息一阵再找工作，展若绫也乐得清闲，在家休息了几天，然后去展景越和蔡恩琦那里过周末。

展若绫出门的时候才刚过四点。这天是星期五，这个时候展景越和蔡恩琦都在上班。

公路上的车流不多，公交车开得很顺畅。展若绫看着某所中学的牌子在窗外一闪而过，心中突地一动，索性在下一站下了车，然后转车到 N 中。

N 中跟她记忆中的样子没有太大区别，还是记忆中的布局：从正门进去就是高大的教学楼，左边矗立着体育馆。教学楼的外墙翻新过，多了几分年轻现代的气息。教学楼再往北就是生活区，远远地就能看见她以前住的那栋楼旁边新建了一栋宿舍大楼。

她站在教学楼下面，望着三楼中间的一间教室——那是她读高二时的教室。

校园里种了几排紫荆树，风吹过，紫荆树的叶子发出"簌簌"的响声。视线往下，就是教学楼前的草地。灌木丛有人按时修剪，十分整齐，平面和棱角都很分明。

那时，他就蹲在那里帮她找手机。一转眼，已经这么多年过去了。

展景越和蔡恩琦住在市中心附近的一个小区，房子视野很开阔，从阳台上眺望，就能看到远处恢宏壮观的市立图书馆。

吃晚饭的时候，展若绫望了窗外几眼，说道："这里离图书馆这么近，我可以去图书馆看书。"

展景越点头："对啊，只有两站路，去图书馆很方便。"

他吃了几口菜,随口问道:"阿绫,你回来这几天,没跟以前的同学联系吗?"

"还没,只跟我的初中同学说过。我现在用的是西班牙的号码,联系也不方便。而且现在是年末,估计他们也特别忙,等过完春节再说吧。"回国的消息,展若绫刻意没告知任何高中同学,只告诉了林微澜。

展景越扭头对蔡恩琦说道:"阿琦,明天你们不是要去商场买东西吗?买完东西你顺便陪她去看看手机。既然回来了,就没必要再用西班牙的号了。"

蔡恩琦应了一声,抬头对展若绫说:"明天我们一件一件地买吧。"

星期四那天,展若绫约了林微澜见面吃饭。两人约在一家商场外见面,林微澜一见到她就扑了上来:"展若绫,我好想你!"

展若绫任她抱住自己,过了十来秒,才拍拍她的肩膀:"好了,我深切地感受到你这个发自内心的拥抱了。"

林微澜拉了她往商场附近一家咖啡厅的方向走,才走了几步路,突然"咦"了一声停下脚步。

"干吗?"展若绫也停下了脚步。

"我好像看到我老板了。"林微澜望着商场对面的一家酒店。透过朦胧的夜色,展若绫隐约看到一个男人迈步走进那家叫LANDSCAPE(景观)的酒店。男人穿着一身黑色的西装,背影修长,肩膀很宽阔。隔得太远,根本看不清他的样子,但是奇怪的是,她竟然能从他周身散发的气息感觉到那是一个长相很好看的男子。

她忍不住把心里所想告诉好朋友:"你们老板似乎长得挺好看的。"

林微澜点头附和:"是啊,我也这么觉得。我跟你说过吧,他刚来我们酒店那天就迷倒了一群女员工。改天我把我偷拍的照片拿给你看。"

展若绫笑着看了她一眼:"你这个样子被徐进杰看到的话,他会怎么说?"

林微澜"嘿嘿"地干笑数声,接着垂头丧气地答道:"实不相瞒,他已经看过了。那时他很放心地对我说,'一看就知道人家不会喜欢你'。"

展若绫"扑哧"一声笑出来:"看不出来啊,他还蛮幽默的。"

"是啊,其实他有时说话挺风趣幽默的,以后你跟他说话多了就能体会到了。"林微澜说着推开咖啡厅的玻璃门,跟她一起走进去。

"好啊,等下次跟你们一起吃饭的时候,我再仔细观察观察。"

两人找到座位坐下后,展若绫打量了她几眼,说道:"我怎么觉得你像严重睡眠不足的样子?"

"完了完了,连你这个不注重外表的人都看出来了,他肯定也早就发现了!"林微澜的声音中微带懊恼。

展若绫也不禁有些为她担忧:"睡不够吗?"

林微澜无奈地说:"没睡好……我们酒店最近要举办一项大型活动,策划部负责活动的策划方案,工作特别多,我觉得我都快长白头发了。"

展若绫"哦"了一声:"这么辛苦,让你们老板给你们加薪吧!"林微澜曾经对她说过,策划部一旦遇上重大活动就特别忙。

她跟林微澜的生活态度都偏向自理型,两人在一起的时候都极少谈及工作方面的事。她只知道林微澜在一家酒店工作,但是从来没问过是什么酒店。

林微澜叹了一口气:"我也希望。"

过了几秒,她喃喃自语:"不过,我觉得我老板这几天的心情似乎非常好,看上去挺开心的,可能觉得这次活动会很成功。"

点完菜,等服务员走后,林微澜很不淑女地趴到桌子上:"还是跟你在一起舒服！小展，你不知道，我现在每天在办公室装成熟装得多辛苦……"

"是啊，我觉得你现在完全没有经理的样子。"展若绫给她倒了一杯水。

"不过，只要薪水多，辛苦一点儿也无所谓。"说着林微澜又振作起来，"我现在每天就盼着春节赶紧到来。春节假期有空的话，我们出去逛一逛吧？"

"舍命陪君子！"

展若绫看着菜单上的蛋糕，兴致勃勃地说道："我大嫂前几天还叫我买黄油回去，说星期六要教我做蛋糕。"

林微澜羡慕不已："哇，做蛋糕啊，我也想学！你好好学，到时我再向你拜师学艺。"

"想以后做给他吃啊？"展若绫戏谑地扬了扬眉毛。

林微澜脸一红，夸下海口："等你生日的时候我送一个给你，怎么样？"

展若绫这才装作十分满意地点了点头："我非常满意！"

凭着语言优势和三年海外工作的经历，展若绫很快就在一家外贸公司找到了一份满意的工作。

走出外贸公司的大厦后，她忍不住停下脚步，给林微澜发了条短信：我找到工作了。你什么时候有空？我请你吃顿饭。

林微澜：恭喜恭喜！不过我这几天都没空，小展，你等我两个星期。

展若绫：好，没问题。我等你。

大厦外面有一家报亭，她走过去给展景越买了一份《商报》，看到旁边《体坛周报》上的大标题，也拿了一份。

付完款后，展若绫拿着两份报纸准备到马路对面坐车，刚抬起脚，一辆黑色的轿车徐徐在她的身前停下，她连忙退后一步。

就在此时,驾驶座的车门打开,余知航走下车:"展小姐,我们又见面了。"他俊朗的脸上是淡淡的笑容,如同初春的第一缕阳光,浅浅地照射在大地上。

展若绫也笑起来:"真巧啊。"

第十章
他回来了

从落地窗望出去,就能看到车来车往的柏油马路。正是中午,冬日薄薄的阳光均匀地洒在街道上,马路两边的绿化杕的叶子在阳光下被映出层次不一的绿色,更显得葱茏繁盛。

展若绫打量了一下西餐厅的布置:环境清幽,上等的木制桌椅,虽然是中午,但是还有几张桌子是空的。

服务员拿着菜单退下。余知航瞥到她手里的报纸,唇边浮上淡淡的笑意:"你喜欢看网球?"

"不是。"展若绫轻轻地摇了摇头,蝶翼般的眼睑微敛,说话声也开始变得飘忽,"只是对澳大利亚这个国家比较感兴趣。"

没有人知道澳大利亚在她心目中的地位。在西班牙的那几年,她几乎每个星期都会看国际新闻,只为了解澳大利亚的近况。

余知航"哦"了一声,饶有兴味地扬起眉毛:"以后想去澳大利亚?"

"如果可以的话。"展若绫平静地回答,随即轻轻地笑了,"不过也不知道什么时候才能去。"

"只要抱有希望,并且朝着那个目标努力,愿望总有一天会实现的。"

"但是，有些目标其实永远都没有可能实现，因为……"她思考着措辞，"没有现实基础。"

余知航扬了扬眉："为什么这样说？"

他觉得好像又回到了初次见面的那个时候。当时她就是这样坐在飞机上，一脸淡然地望着窗外，仿佛经历了沧海桑田，再也没有任何事能吸引她的兴趣。

展若绫不禁微微侧头，在脑海里搜索着例子。

余知航不动声色地看着她。她偏着头，眉眼温和清淡，一头长发柔顺地垂在右侧的肩膀前，发梢处自然卷起，更显得清丽脱俗。

终于想到怎么表达，展若绫将脑袋摆正，将手中的《体坛周报》展开来，指着一张新闻图片，说道："譬如说吧，我希望可以跟费德勒说几句话，可是我们都知道，他现在在澳大利亚打比赛，而且他根本不认识我，我自然没有办法跟他说话……"

余知航挑眉："你可以去澳大利亚看他的比赛。"

"这就是问题的所在——我好像永远都缺乏那种破釜沉舟的勇气，不愿意去做那样的尝试。"

展若绫牵起嘴角："我这个人有些反复，有时会抱有希望，有时又会觉得那个希望已经不重要了，只想像平常那样平淡地过日子。"

展若绫想：是反复吧？那时自己给他发了那封邮件，就是希望从此以后不再去想任何有关他的事，可是后来去了西班牙，还是会时不时地想起他。

余知航微微倾身，似乎很有兴趣："那个希望很重要吗？"

"其实已经不重要了。"展若绫放下报纸，淡淡地望了窗外一眼，然后收回目光，"已经过了这么久，早就习惯了。有时甚至都忘了有这么一回事，甚至觉得没有希望也不错，这样起码不会失望。"

余知航若有所思地看了她一眼，目光探究，没有作声。

展若绫突然觉得他的目光太过凌厉，似乎再这么被他看下去心事就会无所遁形，连忙扯开话题："余先生，你事业有成，肯定不会这样想……"

从西餐厅出来，展若绫向余知航告辞："我还要去商场买一些东西，先走了。"明天是星期六，她出门前蔡恩琦交代过她顺便买做蛋糕的材料回去。

"去哪里？我送你吧。"

展若绫想也不想就拒绝："啊，不用！那家商场很近的，我自己走就行了。"

余知航打开副驾驶座的车门，微笑着与她对视："展若绫，你不知道吗？在这个世界上，男士送女士，是天经地义的事。"

展若绫微微一怔，然后顺从地点点头："那好，谢谢你了！"

星期六的早晨依旧是一个晴天，丝丝缕缕的晨光从窗外照进来，在木质地板上铺出一条金色的带子。

展若绫跟蔡恩琦早早就起来了，开始研究如何做蛋糕。

"你们公司我听说过，春节之后就要开始上班，那挺不错的。"蔡恩琦走到客厅，打开电视机调到新闻频道，然后又回到桌子前。

"是啊，反正我的清闲日子也过够了。"展若绫站在桌子前，一边和着面粉一边说。

"中国酒店产业发展论坛将于本月十七日在圣庭假日酒店隆重举行，在昨天举行的记者招待会上，圣庭假日酒店的负责人钟倚表示……"新闻女主播甜美的声音传入厨房。

展若绫心中一惊，倏地转头，目光停驻在客厅的电视机上。

晨间新闻仍然在报道将于下个星期举行的酒店发展论坛的相关新闻。屏幕的最下方，新闻的标题是用加大的字号显示的，那个名字清晰无比——钟倚。

那个名字是如此稀有，除了他，不作第二人想。

展若绫怅然若失地站在餐桌前,看着碗里的面粉,脑海却是一片混沌。

"阿绫,怎么了?"蔡恩琦见她怔怔地站着,忍不住出声询问。展若绫连忙摇头:"没什么。"

新闻仍在继续,女主播清脆动听的声音给早晨的空气增添了几分柔和,让这个冬日的早晨无形中暖和了许多。展若绫咬了咬下唇,唤道:"大嫂。"

蔡恩琦依旧在餐桌上忙活着:"什么事?"

"大嫂,你知道……"展若绫微微侧身,若无其事地指指客厅的电视机,"刚才那家酒店吗?"

"你说圣庭假日酒店?当然知道啊!"蔡恩琦"嗯"了一声,打开冰箱取出黄油,"这家酒店很有名气,服务质量好,这几年很受好评。前年我跟你哥有个大学同学结婚就是在圣庭摆的酒席,里面真的很漂亮!"

"我都不知道呢。"展若绫拿起抹布擦拭着料理台上的污渍,语气带着一丝恍然。

她对这家酒店有几分朦胧的印象,在回国的飞机上曾经看到一本旅游杂志上刊登有圣庭假日酒店的介绍,但她当时没仔细看。却原来,他竟然是这家酒店的负责人。

蔡恩琦微微一笑,露出两个浅浅的梨涡:"你刚从西班牙回来,不知道也不奇怪。这几年圣庭假日酒店发展得很快……"

展若绫望向窗外。正是早上十点的光景,天空蓝蓝的,像是要滴出水来,流云在天边卷出不规则的形状。

也许是阳光太耀眼,她觉得眼睛涩涩的。原来他回来了,早就回来了。

他终于还是从澳大利亚回到了这个国家——在她还不知道的时候。他竟然回来了,而且也终于像她以前所说的一样,成为一家酒店的管理者,站到了一个常人难以企及的高度。

她也不知道心里到底是什么感觉，分不清自己是高兴还是伤心，接下来她只是机械地跟着蔡恩琦做蛋糕。

往事如流水般潺潺流过，那些曾经有过的岁月，过去在脑海里反复播放过许多遍的片段、被岁月长河冲刷得模糊不清的画面，突然变得前所未有地清晰，它们按照特定的顺序串联起来，在脑海里缓慢地滑过。

他戏弄自己后，笑得一脸无辜的样子；他说话的声音，从来都是不耐烦的；他在车站耐心地陪她等车，讲笑话给她听；他在烈日下举起她的手机，手臂上爬满了鲜红的划痕……最后的最后，是他走向车站的黑色身影……

那些一直埋藏在心底的、关于他的所有的珍贵片段，一幕一幕地在脑海里播放，每个细节都被无限放大，清晰无比。

她反反复复地回忆曾经的一切，心情渐渐平静下来。

是啊，他终于回来了，而且成功地证明了自己。即使只是这样看着，她也为他感到高兴。以后他们能不能见面都不重要了。

她曾经以为他再也不会回来了，可是心情平静下来后，她也逐渐想清楚，他只是去当交换生，应该还是会回来的，只是不知道哪年哪月而已。她没有想到的是，他竟然比自己先回来了。

可是，他回来了。

其实仅仅这一点，就值得高兴。这样想着，她心头的惆怅与感伤也淡了下去。

吃完晚饭，展景越和蔡恩琦留在客厅看电视，展若绫走到阳台上，眺望城市的夜景。

一架飞机从城市的上空飞过，红色的警示灯从夜幕的这一头一直闪烁到那一头，最后终于在深蓝的夜幕中淡去。

她忍不住拿出手机，拨出那个将近三年都没动的熟悉号码。意料中的那句万分熟悉的"您好，您所拨打的号码是空号，请核对后再拨"并没有传入耳朵，取而代之的，是"嘟嘟"的回铃声。

只是两秒钟的时间，她却仿佛已历经沧海桑田。

她站在那里，紧紧地握着手机，却不知道应该做什么。

当响起第三下"嘟"声时，她终于仓皇地挂断电话，然后怔怔地拿着手机，任由眼里变得水雾弥漫。

这个号码，终于还是被别人使用了，不再是一个空号；那一串承载着足以铭记一生的记忆的数字，也终于有了新的主人，不再是属于她一个人的回忆。

原来，那些曾经在心里反复播放的记忆，也有它的期限。

她长久地看着那个名字以及下面那串烂熟于心的号码，然后闭上眼，摁下"删除"的选项。

钟倚，再见！这一次，我们是彻底毫无关联了。

从今以后，我要把所有关于你的记忆，埋到心底最深的角落，不再轻易想起。

回到房间，她拿了笔记本电脑到书房上网。

她登进Gmail邮箱，给程忆遥发了一封邮件，告知自己回国的消息。

以前她都是用163的邮箱跟别人联系，只有当初给钟倚发邮件，特意注册了一个126的邮箱，后来她就再也没有想过要登录那个邮箱。去了西班牙后她申请了一个Gmail邮箱，一直用到了现在。

她从没用这个邮箱给程忆遥发过邮件，不过程忆遥的邮箱地址很好记，她直接就能打出来。

手机突然振起来，是林微澜的短信：嘿嘿，我过几天就可以稍微闲一点儿了。小展，星期六晚上你有没有空？他说要请你吃顿饭，顺便庆祝你找到工作。

这个"他"，自然指的是徐进杰。

展若绫收起所有的思绪，回了一条短信：当然有空。

林微澜：那过两天我给你发信息，再告诉你时间地点。

展若绫：好。

她将手机放好，对着笔记本电脑屏幕发呆。

那时给他发邮件，几个月都没有收到回复，所以她也很放心地将最后那封邮件发了过去。可是这一刻，她突然想知道那些邮件到底有没有被他看到，还是都只落得石沉大海的下场。

她点开126邮箱的登录页面，然后开始在地址一栏输入域名。

就在这时，她突然听到展景越的声音："阿绫，你不出去看电视？"他站在书房的门口，顺便将糖果盒伸到展若绫面前。

展若绫挪动鼠标关掉网页，抬起头朝哥哥笑了笑："我关掉电脑就去。"

展景越向她交代："妈妈刚才打电话给我，我跟她说我们星期日早上回去。她说到时一起去外面吃顿饭。"

"哦。"展若绫合上笔记本电脑屏幕，接过糖果盒，跟在他身后走出房间。

仁爱医院。

病房十分宽敞干净，空气中飘着消毒药水的味道。林微澜坐在白净的病床上，望了一眼伫立于窗边的人。老板就是面子大啊，她只是小小地崴到了脚，就住进了这么好的病房。

她想起一件事，拿出手机给展若绫发了一条短信：小展，不好意思啊，我刚进了医院，估计今晚没法跟你一起吃饭了。非常对不起，我们推到下个星期吧？

不到半分钟，手机便响起来，林微澜看到手机上显示的名字，立刻接通电话，欣喜不已地叫道："展若绫？"

一直侧身站在窗边不动的人，听到那声呼唤时慢慢地转过了身，深黑的眸子里倏然闪过一道光芒。

展若绫开口就问："你怎么住院了？生病了？"

林微澜的注意力都放在跟好朋友的对话上，她对着手机说道：

"不是，我被车撞到了……"上司就在旁边站着，她不能像平时那样尽情地说话。

展若绫在电话那头吓得脸都白了，声音也不禁提高了："被车撞到了？你有没有事？"

"没事没事，只是崴到脚而已。不过我老板说最好检查一下，所以就把我送到医院来了。"林微澜再三向她保证。对于展景望的事，林微澜知道得颇多，明白好朋友为什么反应这么大。

"吓死我了！你在哪家医院？我现在过去看你方不方便？"展若绫立即做了决定。

"你要过来看我？小展你真是太好了！"林微澜心中感动，还是说道，"不过这样会不会很麻烦？而且真的不严重，要不等我出院后你再去我那里？"

"我大嫂刚好要出去，我坐她的车很方便。你在哪家医院？"展若绫又问。

"我在仁爱医院。"

"行了，我现在过去，到了再给你打电话。"展若绫挂断了电话。蔡恩琦在客厅收拾东西，展景越则坐在沙发上看电视，两人听到她断断续续的通话声，不约而同地问道："谁被车撞了？"

"林微澜，我初中同学。她住进医院了，我现在去看她。大嫂，你是不是要出去？顺便送我一程吧！"展若绫急急忙忙地走进房间换衣服。

"好，你别急，我先送你去医院再去我表姐那里拿东西。她在哪家医院？"蔡恩琦一边披上外套，一边接过展景越递过来的车钥匙。

"仁爱医院。"展若绫换好衣服，走到玄关弯腰穿长靴。因为太急，她套了两次才穿好，然后利索地拉上拉链。

展景越靠到沙发上，笑着问蔡恩琦："你知道怎么去仁爱医院吗？估计到时又打电话回来问我。"

蔡恩琦瞪了他一眼，嗔道："你有意见吗？"她是一个标准的路痴,有时单独开车出去迷路都会打电话向丈夫求救。

"没意见,不过……"展景越笑着摇了摇头,拿起茶几上的遥控器关掉电视机。

"不过什么?"蔡恩琦追问。

展景越走到她身旁,伸手轻轻地揽了揽她的肩膀:"不过,我还是跟你一起出去吧,看完你表姐我们再去买菜。"

蔡恩琦嫣然一笑,伸手挽住他的手臂:"那当然好啊。你自己说的呀,不许反悔!"

助理走进病房,直直地走向伫立在窗边的颀长身影:"钟总。"林微澜也将目光转向窗边。

钟徛"嗯"了一声,骨节分明的手扶着窗沿,低头望向医院的门口,微垂的睫毛遮住了眼眸,也遮住了所有的情绪。

医院的大门附近种了几株高大的梧桐树,即便是在冬天也依旧维持着生机,青绿色的叶子在冬日的阳光下轻微抖动着,反射出淡淡的流光。落日的余晖一点儿一点儿地从叶间洒下来,在地上圈出一个个形状不一的金色的影子。

过了几秒,钟徛收回目光,转过头对助理吩咐道:"你先回去。"林微澜受宠若惊,连忙开口:"钟总,医生说我没事……"

钟徛一只手轻轻地敲在窗沿上,淡淡地说:"林微澜,我再等一会儿。"

助理走出病房的时候顺手将门带上了,病房中又安静下来。几分钟过后,病房里响起低沉的声音:"林微澜。"

林微澜听到老板叫自己的名字,连忙应道:"钟总,什么事?"

老板这样站在病房里,虽然什么话也不说,但是毕竟是老板,何况是一个这么帅的老板,林微澜觉得自己的压力前所未有地大。现在老板主动说话,不管他要说什么,林微澜都欢迎之至。

她看到老板依旧站在窗边,侧脸线条刚毅。他轻蹙眉头,似乎在思索什么:"你初中在哪个学校读书?"

林微澜没有想到老板竟然问这种问题,愣了好一会儿。老板并不催促她,只是静立在窗边,清俊的眉眼间没有丝毫不耐烦。

半晌,林微澜终于回过神来,脱口而出:"A中啊!"钟徛微一颔首,仿佛听到了意料之中的回答,并不说话。

林微澜觉得自己之前的回答太不礼貌,便重新回答道:"钟总,我初中在A中读书。"

钟徛依旧将视线放在窗外,喃喃地重复了一遍:"A中。"

A中。她初中也是在A中读书。

淡淡的笑意浮上嘴角,平日的冷漠疏离淡去,一张英气逼人的脸在柔和的夕阳中无比地温和。

林微澜看着手机屏幕上显示的时间一秒一秒地过去,嗫嚅半晌后开口:"钟总,我朋友等一下过来看我,不影响吧?"

"不影响。"带着笑意的声音从窗边传过来。

林微澜暗暗松了一口气,心里想着:老板今天心情似乎非常好、相当好。

"有什么影响?"老板似乎是觉得有趣,又加了一句。

看来老板今天心情真的很好。林微澜忽然想起一件事,被老板的愉悦心情所感染,忍不住说道:"钟总,我这个朋友以前也在N中读书,说不定她会认识你。"

在林微澜的心里,老板这么出色,当年读书的时候也一定是学校的风云人物,所以她说的是"她会认识你",而不是"你会认识她"。

黑色的轿车在宽敞的大道上平稳地行驶着,展景越一边开车一边问:"你同学怎么会被车撞到?不严重吧?"

展若绫坐在轿车后座的右侧,心里十分忧虑,答道:"我也不知道。好像是崴到脚了,不过听她说似乎不太严重。"

轿车下了环道,开上公路。展若绫一边听蔡恩琦和展景越聊天,一边望着车窗外的风景。

展若绫远远地看到一栋恢宏的大楼,觉得有几分熟悉,印象中似乎曾经在哪里看到过。

她正疑惑间,车子已经渐渐驶近,大楼正门上方那六个字变得越来越清晰——正是她在一本杂志上看到的圣庭假日酒店。

酒店设计是仿宫殿式的,大门装修得富丽堂皇、气派非凡,却又不显俗气。门口外有一个巨大的圆形喷泉,一道道雪白的水柱从喷嘴里冒出,沿着特定的轨迹高高地喷射到半空中,又准确无误地落回水池里。

车子开得很快,只是一秒钟的时间,酒店便一闪而过。她收回目光,用手指轻轻地敲了敲额头。

唉,她说过不再想这些的啊!

仁爱医院跟圣庭假日酒店只隔了几个路口,黑色的车子一个拐弯,便稳稳地停在仁爱医院门口。

展若绫拿起手袋,打开车门走下去,展景越叫住她:"阿绫,你回去之前先给我们打个电话,看看到时能不能顺便过来接你。"

"知道了。"展若绫弯腰向车子里的展景越和蔡恩琦挥了挥手。寒风一阵阵吹过来,她拉紧了外套,走进医院大楼。

黑色的轿车并没有马上开走,依旧停在医院大门外。

展景越将目光从那抹纤细的身影上收回来,转向蔡恩琦:"阿琦,我这个妹妹以前性格挺开朗的,但是自从我弟弟去世之后,她的话就越来越少了。从西班牙回来后,她话就更少了,在家人面前还好,到了外面基本就不怎么说话。她回来这么久,也很少出去……"

他一边说一边摇头:"妈妈前两天还向我打听,问她有没有谈恋爱……"

蔡恩琦握住他的手,柔声说道:"她一个人在西班牙过了这么多年,我们也要给时间让她适应。"

"算了,她也长大了,自己有分寸的……"展景越反握住她的手,语气一变,"好了,我们去你表姐那里吧!"

落日的最后一缕余晖穿过钢筋水泥的丛林,温柔地泻到地板上,洇出一圈浅色的光晕。

展若绫刚走进仁爱医院的大楼,手机就响了起来。屏幕上显示的是余知航的名字,她接通电话:"喂,你好。"

略微低沉的声音隔着手机传进耳朵:"展若绫,我是余知航。今天晚上有没有空,一起吃顿饭?"

展若绫心里记挂着林微澜,也没细想就说:"非常抱歉!今晚有事,我朋友住院了,我要去医院看她。"

余知航微微沉吟:"住院?哪家医院?我认识几个医生,可以介绍一下。"

展若绫下意识地回答:"啊,谢谢你!她伤势不严重,应该很快就能出院了。"

余知航通过手机听到走廊上医护人员和家属的说话声,笑了笑,说道:"展若绫,那你先去看你的朋友吧,等你哪天有空我们再约。"

展若绫挂了电话,从通话记录里找到林微澜的号码拨过去:"我到医院了,你在哪个房间?"

林微澜回答:"我在317号房。"

"317?往右边走吗?"

"对,尽头的那间。展若绫,你赶快过来,有一个惊喜等着你!"林微澜其实也不确定这对展若绫来说算不算得上惊喜——自己的顶头上司跟她是中学校友,不过在林微澜看来也说得过去。

展若绫皱了皱眉头:"林微澜,你躺在那里已经够让我担心的了,还想让我的心脏受什么刺激啊?"听林微澜的口气,似乎被车撞伤住进医院就跟参加奥斯卡颁奖典礼一样,惊喜不断。

她走到尽头那间病房，确认是 317 病房后，一把推开白色的门。靴子的拉链撞击在羊皮上，发出一个细微的声音，悦耳动听。

白色的空间十分宽敞，展若绫一眼就看到病床上的林微澜，忙直直地走过去："你还真是不小心，崴到哪只脚了？"

"左脚。没事，不严重，不严重。"林微澜再三保证。

展若绫低下头细细察看她的左脚，确认她的伤势确实不严重后才抬起头："幸好只是轻微外伤……你跟徐进杰说了没有？"

"已经说了。"林微澜脸颊微微一红，声音略微放低，"他晚上过来。"

"行了，在他过来之前我就待在这里吧。你吃饭了没有，有没有想吃的东西？我去买。"

"你说午饭吗？现在都四点了，我当然吃过了，晚饭还早着呢。"林微澜坐直身子，伸手指了指窗边的人，"哦，对了，展若绫，给你介绍一下，这位是我老板……钟总，这就是我刚才跟您说的那个朋友，她叫展若绫，以前也在 N 中读书。"

展若绫也想起病房里还有一个人，她刚才进来的时候只匆匆地瞥了一眼并没仔细看，听到林微澜的话，转身望过去。

一个穿着黑色西装的男人站在窗边，颀长挺拔的身躯融在午后温暖细碎的阳光中，乌黑的短发上泛着浅浅的金光，漆黑的眸子深不见底，正一动不动地凝视着她。

那一刻，她的身子像是被钉在了地上，丝毫动弹不得。她只觉得眼角一热，泪水几乎就要夺眶而出。

钟徛! 真的是他。

虽然这么多年没见，她还是一眼就认出了他。

钟徛毫无顾忌地看着她，剑眉挑起一个几不可察的弧度，唇边勾出一抹淡淡的笑："展若绫。"

空旷的病房里，只剩下他的话音在她耳边回荡。

展若绫。

这不轻不重的三个字，仿佛经过了无尽的等待，蕴藏着无穷的决心。声音不高不低，缓缓传来，她听得一清二楚。

一个字一个字，清晰无比。

八年的时间，他的声音已不复年少时期的清越爽朗，掺入了一丝成熟男人特有的低沉与磁性。

八年，每个人都发生了很大的变化，他竟然还记得她——他们已经八年没有见面了。

展若绫茫然地伫立在病房里，喉咙发不出声音，眼睛又酸又涩，视野也开始变得模糊起来。

这样的感觉，似曾相识。她好像又回到了多年前的那次同学聚会，听到言逸恺说他再也不回来了。

病房陷入了一片死寂。

她曾经无数次在脑海里想象与他见面的情景。

在西班牙的五年，她想，他只是去当交换生，应该会回国的，他们毕竟是高中同学，还有再见面的可能。只要他回来了，只要他们都去参加同学聚会，她就有可能再见他一面。

她从来没有想过这么一番情景：曾经日思夜想的人毫无预兆地出现在她面前，如此自然地叫出她的名字——在她一点儿准备都没有的情况下，她甚至还来不及伪装。

过去的八年，她几番梦回，希冀着与他重逢；在伊比利亚半岛的五年，她遍尝寂寞与孤独，多少个夜晚从睡梦中醒来，脑海里却都有一句"再也不回来了"不断萦绕。

如果没有那五年，或许她可以微笑着对他说："嘿，钟倚，好久不见！"可是，那八年，尤其在西班牙的五年，还是在她的生命里留下了印记。

她终究没有办法像年少时一样平静自如地跟他打招呼。很长时间里，她只能站在那里，说不出话来。

而他显得非常有耐心，漆黑的眼睛直直地、动也不动地看着她，似乎希望从她的脸上找到什么。

不断有人从走廊上走过，门外时不时响起急促的脚步声和说话声，在这些嘈杂的响声中，展若绫也终于找回了自己的声音。

她眨了眨眼睛，费力地扯起嘴角，艰涩地吐出一句话："钟徛……嘿！"

只有她自己才知道，这短短的一声招呼，几乎耗尽了她全身的力气。

第十一章
他还记得我

钟倚注视着她,漆黑的瞳仁里映出她的身影,唇角勾出一抹笑:"展若绫,我都快认不出你了。"

展若绫紧紧地攥住挎包的带子,仿佛这样就可以带给她力量,脑袋里却是一片空白。

他竟然还记得她。

跨越了八年的时光,他还记得她。

她心里不知道是感动还是解脱,热气再度涌上她的眼眶。可是,那又有什么用?

展若绫扯起嘴角勉强地向他笑了笑:"是吗?"她想:是啊,你当然认不出我了,我们已经八年没有见面了。

八年的时间,何其漫长!曾经的年少岁月的伤口,这一刻,毫无保留地暴露出来。

她禁不住想,如果他依旧是以前那个样子,或许她就能够正视他。可是一见面,她才恍然发现站在自己面前的他,已经完全是另外一个样子——退去了少年的那层青涩,平添的则是成熟与稳重。

盼望了这么久，真正等到这一刻，她却不知如何面对他了。

林微澜诧异地睁大眼睛，张嘴想说什么，但是又隐隐觉得这个时候自己显得有点儿多余。于是，她用只有自己才能听到的音量嘀咕了一句："真的认识啊……这个世界真是神奇！"

她注意到，上司平时冷峻的脸部线条此时略微放柔，眼睛里荡漾着不同寻常的情绪，不复往日的深沉与不苟言笑。

稀薄的光线从窗户照进来，将记忆中那张脸映得越发清晰。

钟徛微一扬眉，意味深长地打量着她，黑亮的眸子一眼望不到底，最后将目光停留在她的脸上，似乎想说什么。

他的目光里包含了太多的内容，有思索，有探究，更多的，她看不懂。

在这样的注视下，展若绫没来由地就开始心虚。

她脑子中灵光一闪，忽然想起那封邮件——她给他发的最后一封邮件。

不知道他看到那封邮件没有，她只是不想这么毫无保留地将心事暴露在他面前。

那时给他写那封邮件，是觉得他看不到，所以她写得那么放心。可是她终究是一个懦弱的人，现在他就站在了她面前，她突然丧失了所有与他对视的勇气。

就在这时，挎包里的手机响起来，这一通电话无疑拯救了她。

展若绫赶紧从包里拿出手机，几乎是感激涕零地掀开手机盖子："喂？"这个时候，她太需要分散自己的注意力，让自己不再想着病房里的那个人。

"阿绫。"是展景越的声音。

展景越跟她说话从来都是用粤语，当下她用粤语回复："哥哥，什么事？"

林微澜和展若绫的注意力都被那通电话吸引了，没有人注意到，站在窗边的男子冷静幽深的眸子迅速沉淀下来,嘴角浮上一抹淡淡的自嘲。

展若绫转身走出病房,到走廊上听电话。她一走出病房,泪水就差点儿溢出眼眶。

她曾经以为连见他一面都是奢望,他却还是从遥远的澳大利亚回到了中国,并且站到了她面前。可是她从来没有想到这短暂的几十秒几乎让她窒息。

她耳畔传来展景越的说话声,此刻听起来格外悦耳:"我和阿琦一会儿去买菜,你晚上回不回来吃,要不要买你那份?"

展若绫伸手扶着走廊的栏杆,手抓得太用力,指关节都泛白。她低头望向楼下,缓了缓呼吸,答道:"我回去吃,你叫大嫂煮上我那一份。"

"好,我一会儿跟她说。那就这样。"展景越说完就挂了电话。

展若绫通话结束后兀自将手机举在耳边,一想到病房里的那个人,又感觉手足无措,脑袋陷入一片混沌。

钟倚望了走廊外的身影一眼。她侧身站着,风从走廊掠过,掀起她外套的下摆,落日的余晖将她的侧脸染上淡淡的金黄色,一头乌黑如瀑的长发轻盈地披在肩膀后。

助理打电话过来,提醒他:"钟总,晚上的宴会——"钟倚淡淡地打断他:"我记得。"

他收起手机,走近病床,微微倾身,对病床上的人说:"林微澜,你放心好好养伤,工作的事暂时不用担心,等脚伤好了再回去工作。"

他的语气冷静自持,恢复了平日的礼貌生疏,仿佛刚才什么也没发生过。他曾经有过温度的眼神,再度冷却下来。

林微澜感到上司平时的那股压迫感又回来了,应道:"好的。谢谢钟总!"

她掀开被子就要坐起来:"钟总,您要走了吗?我送您!"

"不用。"钟倚向她打了一个手势,示意她继续躺在床上,"你好好休息。我让小郑明天来看你。"说着他便走出病房。

走廊上,展若绫刚收起手机,一抬头就迎上他的目光。钟倚直直地走向她,到了她跟前才驻足。

展若绫见他走向自己,身子立刻绷得僵硬,一颗心又紧张又惶惑。她咬住唇瓣不说话,怔怔地看着他。

钟倚将她的不自在收入眼里,深潭般的眼底飞快地闪过一抹怅然,最终还是化作无声的叹息:"展若绫,我有事要先走……"

展若绫几乎下意识地回道:"哦,拜拜!"她只差立即举手跟他告别了。

她恨不得他立刻离开,可是心底又浮现一丝若有若无的失望:他们只匆匆见了一面,他就要走了,她甚至还没来得及好好地看一看他。

钟倚剑眉轻扬,语气悠然:"我还没走,你急什么?"

被他这么一说,展若绫立时语塞,心中生出一种太熟悉的感觉,好像又回到了高二那个时候。那时他坐在她斜后方,几乎每天都这么抢白她。

那些流逝的时光,像溪水逆流一样,潺潺地涌回她的心头。那些几乎被时光冲淡的感觉,被他用一句话便轻易地勾了回来。

眼前这个人,似乎又变成了高中时那个整天欺负自己的男生,这也让她稍微放下一颗惶然的心。

钟倚微微一笑,从容不迫地从口袋里掏出手机,漆黑透亮的眸子对上她的:"你的手机号是多少?"

她一愣,睁大了眼睛。

他目不转睛地看着她,语调平静:"同学一场,留个电话号码,以后方便联系。"

以后方便联系。

她的眼眶不禁一热。

她蓦然想起,大一那年给他发短信,他的回应一直都不咸不淡;

后来他去了澳大利亚,她随之没了他的联系方式,但是大三、大四那两年他生日时,她还是发了祝福短信到那个空号上。她从未想过,自己会那么固执地守着一个空号。

现在,他竟然主动向她要联系方式。她的大脑已经完全处于死机状态,机械地报了一串号码。

钟猗一边听一边在手机上输入号码,修长的手指在键盘上灵活地跳跃着,然后收起手机放进西装口袋,露出一抹和煦的笑容:"那我先走了,再——见!"

最后的两个字,语气轻柔得如同呢喃,被冷风一卷,带出缱绻留恋的温度,但又立即随风而逝,快得几乎让人抓不住。

黑色的轿车一路开出仁爱医院大门,在柏油马路上飞快地行驶着。最后一缕夕阳湮灭在远处的山头后面,暮色降临整条大道。

钟猗开车绕上临江大道,然后停在江边,熄掉引擎。车灯缓缓暗下来,他打开车门,倚到车旁,静静地看着江面。

正是寒冬,暮色笼罩着江面,水面上浮着薄薄的水汽。远处的群山黑黢黢的,在暮色的掩映下,显得孤独而冷清。

公路两边的路灯依次亮了起来,一缕缕寒气从绿化带飘到了半空中。

一个相貌英俊的男人倚靠在车子上,望着远处的群山出神地想事情,侧面宛如最完美的古希腊雕塑。微弱的灯光映着他的脸,勾勒出如峰峦般峻拔的线条。

冬天冰冷的空气迎面扑来,吹在人身上,令人倍感寒峭。今天这样的日子,却让他感到前所未有的温暖。

他记得她以前一直都很喜欢穿黑色的衣服。炎热的夏天,N市的阳光猛烈得几乎能将人晒掉一层皮,学校校服中有一款是白色短袖运动T恤衫,但她几乎从来不穿,总是穿着一身黑色衣服。

廖一凡曾经对他说:"钟猗,虽然展若绫跟你一样都喜欢穿黑色的衣服，但是她对黑色好像比你还执着，几乎一年四季都穿黑色衣服……"

她的模样，跟季琎那天发给自己的照片相比没有多大差别，但是跟高中那时比起来，历经了岁月的沉淀，眉眼间多了一丝淡淡的温婉，像被泉水洗过一样，清冽透明。

今天她没有像以前那样一身黑色衣服，而是穿了一件白色衬衣和牛仔裤外加米色的外套，整个人看起来温婉美丽。

钟徛抬起手腕看了一眼手表，打开车门，重新坐进驾驶座。他没有立刻发动车子，而是将车窗的玻璃降了下来。冷风从车窗灌进来，车厢里的温度迅速下降。仪表盘上闪着绿光，泛出幽幽的凉意。

他们认识十二年，但是真正相处的时光只有高一、高二那两年，其后的十年一直都处于分离状态，而且有八年时间彼此之间杳无音信——那么长的岁月，他要如何去挽回？

钟徛俯到方向盘上。

她一个人，在西班牙待了五年。

一个人。

他想到这里，一种难以言表的挫败感漫上心头。他抬起头，从西装口袋里掏出手机调到刚才存储的号码。

车厢里只有寒风吹动的声音，他看着那串数字，身子如雕塑般一动也不动。过了许久，他将手机收回口袋，然后发动引擎，黑色的轿车拐了一个弯，绕上大道，开向酒店。

凛冽的寒风从建筑群的缝隙中钻出来，从走廊上呼啸而过，刮得人的脸颊微微发疼。展若绫在走廊上站了一会儿，然后转身走进病房。

坐在病床上的林微澜立刻招她过去："展若绫，今天好让我惊讶！"

展若绫一边轻轻地合上门，一边淡淡地问："为什么？"

林微澜笑了笑，一双眼睛瞪得像铜铃一般："因为我老板跟你竟然相互认识，太神奇了！"

　　展若绫转头望向窗外，目光落到某个点上，无奈地牵起嘴角，语气中有些许惆怅："我也没想到。"

　　住院部的楼下种着几株高大的梧桐树，浓密的绿叶中露出一方湛蓝的天穹。世界就如同这一方天穹一样，也很狭小。

　　她知道他是圣庭假日酒店的负责人，也知道林微澜在一家酒店工作，却从来没有想到，林微澜工作的那个酒店恰好就是圣庭假日酒店。

　　林微澜微怔，来回打量了好友几眼，眨了眨眼问："展若绫，你是不是有什么心事？"她还真是很少看到展若绫露出这么惆怅的神情。

　　展若绫怅怅地收回思绪，避而不答："徐进杰怎么还没过来？你想不想吃东西？我下去帮你买。"

　　林微澜摇了摇头："没特别想吃的，医院里的东西不好吃。"

　　"那你不打算吃饭了？晚上要是饿了的话怎么办？"展若绫皱了皱眉。

　　"我没说不吃饭……"林微澜欲言又止。

　　展若绫猛然反应过来，笑意浮上嘴角："我明白了——他过来跟你一起吃？"

　　林微澜的脸颊浮上一抹红晕："我们一起吃吧？"

　　展若绫笑着摇了摇头："不用了。刚才我哥打电话过来，我跟他说了会回去吃饭。"

　　"唉，本来还想今晚请你吃饭的……"

　　"没关系，等你好了再说吧。"

　　展若绫坐到床边的一把椅子上，两人随意聊了一阵子。展若绫问道："对了，你怎么崴到脚的？"

　　林微澜坐直身子："是这样的，我们酒店这个星期举办一个大型论坛,今天落幕,我老板……"她稍微停顿,向展若绫眨了眨眼睛,"也就是你的同学,到门口送一个很重要的客人,我在一边跟着。那时刚好有一辆车从车库开出来,那辆车的司机估计是一个新手,不太会开车,拐弯的时候没留意周围,结果车子就歪了。我退得不够快,一不小心就崴到了,然后我老板就把我送到医院来了……"

"原来是这样啊,我说你怎么会这么不小心。"

"唉,是一辆红色的跑车。那个车主挺有钱的,可惜技术还不到位,直接拿我当减速带了,真是浪费了那辆好车……不过反正没什么大碍,而且我老板说放我一个星期的假!嘿,说起来我也没什么损失。"说到后来,林微澜已经有些许兴奋。

病房的门突然被推开,两人不约而同地望向门口。

徐进杰走了进来,先是对病床上的女朋友点了点头,然后走到展若绫面前:"展若绫,真是抱歉,似乎事情的发展经常偏离原先的轨道,本来还想今晚给你庆祝一下的……"

展若绫站起来,对他笑了笑:"没事。"

"你来了就好。"她拿起挎包,俯身对林微澜说:"林微澜,我先回去了,明天再过来看你。"

林微澜抓住她的手:"明天我就出院了!你不用过来了,等我好了我去找你吧。"

展若绫想了想,答应了:"好,那你好好休息,别到处走动。有什么事随时打电话给我。"

"知道了。"

从住院部大楼出来,湿冷的空气迎面扑来,侵入每个毛孔,冰寒的感觉随之迅速蔓延至全身。展若绫抬起头。暮色四合,天空泛蓝,白云在天际移动,一抹晚霞隐在黑黢黢的山头后,淡淡的红色在黄昏中看来分外绚丽。

她静静地望着晚霞,突然回忆起那年在巴塞罗那看海的经历。

那是她在西班牙的第三年，生日那天，她坐了一个多小时的车到海边。到达的时候正赶上黄昏，落日的余晖粼粼地在海面上荡漾着，她独自一人坐在海滩边，任由海风吹乱她的头发。她静静地看着夕阳从海边落下，然后逐渐消失在海平面下。

当时水天相接的地方也有几抹晚霞，而且比她眼前的更灿烂夺目，将半个天空都染成了温暖的橘黄色。可是那个时候，她的心情就如同西下的夕阳，苍凉而孤寂。

暮色逐渐降临，大街上来往的行人不若下午多，车流却依旧连绵不绝。展若绫拉紧了身上的外套，走出医院大门，到路边拦出租车。

展景越和蔡恩琦见到她回来，立即招呼她："时间刚刚好，快过来吃饭。"

展若绫换好拖鞋走进厕所洗手，蔡恩琦在外面问："你同学怎么样？"

"只是崴到了脚，不严重，明天就可以出院了。她男朋友去看她，我就回来了。"展若绫将手擦干，走到餐桌边坐下。

"你同学是做什么工作的？"展景越随口问道。

"她在酒店工作。"

展若绫盛了一碗饭放好，犹豫了一会儿，说道："就在圣庭假日酒店，她是策划部的副经理。"

蔡恩琦微微讶然："圣庭假日酒店？那挺不错的……"

"是啊，我也是这样跟她说的。"

蔡恩琦侧头，随口说："我记得上次去圣庭还看到过他们那个CEO（首席执行官）。"

展景越夹了一块鸡肉给她："有吗？什么时候？我在不在场？"

"你当时也在场，我们一起的。"

蔡恩琦回忆了一下，继续说："我想想……是去年吧，那时我们去圣庭吃饭，他们那个CEO刚好在跟大堂经理交代什么，还看了我们几眼。我当时还在想他是不是之前见过我们……"

展若绫微微一愣，看向展景越，他一脸茫然，显然早已经忘了这回事。

"这么久的事，我哪还会记得。"展景越不以为意地摇了摇头，接着换了个话题："阿绫，我跟妈妈说我们明天早上回去，吃完晚饭再回来。"

展若绫答应了一声，说道："哥，大嫂，我明天晚上不跟你们一起回来了，我要找房子。而且妈妈也叫我在家待几天。"春节过后她就要上班了，而她工作的公司离展家很远，她必须先租好房子。

展景越"嗯"了一声："随你。你要一个人住还是跟人合租？"

"一个人。"展若绫抬起头笑了笑，"我刚回来，还没找到工作，哪认识什么人哪。"

晚饭过后，蔡恩琦进了浴室洗澡，展景越跟展若绫则坐在沙发上看电视。

展若绫看了一会儿电视，问道："哥哥，澳大利亚能不能上QQ？"

展景越微微一愣，随即答道："显然能啊。"

"能上163邮箱吗？"

"应该也行吧，互联网是全球性的。"

展若绫犹豫着说道："可是我有一个同学，她在新加坡留学，有一段时间就登不上126的邮箱。"

"那应该是个别现象吧，可能你那个同学住的地方网络不好……不过澳大利亚的情况怎么样我不太清楚，你可以上网查查。"

展若绫应了一声，又问道："哥，你现在还有没有用以前那个邮箱？"

"基本没怎么用了。我现在用公司的邮箱地址。"展景越现在在一家美国公司工作，公司的服务器提供邮箱服务。

"那你会不会定时登录以前的邮箱查看邮件？"

"我早就忘了那个邮箱了,哪还会记得打开来看。"展景越将注意力从电视机上转移到妹妹身上,一脸狐疑,"怎么突然问这个?"

"没事,就是随便问问。"展若绫顺手抓起沙发边上的报纸打开,"我看报纸。"

她眼睛盯着报纸,心里却在想别的事情。

下午的见面非常匆忙,连客套话都来不及说,她也不知道他到底有没有看过那封邮件。但是听完展景越的话,她心里大大地松了一口气。

那段时间她给他发了那么多封邮件,他都没有回复,应该没看到。

她只能在心里这么安慰自己,却从来不敢去想另一个可能:如果他已经看过了,她该怎么办。

她只能逃避,一路逃避。

星期日早上,三人回了展家。展景越和蔡恩琦星期一要上班,两人吃过晚饭歇了一会儿便开车回市中心附近的房子,展若绫则留在家里。

在家休息了两天,展若绫上网搜索了几则比较有用的租房信息,然后一一记到便笺本上。

那日中午吃完饭后,她坐车到市中心看房子,接连看了几处地方,差不多傍晚才回家,进了家门才发现家里来了客人。

她刚换好拖鞋,就听到妈妈叫她:"阿绫,回来了?过来跟你连伯伯和连伯母打个招呼。"

展若绫从屏风后转出来,看到客厅里的沙发上坐了两对夫妇,衣着都十分华贵得体,正是多年未谋面的连振钦一家人。

年轻的那对夫妇分别叫连尧和秦雅,参加过展景越和蔡恩琦的婚礼。年轻人之间比较随意,当下两人举手朝展若绫挥了挥:"嘿,展若绫!"

展若绫向他们回了个礼，走过去对年长的那对夫妻恭敬地叫道："连伯伯，连伯母，你们好！"

连振钦乐呵呵地对她点了点头："好，好！你是阿绫吧？好几年没见到你了。"

连夫人见了她也是眉开眼笑，转头对展妈妈说道："哎呀，秋榕，我记得上次来你们家，只见到景越，当时就没见着她。"说话的同时连夫人伸手指向展若绫。

连夫人满脸欣羡："你们夫妇真有福气，儿子和女儿都长得这么好看……"展妈妈故作不满地抱怨："那个时候她还在欧洲。唉！儿女长大了在家待的时间也越来越短了，她前不久才刚从西班牙回来……"

秦雅招手让展若绫坐到她旁边，轻声问道："展若绫，西班牙漂不漂亮？"

展若绫微笑着点点头："嗯，挺漂亮的。"她简要地向两人描述了去西班牙旅游不能不看的几处景观。

秦雅听完扯了扯连尧的衣服，低声道："阿尧，要不我们下次有空也去西班牙玩一玩？"

连尧点了点头："行啊。"

展爸爸拿起杯子将里面的茶一饮而尽，然后拿起茶几上的车钥匙站起来："那我们现在走吧？"

连振钦也站起来："行，走吧。"

连夫人和连尧夫妇也都跟着站起来，随着展爸爸走出去，本来热闹的客厅一下子安静下来。

展若绫有些茫然，妈妈走到她旁边，低声说："咱们请连伯伯他们吃饭，你也跟着去。赶快穿鞋子。"

"哦。"

走到玄关处，展若绫一边穿靴子一边问妈妈："妈，我们去哪里吃？"

"圣庭。"

展若绫身子一僵,重复道:"圣庭?"

"就是圣庭假日酒店。"妈妈拍了拍她的头。

展若绫咬了咬下唇,"那么远!为什么不去君悦酒店?"以前一家人去酒楼吃饭都是去附近的酒店或者君悦酒店。

妈妈见她换好靴子还愣愣地站在原地不动,拉了她就往外走:"是你连伯伯提议的。而且你爸爸去过圣庭几次,也说那里的东西比较好吃。"

第十二章
岁月不待人

　　一行七人刚走进酒店大门，便有一个西装革履的人迎上前来："几位好，请问是用餐吗？"

　　"对。三楼有空包间吗？"连振钦显然是酒店的常客，对酒店颇为熟悉。

　　展若绫好奇地环顾四周，酒店装修得富丽堂皇，服务台后的墙壁上悬挂着十几个时钟，分别显示世界各地的时间。天花板上悬着宫廷式的水晶吊灯，造型修长典雅。光洁明亮的大理石地板倒映着天花板上的灯光和大厅里的摆设，一路延伸到餐厅的门口。

　　"叮"的一声，大厅里的电梯门打开，走出三个人。

　　为首的男人身形修长挺拔，穿着一身名贵的黑色西装，五官俊朗、寒眸如星，橘黄色的光线落在他的脸上，将鼻梁的线条勾勒得越发俊挺，一双黑眸在看到大厅里的一群人时迅速闪过璀璨的光芒。

　　展若绫心里一震，连忙低下头。

　　她还真是没想到，第一次来他的酒店就见到了他。

　　钟绮大步走过来，到了一行人跟前才停下，微笑着唤道："连叔叔。"

连振钦握住他伸过来的手,笑得爽朗:"钟倚,今天不忙啊?你爸爸妈妈最近怎么样?"

"正准备出去。托您的福,他们一切安好。"

连振钦点头:"我今天跟老朋友过来吃饭,准备给你的大厨提一下意见。"

"欢迎之至!"钟倚微微一笑,狭长的眼睛在后面六人身上一扫而过。

连振钦介绍道:"这位是我的老朋友展寄新,唯康公司的老总。老展,这位就是圣庭假日酒店的 CEO。"

钟倚躬了躬身:"展叔叔,您好!"

展爸爸握住年轻的酒店经理的手,连声赞道:"不敢当。钟总真是年轻有为。后生可畏,后生可畏!"

连振钦拍了拍钟倚的肩膀:"好,你去忙吧,下次我们好好聊一聊。"

钟倚点点头,微一躬身:"那我先失陪了,祝各位用餐愉快。"他说着走向酒店大门,经过柜台时,脚步微微一顿,向大堂经理吩咐:"好好招待客人。"大堂经理连忙躬身应是。

酒店的门卫恭敬地推开玻璃门,助理一直跟在钟倚后面,见他忽然放缓脚步,便也放缓步子。

钟倚在门边微微驻足,望向大厅里的一行人。她低头看着地板,似乎在出神,乌黑柔软的发丝遮住了半张脸。他不着痕迹地收回目光,重新抬脚往外走。

饭菜非常丰盛,菜一盘接一盘地被端上来,大人们一边吃菜一边聊天,一顿饭吃了很久。

秦雅跟展若绫挨着坐,两人时不时聊上几句,偶尔也抬头回答长辈的问话。

主菜过后,包间的服务员将水果端上桌子,连尧靠到椅背上给服务员让出空间,顺便侧头问道:"展若绫,你哥哥和大嫂过得怎么样?"

展若绫点头:"谢谢,他们过得很好。"

连尧又问:"他们还是住在以前那个房子吗?"

"对,一直没搬过。"

连尧转头对秦雅说道:"阿雅,我们下次找个时间去看一下他们。"

包间里的电视机开着,音量被调得很低,展若绫的座位正对着电视机,电视上正在播张纪中版的《神雕侠侣》。两家人非常熟,倒也无须顾虑太多礼节,她索性将注意力放到电视屏幕上。

她看了几分钟电视,包里的手机突然振起来。

屏幕上显示的是一串号码,末尾四个数字非常熟悉:5171。她想也没想就接通,站起来走到窗边:"喂?你好。"

没有人说话,手机里只有空气流动的声音。

展若绫心下奇怪,脑海里忽然闪过一道灵光,又看了一眼那个号码,心跳不可抑制地加快。

13××××5171。这十一个以特定顺序排列起来的数字,她几乎可以倒背如流。

那是他在广州读大学时的号码,在他去了澳大利亚后就成了一个空号。她出国前曾经拨过这个号码几十遍。到西班牙读书的两年,她几乎每次感到孤独寂寞时就会拨打那个号码,一遍遍地听那个机械的声音。

她呼吸微微停滞,呆呆地拿着手机,直到略微低沉的声音传过来:"还没吃完?"语气温和随意。

那个声音是如此刻骨铭心,隔着手机传过来,依然清晰无比。

展若绫微微一怔,随即领会到他在问饭局的事,从喉咙里挤出一句话:"嗯,还没吃完,大人们在聊天。"

"你不是大人吗?"从手机里传过来的语调依旧很随意。

展若绫想起前几天蔡恩琦跟自己开玩笑,说她刚回国,今年春节可以大肆收红包——在 N 市,即使过了十八岁,只要没结婚就可以继续收长辈的红包,尤其是女性。

当下她不假思索地回道:"还没结婚就不算。"

"嗯。有道理。"回答的是略微带着笑意的声音。

有道理——很久以前他也说过这三个字。那节语文课上,他就是紧接着语文老师的话冒出一句"有道理"。

那节课,也许(6)班其他同学都忘了吧?毕竟那只是学校无数的课程中毫不起眼的一节,但是她一直都记着。她将所有关于他的记忆都放到脑海最珍视的角落,时不时地回想。

手机里传过来的声音,与记忆中那节语文课上的声音重叠到一起,完美地契合。

手机另一头响起低低的笑声:"那你在干吗?"

"我……我在看电视。"展若绫从窗户望出去,浓浓的夜色浸没了整座城市,霓虹灯在远处不断闪烁,将黑夜装点得绚丽多彩。这是她第一次跟他通电话。

在北京读大学时,她们宿舍另外几个女生陆续交了男朋友,偶尔在宿舍里跟男朋友通电话,她当时坐在床上,心里无比期盼能跟他通一次电话,哪怕聊的是毫不相干的内容,只要能听到他的声音,就很满足了。然而她几次拿起手机想给他打电话,都没有勇气摁下通话键。

后来他去了澳大利亚,她随之失去他的联系方式。可是,从那个时候开始,她偏偏有了勇气,一次又一次地拨那个空号。

很久以前的心愿,终于在多年后的这个晚上实现,她的眼眶不禁微微湿润。

正在回忆之河里漂泊游弋,她忽然听到他在那边问:"看什么节目?"

从手机里传出来的声音低沉有力，直直地钻入耳朵，语调似乎颇有兴致。

浅黄色的灯光从头顶泻下来，柔和而轻盈，宛如潺潺的溪流，静谧地淌入心里，一直流到心底最柔软的角落。

这么多年过去了，她以为终于要跟那个号码彻底说再见，以为这一生所有的心愿都会被时光无情地湮没，一切却在这个冬天的晚上幡然改变。她这样拿着手机跟他通电话，耳边不再是礼貌而冰冷的提示声，而是真正属于他的声音——真真切切的声音，每一个字的音节都清晰无比，甚至可以从起伏的音调里感觉到温度。

她在过去的那些时日里反复听到的那句"您好，您所拨打的号码是空号，请核对后再拨"似乎都在那一声温和的"那你在干吗？"中得到了补偿，随那几句清浅随意的问话消逝在风中。

隔着遥远的距离，她第一次觉得她离他如此近。

从落地玻璃窗望出去，整座城市都被笼罩在一片璀璨的灯海里。深邃悠远的夜空中镶嵌着几颗细碎的星星，与夜幕下五光十色的华灯组成一幅斑斓的画面。

"《神雕侠侣》。"轻浅的女声隔着手机传过来，略微低哑，掺了一丝浅浅的犹豫。

钟倚拿着手机，轻轻靠到椅背上，用空出来的那只手松了松领带，嘴角微弯，勾起一个好看的弧度："哪个版本的？"

他高二那时坐在程忆遥的旁边，曾经有一次听到程忆遥问她喜欢看什么电视剧，当时她的回答里就有《神雕侠侣》。

"央视版的。"

"不是几年前就播过了吗？现在还有？"高二那时，央视版的《神雕侠侣》自然还没开播，她指的是古天乐主演的那个版本。钟倚站起来，走到客厅打开电视机："哪个台？"

"电视剧频道。"略微迟疑的回答声响起。

钟徛修长的手拿起茶几上的遥控器摁了几下,电视机的画面已经切换到电视剧频道。

包间里的摆设十分高雅端庄,大圆桌与休息区各占一侧,墙壁前的电视柜明亮整洁,茶几与沙发同色,舒适大方。

长辈们针对经济形势高谈阔论,房间里的说话声时高时低。展若绫移动脚步,走到休息区的角落,低头望向下面的公路。

矗立在公路两侧的路灯泻下一圈圈暖黄的光影,静静地铺在漆黑如墨的马路上,绵延的车流如运河般延伸向前方,一眼望不到尽头。对面大厦的玻璃幕墙上华灯四射,璀璨的灯火映在行人眼里,城市一片繁华。

她忽然想起大一那年某个晚上躺在床上跟他发短信的情景。

那天晚上,她给几个高中同学群发祝福短信,几分钟后他回了一条短信,两人便聊了起来。那是他们为数不多的对话比较多的通信,她几乎记得每一句对话,就是在那天晚上,他说"还是高中好啊",而她因为这句话在床上辗转了一夜。

将思绪从往事中抽离出来,她忍不住问:"你在干吗?"

"在跟你打电话啊。"他回答得理所当然,语气一如往昔。

她心里不可抑制地涌起一阵阵细浪,一下下地敲击着心房,又觉得不可思议。

跟他阔别多年,几乎以为彼此的人生已经毫无交集,在这样的夜晚,她来他的酒店吃饭,而他在一个不知名的地方给她打电话,闲闲地聊天。

"只是这样?"她不确信地问。

他反问她:"不然你以为呢?"尾音微微上扬。

钟徛站起来,拉开落地窗,走到阳台上。由于所处的楼层太高,他从阳台望下去只能看到黑沉沉的马路和细小的车流。

夜色渐浓,冰凉如水,寒风呼呼地吹着。

他伸手扶上护栏,有点儿冷,空气也像是掺入了冰晶一般,凉飕飕的,他的心里却是一片温暖。

展若绫听到手机另一头猎猎作响的风声,心房某个角落忽然变得异常柔软,犹豫了一下还是问道:"你吃饭了吗?"

"吃了一些。"他轻轻一笑,笑声夹在风声里,听起来有些飘忽,"我没有你那么好命,有人请吃饭。"

展若绫想也不想就脱口而出:"骗谁呢!你不就是酒店的老板吗?明明想吃什么就可以吃什么!"这个人分明就是扮猪吃老虎。

这是他熟谙的口气,仿佛那十年分别的岁月不曾存在过,没有在彼此之间留下痕迹,没有拉开她跟他的距离。

阳台上的男子唇边浮上一抹笑意,宛如嵌在黑色的天鹅绒上的钻石,璀璨的光芒一下子变得夺目。他对着手机,轻轻地唤道:"展若绫。"

展若绫。

声音轻浅,似乎仍然带着思索的余韵。可是当他叫出那三个字的时候,语气是那么熟稔和理所当然。

展若绫的心不禁一颤:"嗯,什么事?"

"你喜不喜欢吃年糕?"

"什么?"始料未及的话题,让她不由得愣住。

"问你喜不喜欢吃年糕。前两天我去上海开会,带了几盒年糕回来给你吃。"

他回答的语气里隐约流露出一丝紧张,又似乎有些小心翼翼,不过展若绫没听出来,她的注意力都放在那句话的内容上了。

他前两天去上海了?不过更重要的是后半句。她呆呆地问:"为什么?"

他似乎没听懂:"什么为什么?"

钟倚思索片刻便领悟她的意思,声音平淡温和,语气却异常坚定:"就是想带给你吃。"

展若绫还没回答，就听到妈妈叫自己："阿绫，过来吃水果。"

"哦，好。"她转头急急忙忙地应了一声，对着手机说道："我妈叫我了，下次再聊。再见。"不等他回答她便匆匆挂断了电话。

回到家的时候，差不多是晚上十点了，展若绫刚倒了一杯水准备喝，妈妈在她旁边的沙发上坐下："阿绫，妈有几句话跟你说。"

"妈，你说，我听着。"

展若绫心中警铃大作，接了一杯水递给妈妈："妈，先喝水。"

妈妈接过杯子喝了一口水便放回到茶几上，语重心长地说："阿绫，你也不小了，现在都27岁了，怎么还不找一个男朋友？"

展若绫哭笑不得："妈，我刚回来，你叫我上哪里找男朋友？"

"你在西班牙过了那么久，怎么就没找一个男人谈恋爱？"

展若绫灵光一闪，小声地提醒妈妈："妈妈，我去西班牙之前，是你一直跟我强调不要找外国人当男朋友的……"

展妈妈没想到女儿的记性那么好，被她这么一说也有点儿不好意思，嘴里仍是辩解道："我有叫你找外国人吗？西班牙也有一大堆中国人啊……你看秦雅跟你差不多大，都已经结婚四年了。你赶紧也找一个男朋友谈恋爱，再这样磨蹭下去就过三十岁了。"

"嗯。知道了。"展若绫低低地应了一声。

妈妈叹了一口气，喃喃说道："你这丫头，也不知道听进去没有……唉，要是阿望还在的话，大学也毕业了，也应该有女朋友了……"她说着眼神不禁一黯。

展若绫双手握住杯子没有说话，眼底闪过一抹黯然。

妈妈很快恢复过来，拍拍她的手："好了，你赶紧去洗澡吧，早点儿休息。"

洗完澡后，展若绫盘膝坐到床上，随手拿过手机，点进已接来电的界面，来来回回地看上面那个号码。

手机这种通信工具，虽然很方便，但是对于彼此不熟的人，她更愿意选择发短信,只有在有要事时才会打电话。

大一那年,即便他们偶尔有联系,也仅限于发信息,而且她发的很多短信是群发短信。分别了这么多年,他怎么反倒突然打电话过来跟她闲聊?

她说不清是什么感觉,心突然变得不安稳了,宛如有一根细细长长的线,慢慢地缠了起来。

她从已接来电的界面退出来,打开手机的音乐随身听。

挪威女歌手琳恩·玛莲婉转而略微带着磁性的歌声在房间里低低地回响:

Hey What do you think of me now

Am I not like I once were

Still if you don't know me

What's the story of this pen

I guess you're not a stranger

And I can tell you're not a friend

It might take a while but I guess you'll manage waiting till then

Then when you confront me with your thought

(你现在是怎么想我的

我早已不是曾经的那个我

请看看我笔下的那些故事

如果你依旧不了解我

那么我想/你大概只是个过客

直到有一天

我们真的成为了朋友

直至你发现

我对你带来的种种伤害并不放在心里)

歌曲的旋律如水波般连绵不绝，一阵一阵地向她涌过来，柔和轻缓，在耳边回绕。

她将左手伸到半空中，凝视着手腕上那串藏青色的佛珠。她拿在手掌中的手机突然一振，系统提示有一条新信息。

展若绫点进去，是余知航发过来的信息：你朋友怎么样，出院了吗？需不需要我介绍几个医生给她看看？

展若绫没想到他还记挂着这件事，忙回复他：她前几天已经出院了，还是谢谢你啊！

过了十几秒，手机又振起来，这回显示的是余知航的来电。

她接起来，对方温润的声音从手机传入耳朵："展若绫，你这样说让我惭愧无比，我并没帮上什么忙。"

展若绫诚挚地说："有那份心就足够了。"

"我曾经听人说，会说西班牙语的女孩子的心地很善良，我今天相信了，你那个朋友有你这样的朋友，真是很幸福。"醇厚的男声停顿了一下，继续说道，"展若绫，其实我打电话过来还有一件事，我想问你明天有没有空一起吃个饭？"

展若绫一呆，犹豫了两秒，还是答道："哦，好。"

临近春节，过节的气氛越来越浓烈，很多店铺外贴上了春联。

吃饭的地点在一家日本料理店，里面装修得幽静雅致，浅黄色的灯光显得很温柔，轻缓的音乐低低地在餐厅里回响着。

"真是谢谢你。她只是崴了脚，不严重，已经恢复得七七八八了。她住了两天就出院了。"展若绫再次向余知航道谢。

"那就好。下次如果有什么事的话告诉我，能帮上忙的地方我一定会尽力，这样我就不用愧疚了。"余知航笑了笑。

尽管展若绫在家里排行第二，上面有一个哥哥展景越照顾着，但是在西班牙生活的五年，她已经学会了凡事依靠自己，现在听余知航这么说，盛情难却，顺口应道："好，那先谢谢你了。"

余知航似乎很满意，看了她很久，缓缓地说道："展若绫，做我女朋友好不好？"

"什么？"展若绫放下筷子，不禁怀疑自己的听力出问题了。

他挑了挑眉，漆黑的瞳孔在细密的睫毛后，紧紧盯着她，并不说话。

展若绫只能硬着头皮问道："为什么？"

余知航似是料到了她的反应，轻轻一笑："为什么？觉得你很好，想跟你在一起。"

展若绫愣了好半天，艰难地启齿："可是，余知航，我们才见过几面而已……"

余知航耐心地看着她："展若绫，其实，时间不是问题。"

展若绫顿时哑然，又看了他一眼。她不得不承认，他长得很好看，五官俊朗。这种年纪的男人，魅力很大，尤其像他这样年轻有为、事业有成，眉宇间尽是运筹帷幄的气度的。

"抱歉，我……"不知道该说什么，她只是摇了摇头。

余知航静静地观察着她的反应，突然问："展若绫，你一直有喜欢的人，对吗？"

展若绫抿了抿唇，点头："嗯。"她的过去一直都有那个人的痕迹。但是，那只是单方面的。对他而言，或许她只是他生命中的一个过客而已。

余知航一只手轻轻敲着桌面，推测着："那个人在澳大利亚？"

展若绫微微拧起眉："以前是，现在回来了。"

"你觉得你们能够在一起？"余知航蹙起眉头。

"不是，我从来没有这么想过。"展若绫摇头，心里不期然滑过一丝惘然，"很多时候，连我都不清楚自己是怎么想的。"

他耐心地问："那你还在等什么？"

"其实我也不知道，但是有时当一件事成为习惯，就不会想着去改变。"展若绫蹙眉望向窗外，目光淡然。

薄薄的阳光斜斜地从大厦后照射下来，照在玻璃上，反射出白亮的光芒，有微薄的温度从空气中传递过来。

"有一个词语形容人的性格，叫作固执。"她慢慢地收回目光，抿起嘴角，"我想，我就是那种人。"

余知航身子前倾，伸手覆住她搁在桌子上的手，说道："展若绫，你不要太早下结论，我们可以试一试，或者，先这样继续做朋友，我可以等。"

"等？"展若绫没有抽回手，以淡然的目光望着窗外。

那些漫长的岁月中，她一直守着一段无望的爱情，从来不去想结果，只是单纯地想守住那份感情。那样的感觉，随着呼吸和脉搏渗透全身，已经深入骨髓。

"余知航，其实你很好，只不过我这个人比较固执，有时我认定了一件事，就不知道要变通。"

余知航收回手，靠到椅背上，脸色有些疲惫："展若绫，其实每个人都在寻求现世的安逸，我不知道你这样坚持有什么意义……"

偶尔她的脑海中也会飘过这个想法：这样坚持有什么意义？展若绫突然露出一个微笑："那么，余知航，你现在算不算在坚持？"

余知航先是一愣，随即也无奈地笑了："那就是说，我没有机会了？"

"像你说的，我们可以做朋友。"展若绫眨了眨眼睛。

余知航轻轻地合上眼睛，仿佛耗尽了精力，然后又睁开，目光已恢复清明："展若绫，其实我不是一个那么容易就放弃的人。我说了，其实每个人都在寻求现世的安逸，如果不是我妹妹最近要动手术，我不会轻易退缩的。"言下之意却是表达得很清楚了。

展若绫心里一松，细想他刚才说的话，不禁问道："你妹妹要动什么手术？"

余知航在心底苦笑。她明明刚刚拒绝了他，却仍然关切地询问，这么善良的女子,为什么不是他先遇到她?

从料理店出来后,余知航开车送她到住宅区大门口。

展若绫下车前,余知航叫住她:"展若绫,记住,以后遇到什么事,如果需要人帮忙,一定要告诉我这个朋友。"

"好!"展若绫郑重地向他点头。

翌日是星期日,展若绫早上坐车去跟房东签租房合同,然后去了一趟书城。

她从地铁站出来后,突然听到有人叫她的名字:"展若绫?"尾音微扬,带着不确定的语气,却依旧余韵绕耳。

展若绫停住脚步,讶异地转身,对上一双微微含笑的眼睛。

眼前的男子,一身蓝黑西服正装,眉眼间带着七分英气、三分职场锐气,漆黑的眸子里一片温和,与记忆中某张留影完美地贴合。

展若绫的嘴角弯成一个好看的弧度,清丽的眸子里流泻出水晶般的光彩:"言逸恺?"

"你还记得我?我觉得非常荣幸。"言逸恺露出一个和煦的笑容,上上下下地打量了她一遍,"展若绫,这么多年没见面,真是越长越漂亮了啊,我都快认不出你了。果然是女大十八变啊!刚才我走在你后面,一直想叫你又怕认错人……"

这是发自肺腑的话语。他眼前的人,穿着雪纺白衬衣,荷叶大翻领别致婉约,风衣的带子随风飘扬,显得灵动而飘逸,一身精致的打扮让整个人显得温婉而清新,彻底挥别高中那个总是穿黑色衣服的形象。

跟过去相比,她依然是一样的眉目,笑容轻浅,只是历经了岁月的沉淀,不再像过去那样会偶然露出寂寥的表情。

我都快认不出你了。

言犹在耳。她蓦然想到,那天钟倚也是这么跟她说的。

展若绫绽开笑容,秀眉微扬,真挚地说:"谢谢!言逸恺,我一直都记得你。"

言逸恺到附近的报亭买了两瓶水,将其中一瓶递给她,继续说道:"要不是前年同学聚会的时候程忆遥告诉我们,我们都不知道你去了西班牙……"

展若绫一听,强烈的歉疚感如同潮水一般涌向心头。那时程忆遥也说,言逸恺跟她聊 QQ 时还提起过展若绫。

她连忙说道:"不好意思!走的时候太匆忙,忘了告诉你们。"

她不是忘记,而是刻意不通知。她那时就是从他那里听到钟绮出国的消息,时隔一年多,到她要出国时,她却因为他跟钟绮那份深交而没有告知。

展若绫突然觉得自己有些自私。

在某种程度上,如果没有言逸恺这个同学,如果那时钟绮没有拿他们两个人的关系来开玩笑,后面什么都不会发生。那么,也许那时刚经历过车祸的她只能永远跟他同在一个教室读书,却永远也无法和他交谈,自然也不会有那十年的苦苦坚守。

高二那次换座位后,言逸恺跟她的接触也随之骤减,高三分班后两个人就基本没有什么交集,只是后来上了大学,偶尔过节会相互发祝福短信。她对他最后的印象就是在大三那年寒假的同学聚会,跟他一起在游戏城里玩那个投篮游戏。

那个时候,她满心绝望,他陪着她投篮。

言逸恺摇摇头:"跟你开玩笑而已,别紧张。忘了问你,你什么时候回来的?"

那个时候,她一个低头的动作让他一向平静的心湖泛起波澜,可是后来,流言渐息,他跟她之间却再也没有了从前那种自在悠然。随着钟绮对她日渐言语刻薄,(6)班的人都将钟绮和她扯到一起,几乎没人记得他跟她曾经共同处于流言的旋涡。

高三分班后,他跟她基本没什么接触。或许他跟她终究是没有缘分?他曾经对她产生过的那一点儿心动的感觉,随着彼此间距离的拉大，随着时间的流逝，也逐渐淡了下去。

上了大学后，曾经在一个教室读书的人开始各自过各自的生活，学习、忙学生会的工作、谈恋爱……形式各种各样，内容丰富多彩。他偶尔也跟高中同学联系，但比起大学同学联系是少多了。每逢过节，言逸恺跟她都会互发祝福短信，除此以外两人联系并不多，大学毕业后他回N市工作才恍然惊觉已经很久没听到她的音信了，直到那年同学聚会才听程忆遥说她去了西班牙留学。

毕竟已经时隔多年，言逸恺听到这个消息时虽然吃惊，但是很快就接受了。比较耐人寻味的是，当程忆遥说展若绫已经出国的时候，虽然大家都很惊讶，但是有一个人的反应是他始料未及的。

眼前的男子眉眼温和，吐出的话语如同清晨的一缕风，让人听了感到一阵舒心，他似乎又变成了高中那个教她做习题的男生。

展若绫心里不禁一松，答道："就在去年十二月底。"

言逸恺目视前方："算一算，你在西班牙都五六年了……西班牙好不好玩？"

"还好。我本来就想着要回来的，这里才是我的家啊！"

"这话说得好！"言逸恺赞赏地点了点头。

两人相互留了手机号。

言逸恺思索片刻，说道："既然已经回来了，如果下次有同学聚会的话，展若绫，你一定要去啊！"

展若绫两道秀眉弯成新月状，抿嘴笑了笑，点头应道："嗯，好的。我一定去。"

言逸恺看了看手表，对她说："我还有事，不耽误你的时间了，那就这样，再见！"

"再见。"展若绫向他挥了挥手。

言逸恺站在原地，看着她的背影消失在涌动的人潮中，许久才收回目光。

那个记忆中的女子终究还是远离了自己，可是，这样的结果，也在意料之中。

他举起手中的矿泉水看了几眼,想了一下,还是从口袋里掏出了手机。

周末,书店里购书的人较多,展若绫买了几本书,结完账,走出书店大门,拿出手机给展景越发了一条短信:哥,我帮你买到那本书了。

然后她收起手机,四下望了望。

街道一侧的一家二十四小时营业的商店里,电视机正在播放新闻。目光随意地从电视屏幕上滑过,她霍然觉得有哪里不对,立刻将视线移了回去。

透过落地玻璃窗,她可以清楚地看见电视画面。

新闻播放的是一个颁奖仪式的片段,屏幕最下方有一行标题:年度十佳酒店昨日颁奖,圣庭假日酒店当选。

颁奖的地点在市会议中心,代表圣庭从颁奖人手中接过荣誉证书的那个人如此熟悉。

他穿着一身黑色西装,系一条斜纹领带,嘴角轻轻上扬,显得礼貌而得体。耀眼的灯光聚在他身上,将他脸部的线条勾勒得异常清晰,他的一双黑眸说不出地明亮。

她就这么站在店铺外面,目不转睛地盯着电视画面,仿佛这个世界只剩下那台电视机。

她这个姿势维持了几分钟,思绪开始四下飘散。

原来,岁月真的可以改变一个人,眼前的这个人不就是最好的例子吗?

那天晚上,他们去圣庭吃饭,当连伯伯问候他的父母时,他是怎么说的?

托您的福,他们一切安好。

遣词用句无不得体到位。那个记忆中只会欺负自己的人,经过这么多年岁月的洗礼,已经变得如此深沉内敛,举手投足间都散发着成熟男人的魅力,神态自若地站在自己的酒店里,跟连振钦这样的商界大亨谈笑风生。

八年的时间可以改变许多,而今他变得如此成熟稳重,哪里还有当年那副玩世不恭、不务正业的样子!

不知道这跟他当年高考失利有没有关系。

在很多熟人的印象中,他一直都没有正经样子,但是她知道,他的内心比谁都坚强——那个时候,即使是面对高考失利这样大的事,他也表现得淡然自如。

其实他一向是这个样子,在陌生人面前正经八百的,只有跟熟人相处时才会露出嬉皮笑脸的真面目。当年有几位女同学就是被他偶尔显露的冷峻所欺骗,一直都很怕他。程忆遥也是跟他同桌了两年,才逐渐觉得他为人不错。其实他们几个男生私底下很能闹,即便是言逸恺那样温和的男生,跟他们相处时也变得比平时活泼。

这么多年过去,他已经成功地站到一个高度,有了自己的事业。可是,他的过去和如今的成就,都与她无关。

她这样茫然地伫立在街道上,漫无边际地遐想着,心里被一种怅然若失的感觉牵扯着。

手机持续的铃声将展若绫无边的沉思打断,她从包里摸出手机,屏幕上显示的是一串完全陌生的号码。

她在西班牙的那五年,妈妈和展景越每隔几个月就给她打国际长途,回国后她接的电话自然是少了。不过这几天她接电话的次数似乎又多了起来。

展若绫心不在焉地掀开盖子,将手机放到耳边:"喂,你好!"

"我看你站在那里半天了,干吗不进去?在看什么?"清朗的男声从手机里传出来,语调慵懒而随意,像是夏日午后的风,轻轻撩过耳际。

整个世界似乎在那一刻安静下来,街道的喧嚣随之消散在空气中，只剩下手机里的声音，清晰无比地传入她的耳朵。

难道……

展若绫恍然，举目四顾。"我在街道对面。"爽朗的声音悠然传来，带着几分愉悦，他似乎心情很好。

展若绫转身，将视线定到某个点上。

她看到街道对面停了一辆黑色的轿车，他闲闲地倚在车旁，一只手随意地搁在车顶，另一只手举起一部手机朝她晃了晃。

第十三章
生活与想他

冬日细碎而微薄的阳光落在他的肩膀上,洒下一片璀璨的光辉。

他的嘴角噙着一抹淡淡的笑,笑容爽朗,如光风霁月,温暖而和煦,与他身后灿烂的阳光融在一起。

展若绫心里"咯噔"一声:这个人怎么会长得这么好看?

正是下午,街道上的行人络绎不绝,不断有人从他身前经过,他浑然不觉,一双黑眸隔着熙攘的人群望着她,眼眸中的那抹专注一直没有减过。

喧嚣的街道上,她站在这一头,他站在那一头,若远,似近。

她蓦然想起,那一年在教室里帮程忆遥发作业给他时的情景。作业本在空中画出一道弧线,被他稳稳地接住。那时,他也是如同眼前这样,带着几分慵懒与惬意。

她咬紧下唇:"你怎么会在这里?"声音轻得如同浮在水面的飘萍,不知道她是对手机说,还是对空气说。

钟倚没有回答,只是说:"你站在那里,我过去。"他站直身子,穿过街道,走到她旁边。

展若绫仿佛被钉在了原处,只是怔怔地看着他。

第一次,他离自己这么近。那张曾经只在梦境里出现的脸,此刻就在眼前。

他的头发很短,露出漂亮的额头,睫毛很长,漆黑的瞳仁里闪动着细碎的波光。

钟徛微微俯身,审视着她脸上的表情:"怎么了?"

她终于意识到他这样的靠近太突然,没来由地觉得紧张,不自在地别过头,问:"你怎么会来这里?"

钟徛当然不会告诉她是言逸恺打电话告诉他的。他扬起两道俊眉,四两拨千斤地反问:"我不能来这里吗?"

他的说话风格一如既往。

遥远的记忆如同上涨的潮水,刹那间浮上心头,漫过她心房的每一个角落。

"能。"展若绫低下头,将手机盖合起来。

钟徛伸出手,示意她把那袋书递给他。

展若绫没有松手:"我自己拿就可以了。"

他挑了挑剑眉,唇角挂着微微的笑意:"你自己拿的话,整条街的人都会说我没风度的。你就让我当一回绅士吧。"

接过袋子,他仔细地打量了她一眼:"吃饭了没有?"

"吃过了。"

"我是说晚饭。"他一本正经地强调。

展若绫不可置信地瞪大眼睛,看了一眼手机,重新抬起头:"现在才四点……"

"四点就不可以吃饭吗?谁规定的?"

他凝神看着她,突然笑了起来:"展若绫,我饿了。我中午没吃饭,陪我去吃点儿东西好不好?"笑容朗朗,纯真无辜,一如往昔。

她下意识地就想拒绝,可是看着那纯真的笑容,她的心不由自主地就软了下来,喉咙里飘出一个字:"好。"

他的车停在街道对面，于是他们不可避免地要过马路。

街道上的行人熙熙攘攘，说话声此起彼伏，喧闹异常。她的内心被难以言表的感动细碎地填满。

前一刻她还只能通过电视看他，这一刻他却走在自己的身侧。

如果不是重新遇见他，或许他在自己的印象中还是那个意气风发的少年，或者是老师办公室里那个落寞的身影，而永远不知道，他能站到现在这样的高度。

黑色的轿车在街道上平稳地行驶着。车子的外形给人的感觉相当利落流畅，车厢内亦是十分干净简洁，几乎一件摆设也没有。中控台做工极其细腻，并没有繁多的按键，金属与桃木的搭配显得非常奢华。

展若绫一直失神地望着车窗外的景色，听到他似乎说了一句话，忙收回心神："什么？"

这回传过来的声音很清晰："我问你，今天一整天都在外面干吗？"

"呃，我出来签合同。"说话的声音微微透出一丝拘谨。

钟徛也察觉了，侧头看了她一眼，尽量以温和的口气问道："什么合同？"

"租房子的合同。"犹豫了一秒，她还是说了下去，"我在附近租了一套公寓，今天签合同。"

他应了一声，换了个话题："展若绫，程忆遥快要结婚了，你知不知道？"

"啊？我不知道！"短暂的茫然过后，展若绫有些吃惊。

回国后经历的事都在提醒她，他们都不再是当年那些在校园里埋头读书的学生了，工作和感情才是如今生活的重心。

他似乎料到了："你回来后没跟她联系吗？"

展若绫眉心一紧:"我给她发了邮件,不过一直没收到她的回复。"

"可能她那个邮箱已经被注销了。"

她的心猛然一跳,紧紧地揪到一起,她侧头看了他一眼,他静静地开着车,似乎不觉得有哪里不妥。

钟徛思量片刻,说道:"我以为你跟她很要好。那时就是她跟我们说你去了西班牙的。"

他的手稳稳地搭在方向盘上:"你没她的电话号码吗?"

"没有。"听了他的话,她悄然放下一颗忐忑的心。

"我一会儿把她的号码给你吧。"他转过头,薄唇微微勾起,"到了。"

他们去的是一家老字号的粤式茶餐厅,店面装修得古色古香,木质的桌椅带着浓重的古朴风格,让人置身其中就不自觉地平静下来。

钟徛将服务员刚端上来的热粥推到她面前:"有点儿烫,慢点儿吃。"

"谢谢。"展若绫拿起勺子。

算起来,她跟他只吃过一次饭,就是大一寒假那次(6)班同学聚会。那时他就坐在她对面,偶尔她夹菜就能看到他。可是,那时即使一抬头就能看见他,她也只敢在跟人说话时才看他一眼。

现在,两个人坐得那么近,她心里却只觉得不真实,像做梦一样。

有了一路上的闲聊,她此时也略微放松,尽量自然地问他:"你经常来这里吃吗?"

"不是,很少。"他蹙着两道浓眉,"机会不多。"

展若绫很自然地顺着他的话问下去:"为什么?"

"没什么时间,有时忙起来顾不得吃饭。"

她心里一紧,顾不得思考就问出口:"这么忙吗?"

钟绮看了她一眼，语气不知不觉间放得柔和："嗯，有时事情比较多。而且这种地方一个人来没什么意思。"

"哦——"她只能拖出一个长长的调子。

想来也是，他高中时那么受欢迎，不管去食堂吃饭还是去球场打球，周围总有一堆人，从来不缺乏伙伴。现在他管理着一家这么大的酒店，闲暇的时间自是大大减少。

生活会随着人的成长与发展不断发生变化。年少时有年少的快乐，长大以后进入社会能从工作中获得更多成就感，可是年少时那种单纯的快乐也会随之丢失。

展若绫用勺子慢慢地搅着碗里的热粥，想起之前遇到的人，说道："我下午碰到言逸恺了。"言逸恺算得上是他高中最好的朋友了。

钟绮不动声色地问："你在哪里碰到他的？"

"就在地铁站外面。"

他扬了扬眉，一边夹菜心吃一边说："那真是巧，你很久没看到他了吧？他先叫住你的是不是？"

"对啊，你怎么知道？"展若绫惊讶不已。

他微微一笑，目光明亮："我猜的。"

"你现在还跟他有联系吗？他做什么工作？"

她其实更想知道他在澳大利亚那几年过得怎么样，想知道他是什么时候回国的，想知道他是怎样一步一步当上圣庭的 CEO 的，但是又不敢直接问他，只好一直跟他聊些别的。

"偶尔会联系。他现在在一家很有名的律师事务所当律师，过得挺好的。"

他吃饭前将西装外套脱下来了，露出里面的白色衬衣，左手腕上戴了一块机械表，整个人看上去多了几分温文尔雅的味道，而她记得他以前是不戴手表的。那些有关他的照片，她来来回回看了十几遍，他都是一身简洁利落的打扮，身上从来没有什么饰物，既不戴手表，也不戴项链。

她忍不住又瞄了他的手表一眼。表面在灯光的照射下熠熠生辉，偶尔他手腕一动，表链处发出细微的响声，举手投足间更显得英气逼人。

"展若绫，"他停下筷子，黑色的眼睛里荡漾着异样的柔光，"你在西班牙待了那么多年，过得怎么样？"

她在西班牙过得怎么样？一瞬间她也有些恍惚。

那五年的岁月，她一共做了两件事：一件是生活，另一件就是想他。她曾经以为时间能冲淡那份思念，然而去了西班牙后才发现，对一个人的思念是会随着时间与日俱增的。

皮蛋瘦肉粥微微冒着热气，隔着升腾的水汽，他的脸显得有些不真切。展若绫无意识地拨弄着碗里的粥，轻描淡写地说："就那样，前两年读硕士，后三年工作。"

他点点头，眸色略微变深："为什么不回来这里工作？"

展若绫低下头，手慢慢地握住杯子："那时觉得继续留在西班牙也不错，没有想到要回来。"

他若有所思地看了她一眼，没有说话。

踌躇了许久，她才鼓起勇气，小心翼翼地问："钟倚，你那时在澳大利亚留学，是在哪个城市读书？"

这是她给他发的第一封邮件上的问题，也是她一直想知道的事。

钟倚看着她，黑亮无瑕的眼眸如同夜晚的大海般深沉，在短短的一瞬间里闪过错综复杂的微光，却又极快地淡去。

他搁下筷子，很认真地回答："布里斯班。我在布里斯班的格里菲斯大学读书。"

这么多年过去，她终于亲耳听到他告诉自己。"布里斯班。"她低低地重复了一遍。

灯光从天花板上照射下来，柔化了他脸上的线条，他漆黑的眼眸里笑意荡漾，璀璨生辉："对，就在昆士兰州。"

她忍不住又问："澳大利亚好玩吗？"因为是他留学的地方，所以她想了解更多,更想知道他那几年留学生活是如何度过的。

钟裪微微笑了笑,声音愉悦:"有些地方挺漂亮的,你们女生可能会喜欢。你以后想去的话,我可以给你当导游。"

她被他最后那句话惊到了,尽管心里明白他很可能只是在说客套话,但心底的愉悦仍是犹如涨潮般涌了起来。她压下喜悦之情继续问他:"你留学的时候经常到周围的城市玩吗?"

她从来没有一口气问过这么多的问题,可是现在他就坐在她面前,她终于可以亲口问他过去的情况。她非常想知道他这些年都过得如何,虽然知道做人不能太贪心,但还是忍不住问了出来。而他很有耐心,没有丝毫不耐烦,将留学和工作的经历详细地说了一遍。

时间真是一种很奇妙的东西。经过岁月的洗礼,他不仅变得成熟了,而且也变得有耐心了,不再是过去那个听她说了一句话的开头就不耐烦地将她打断的少年。

她从心底感谢上天让他们分别这么多年后再度重逢,让她得以看到他的成长。

黑色的轿车稳稳地停在住宅区的大门外,展若绫拿起手提袋和装着书的袋子准备下车。他突然问:"展若绫,你过完年才上班,对吧?"

她的手依旧放在车门的把手上:"对。我过完年上班。"

"我想麻烦你一件事。"他食指轻叩着方向盘,清亮的黑眸诚恳地注视着她,慢条斯理地说,"我有一个外甥女下个月要去西班牙,我想请你跟她见一下面,简单地介绍一下那边的情况,让她有一个大概的印象,可以吗?"

"哦,好。"展若绫一听是自己最熟悉的领域,心里松了一口气。他露出一个愉悦的笑容,笑容摇曳在月夜的清辉里,温暖而柔和:"那到时我给你打电话吧。"

"好。"

钟徛看着她走进住宅区，身影逐渐被夜色淹没，才发动引擎，飞驰而去。

钟徛约的地点在商场四楼的一家咖啡馆。

展若绫心里本忐忑不安，但在看到小女孩儿天真活泼的笑脸时安定了下来："你好，我叫展若绫。"

小女孩儿五岁左右，穿着一身浅绿色的衣服，模样说不出地纯真可爱。

"展姐姐，你好。"陆筱将食指轻轻压在嘴唇上作思考状，然后仰起头望着钟徛，"舅舅，我叫得对不对？"

钟徛正想点头说"对"，忽然想到什么，立刻否决："不对。"

他拉着小外甥女到椅子上坐好，等她坐稳后向她摇了摇头："不是姐姐，要叫阿姨。"

陆筱从善如流，立即转向展若绫，甜甜地改口叫道："阿姨好。"

"乖！"钟徛愉悦地摸了摸她的头，给三个人各点了饮料喝。

他笑着对面前的女子说："展若绫，不好意思，后天就是春节了，今天还要麻烦你。"

"没事。"展若绫只是笑了笑——其实，早上接到他的电话时她想过打退堂鼓。

西班牙的情况，展若绫自是非常熟谙。她拿出纸和笔一一详细介绍，陆筱听得非常认真，偶尔点个头。不到一个小时展若绫便介绍完毕，陆筱开始专心吃香蕉船。

展若绫一边喝橙汁一边问对面的人："她这么小，一个人去西班牙？"

"不是，跟她爸妈一起去。"钟徛看着她，声音柔和清晰。

展若绫却在思索：他说陆筱是他的外甥女，那么，也就是说他有姐姐？

钟徛见她似乎在沉思，解释道："她是我堂姐的女儿。"

"哦。"被他一语提醒，展若绫有些不好意思。

他嘴角含笑："我堂姐夫在意大利，我堂姐准备过完春节带她去欧洲看她爸爸，到时会去西班牙玩几天。"

他解释得很清楚，展若绫也听得非常明白，便点了点头。"舅舅，你们在说我爸爸吗？"陆筱抬起头问道。

"对啊，在说你爸爸。"钟徛微微倾身，凑近小外甥女，"筱筱还想吃什么吗？"

这个人，对小孩子倒是挺有爱心的。展若绫看着他的侧脸，略微恍然。

"舅舅，我想去洗手。"陆筱举起小手，让两个大人看上面的汤汁。

"我跟她去吧。"展若绫站起来，又对小女孩儿说："筱筱，我跟你一起去好不好？"

陆筱当然点头："好！"

钟徛坐在座位上："麻烦你了。"

洗完手，陆筱仰起头说道："阿姨，我觉得你长得好漂亮啊！"

展若绫看着她纯真无邪的面孔，心中一动，猛然想起在车祸中丧生的展景望，她的语气放得非常柔和："谢谢啊！你也长得很可爱。"

她蹲下身，用纸巾细细地帮陆筱把手擦干净，听到稚嫩的童声说："妈妈本来叫舅舅跟我们一起去的，舅舅说不去。"

"哦，为什么？"展若绫将注意力都放在女孩儿的手上，心不在焉地问。

陆筱摇了摇头："我也不知道。妈妈说舅舅学了这么久的西班牙语，又不去西班牙很可惜。"

就她这个年龄段的小孩子而言，她说话算是非常清晰明了的了。展若绫呆了半响，笑了笑："好了，我们出去吧。"

车子缓缓地在住宅区的门口停下，展若绫拿起挎包下车。

"等等！有一样东西给你。"钟倚从驾驶座旁边的箱子里拿出一袋东西递给她，漆黑如墨的眸子直直地对着她："上次说要给你吃的年糕。"

展若绫从来没有这么手足无措过。她记忆里，他们说过话，一起吃过饭，但是相互之间从来没有送过什么东西。

展若绫愣了半天，还是接过来："哦，谢谢。"

他扬了扬眉，唇边溢出一抹淡淡的笑："如果不喜欢吃的话再告诉我。"

展若绫下车后，陆筱仰起小脸问驾驶座的人："舅舅，你不是对西班牙很熟吗？为什么还要阿姨讲？"

钟倚揉了揉小外甥女的头发："可是舅舅没去过西班牙，而且阿姨说得更好啊！"

一年一度的春节如期而至。展景越和蔡恩琦已经放假在家，年三十那天晚上，两人回到展家一起吃团圆饭。

这个春节对展若绫而言意义不凡。在西班牙的那五年，她都没办法跟家人一起过春节，只能给家里打一个越洋电话，而今年终于可以在家吃一顿真正的团圆饭了。

屋子里很是热闹，妈妈忙里忙外，却是一脸愉悦；展爸爸素来深沉不多话，但是明显也很高兴。

吃完团圆饭，一家人坐在客厅里看电视。展若绫虽然一向对载歌载舞的晚会节目不感兴趣，但也坐在沙发上跟爸妈和哥嫂一起看，偶尔就节目内容聊上几句。

电视播广告的时候，她给林微澜回复短信，目光滑过程忆遥的号码时停了下来。

她的性子从来都属于不急不躁的，钟倚把程忆遥的电话号码给了她以后，她一直没想起来要跟程忆遥联系。

展若绫思索了两秒,给程忆遥发了一条信息:春节快乐!展若绫。

过了半个多小时,手机振起来,她一看是程忆遥的来电,连忙一边接起来,一边走向房间。

"展若绫,我是程忆遥。"程忆遥的声音听起来有几分愉悦。

两人各自聊了一下近况,然后程忆遥问:"展若绫,你什么时候回来的?"

展若绫站在桌子前,随手拿起上面的钱包打开:"我十二月份的时候就回来了,我给你发了邮件……"

"哎呀,你是不是发到我以前那个邮箱了?我已经很久没开那个邮箱了,对不起啊!我现在还在上海,明天才回去,到时候我上网看看……"

程忆遥懊恼不已,在电话那头想了几秒,接着说道:"展若绫,我明天就回N市了,你什么时候有空?我们到时见个面吧!"她顿了一顿,继续说道,"我顺便把结婚的请柬给你。"

两个朋友约在市中心的一家星巴克见面。

程忆遥已经把头发留长,整个人看上去多了几分成熟妩媚。过去几年的岁月,或多或少改变了那些曾经年少的面孔。

程忆遥问了一下展若绫公司的情况,笑着说:"大公司啊,条件非常好啊。"

"我过完年才上班,现在还是一名待业青年。"展若绫开玩笑。

"行了你,到时一发工资立见分晓……呃,差点儿忘了正事。"

程忆遥从手提袋里取出一张大红的请柬,递给她:"我现在郑重宣布,下个月,这个世界上的单身一族就要少一个重要成员了。这是一个意义非凡的婚礼,展若绫,你一定要记得来参加啊!"

展若绫接过请柬,诚挚地祝贺:"恭喜恭喜!"

"谢谢谢谢!"

展若绫看了一下请柬,男方的名字叫简浩:"你们怎么认识的?"

程忆遥有几分羞涩:"他是我读中大时的同学,到时介绍给你认识吧。"

展若绫"哦"了一声,将请柬收到包里放好,倒是有些好奇:"你们同一个学院的?"

程忆遥摇头:"不是。他是法学院的,是廖一凡介绍我们认识的……"

"法学院?言逸恺也是学法律的吧?"展若绫回忆着。

"对啊,他比言逸恺高一届。所以到时廖一凡和言逸恺他们也会去,我们这个婚礼也算是一个变相的同学聚会吧……"

程忆遥喝了一口咖啡,问道:"对了,展若绫,后来你怎么知道我的号码的?"

"是钟徛告诉我的。"展若绫慢慢地搅着咖啡。

"你见过他了?"程忆遥非常惊讶,暗暗在心里佩服钟徛,这个人真是越来越深藏不露了。

"见过几次。"

"什么时候的事?他找你的吗?"程忆遥现在对这件事非常好奇,忍不住就问了出来。

"不是,碰巧的。"展若绫低头看杯子上的图案。

程忆遥猛地想起今天还有一件正事,问道:"展若绫,你有几个私人邮箱?"

"两个。"展若绫不明白她为什么突然问这个。

准确地说,她总共有三个私人邮箱:一个是读大学时注册的,那时跟展景越和同学联系都用那个邮箱;一个是在读硕士时申请的,用来跟展景越和林微澜等人联系;还有一个是大四等签证那段时间专门给钟徛发邮件的,后来就没再登录过。

"展若绫,我不知道钟徛跟你发生过什么事,不过,"程忆遥停顿片刻,在脑海里组织着话语,接着说,"他有一次向我问你的邮箱地址。"

展若绫微微一怔，分不清此刻心里是什么滋味："什么时候？"

程忆遥在脑海里搜索了一下记忆："大概是前年吧。那年我们有个同学聚会，当时钟绮也有去，我跟他们说你去了西班牙。后来过了差不多一个月，钟绮突然问我是不是一直都跟你有联系……"

程忆遥一直在心里觉得钟绮跟展若绫一定发生过什么，否则钟绮当年也不会突然找她。

如果是在从前，也许程忆遥会直接对展若绫说"我觉得钟绮很喜欢你"，年少的时候他们有恣意飞扬的青春，什么都不用顾忌。可是她毕竟在社会上打滚了几年，人也变得成熟，说话再也无法像过去那样恣意。现在坐在她面前的展若绫已经多年没跟她见面，说话也没法像闺中密友那样毫无顾忌。

钟绮将车子驶入车库停好，刚走下车，立刻有一团小人影跑过来一把抱住他的腿，用充满童稚的声音唤道："舅舅！"

钟绮蹲下身，将她抱起来举高又放下，薄唇抿出一丝笑："下次你再这么冲过来的话，我就不带你去吃冰激凌了。"

陆筱仰起天真无邪的小脸说道："舅舅，妈妈过来接我了，我要回去了。"

"哦，真的？妈妈在里面吗？"

"对啊。妈妈跟姥姥在里面说话。"

钟绮牵着她的手走入客厅大门，向客厅里的妈妈和堂姐打招呼："妈，姐。"

章歆敏应了一声，说道："真的是说曹操，曹操就到。"钟绮走近沙发："说我什么了？"

"说你最近忙得都见不到人影了。"坐在客厅沙发上的钟瑶琳张开双臂，将女儿半揽到怀里，"还说你是一个不孝子，都快28岁的人了还不带女朋友回来。"

章歆敏转头看了儿子一眼，说道："钟倚，圣庭今年的业绩不是很好吗？我看你也老大不小了，赶紧给我找个女朋友，让你爸和我省省心。"

钟倚在沙发上坐下，依旧笑得漫不经心："妈，你以为是征婚启事啊？女朋友想有就有？"

章歆敏"哼"了一声："我看你就是成心想气死我！前年我叫你找女朋友，你说要专心管理圣庭，现在圣庭生意都这么好了，你又说不好找……"

钟倚整个人靠到沙发椅背上，神色悠然："妈，我这个皇上都不急，你急什么？"

章歆敏伸手作势要拍他的脑袋，钟倚连忙举手去挡。

钟瑶琳看了堂弟一会儿，嘴角扯出一抹意味不明的笑："钟倚，我听筱筱说，你前几天带她去见了一个朋友。"

钟倚抬了抬眉，神色自若地说："是啊，有什么不妥？我之前不是跟你说过了？"

"不是有什么不妥，而是非常妥……"

钟瑶琳拉长了调子，笑着对章歆敏说："婶婶，我听筱筱说，钟倚这个朋友长得可漂亮了，而且心地非常善良——"

钟倚打断她："善良？你见过她了？"饶是如此，他的眼角也不自觉地溢出笑意。

章歆敏也听出了一点儿意思，心中欣喜不已，笑着问："钟倚，你那个朋友，是女的？"

"是女的。"钟倚淡淡地回道。

钟瑶琳目光一亮，追问着："是普通的女性朋友还是女朋友？"

"目前是女性朋友。"钟倚看到保姆走过来，率先站起来，"不说了，我们先吃饭吧。"

第十四章
好到可以做男朋友吗

冬末，太阳下山比较早，下午四点多的时候天色已经开始发暗。

跟程忆遥分别后，展若绫没有直接回家，而是沿着街道漫无目的地走了一圈。她思绪很混乱，也不知道自己在想些什么，脑海里像是纠缠了无数根麻绳，理也理不清。

这么多年过去，她只是一味地思念一个人，从来没有去想如果有一天见到他要怎么做。曾经距离她那么远的人，她以为终其一生都不会见面，在回国后却发现似乎有什么发生了改变。

展若绫回到家的时候已经是万家灯火。城市仍然沉浸在过节的喜庆气氛中，高楼大厦上一片繁华的彩灯。

洗完澡后，展若绫打开桌子上的笔记本电脑，一转头就看到放在桌子上的礼品盒。

他送的是上海的著名小吃排骨年糕，吃起来既有排骨的浓香，又有年糕的软糯酥脆，十分可口。排骨肥嫩鲜香，色泽金黄，表面酥脆，肉质鲜嫩；年糕软糯不腻，有一股浓浓的排骨香味。

那天把年糕拿回家后,她先让爸爸妈妈尝了几块,自己也吃了两块。妈妈向来喜欢这种传统食品,吃的时候赞个不停,后来展景越和蔡恩琦回来,年糕就被一扫而空。

她也不知道盯着那个礼品盒看了多久,然后拿起手机编辑了一条短信:年糕很好吃,谢谢!

她找到那个万分熟悉的号码,发过去。

他很快回了条短信:你到现在才吃?

展若绫:不是,前几天就吃了,忘了谢谢你。

钟徛:不客气。你喜欢就好。

春节前,展若绫已经陆陆续续将自己的东西搬到公寓,假期过后正式开始在外贸公司上班,成为上班族的一员。

周末时,林微澜约了她去逛街。当晚,林微澜在她的公寓过夜,展若绫拿了笔记本电脑放到茶几上,两人一起看电影。

林微澜听她说下个星期要去参加同学的婚礼,笑了:"小展,我看你每次从西班牙回来都有婚礼等着你去参加。"

展若绫也是一笑:"不过上次是我哥哥结婚,我什么都不用送,这次不一样……"

林微澜将沙发靠垫抱在怀里,抵着下巴:"小展,你现在还想过那个人吗?"

她想到自己跟徐进杰正处于浓情蜜意的时期,而展若绫的同学即将迈入婚姻的殿堂,展若绫却仍然独自一人,林微澜忍不住就开始为好友担忧。

展若绫微微抬眉:"怎么了?"她既不承认也不否认。

"那你有没有想过,如果有一天他回来了,你该怎么办?"

展若绫怔怔地望着窗外,语气怅然:"我也不知道。"而最重要的问题是,他已经回来了。

林微澜将她的手握住,琥珀色的眸子里满是认真:"我只是觉得,如果他一直都不回来的话，你还是忘了他吧。你也不能一辈子都不结婚啊！"

展若绫一怔，想起很久以前妈妈也是这么对她说的，她淡淡一笑："我妈妈那时叫我去做手术，也是这么说的。"

"手术？做什么手术？"林微澜思索了几秒才明白她在说什么，"你是说你肩膀的疤痕吗？"

展若绫"嗯"了一声。

林微澜下意识地瞄向她的肩膀——现在她穿着家居服，什么都看不见："我也觉得你最好做手术把它弄掉。"

她停顿了一下，继续说道："你弟弟已经去世这么多年了，你对他怎样，他会明白的。"

展若绫怔了一会儿，伸手拿了一颗开心果，用力掰开："以后再说吧。"

林微澜叹了一口气。展若绫表面看起来很好说话，但是一旦固执起来谁也劝不了。

程忆遥和简浩的婚礼定在四月份的一个星期六，春回大地的季节。展景越和蔡恩琦知道她要去参加同学的婚礼，自然很高兴，让她好好玩一玩，又交代她晚上回来的时候注意安全。展若绫穿戴好就出门，准备到路口拦车。她走出大厦后，收到一条短信：你出门没有？知道怎么去翠云饭店吗？

展若绫的注意力都放在后面那句话上，她想也没想便问他："你也去？"

短信发出去后，展若绫就知道自己肯定要被他鄙视了。

他跟程忆遥不仅是高中三年的同班同学，而且是读中大时的校友，说起"同学"这个词，资历比她整整多出一大截，程忆遥不邀请他才奇怪。只不过那天程忆遥只说了言逸恺和廖一凡的名字，并没提到他的名字，而且听林微澜说他最近几天经常出差，她下意识地就以为他不会去。

果然，他回了一条短信：难道你认为我不应该去？

展若绫一时无措，过了十几秒才回复他：不是。我不是那个意思。

幸好两个人不是面对面，不然她绝对比发短信尴尬许多。

下一秒，展若绫拿在手里的手机响起来。她一看到屏幕上显示的名字，心神俱乱，但也只能接起电话。

"你在哪里？"钟倚的语气相当随意。

"呃？我在……"展若绫环顾了一下周围，看到公路一侧立着的路牌上的字，对着手机说，"我在××路。"

钟倚"嗯"了一声，说道："你别到处走，我现在过去。"

展若绫愣住："你过来干吗？"

"我怕你迷路，过去接你。"说话的声音里带了淡淡的笑意，他的回答却是一本正经。

"你才会迷路！"她的声音不自觉地提高。

她正想叫他别过来，却听到他悠悠地说："你激动什么？"很随便的一句话，由他悠然道来，却有着四两拨千斤的功用，将她所有的话都堵在嘴巴里。

她蓦然想起很久以前的事。高二那时，有一次课间她拿了一道习题问他，说了一下自己的看法。他向来没有什么耐性，听到一半就将她打断："你的思路错了，这题不能这样做。"她心里觉得自己的想法可行，听他这样说忍不住就抓住他的手臂，急急地说："你别说话，先听我说完！"他瞥了一眼手臂，表情似笑非笑："你激动什么？我又没说不听完。"轻松悠然的语调立时让她语塞，而他闲闲地用手撑起头，做出洗耳恭听的样子，"继续说。"

遥远的记忆涌上展若绫的心头，他们好像又回到了高中。展若绫想也不想就说："我才没有激动，只是反驳而已。"

对面传来的依旧是很悠闲的声音："如果没有迷路的话，刚才我问你在哪里,怎么隔了那么久才回答?"

"我刚搬过来不久,看路牌不用花时间吗?"

"好吧。"这回回答的口气似乎很无辜。

蕴藏着笑意的声音再次传过来:"我在开车,不跟你说了。你到路口那里等我。"微微一顿,他又加了一句,旭日般温和,"过马路的时候小心看车。"

那句"我在开车"轻而易举地让她把所有的话都咽回肚子,化为一个简单的"好"字。

她挂了电话,走到路口。

"过马路的时候要小心看车。"这是她小时候妈妈跟她反复交代的话,每次她跟展景望出门,都记着这句话。

可是,即使行人过马路的时候会小心看车,一些司机开车的时候也不会时时刻刻注意路面状况。她看着车流滚滚的马路,下意识地抚摸着左手上的那串佛珠。

苍白而稀薄的阳光直直地照射在墨色的柏油马路上,散发着一丝丝的暖意。

黑色的轿车一个漂亮的转弯,然后直行,司机透过风挡玻璃渐渐可以望见伫立在路口的人。

随着车子越驶越近,那抹身影也显得越来越清晰。

她眼睛望着马路,却是一脸出神,心思不知道飘去了哪里。这种出神的样子,不禁让他想起许久以前她拿着报纸发呆的模样。

钟倚将车子缓缓停在她前面,倾身打开副驾驶座的车门,语气柔和:"上车。"

展若绫回过神来,上车坐好,关上车门。等了几秒,他还没有发动车子,黑亮的眼睛依旧注视着她。

"干吗?"她抓紧手袋,不自在地问。

"安全带!"他唇边浅浅含笑,用眼神示意她,"你还没系安全带。"

展若绫一呆,白皙莹润的脸颊微微泛起红晕,连忙拉过安全带系上。

车子平稳地绕上高速公路,沿途的风景快速地向后移动,在玻璃窗外一晃而过。已经不是第一次坐他的车,展若绫的心情却极为混乱,她茫然地看着窗外,心里只是不停地想:他为什么要来接自己?

因为她跟他都要去参加同一个酒席?因为他跟她曾经是同学?车窗阻隔了喧嚣的人潮和穿梭的车流,却没法让她的心安静下来。

正在此时,听到他唤她的名字,展若绫转过头:"呃……什么?"他今天穿了一套黑色的西装,白色衬衣,五官俊逸,眉目疏朗。稀薄的阳光透过风挡玻璃照射在他身上,在他英俊的轮廓间微微跳跃着。

"你以前跟程忆遥不是经常联系吗?"

"嗯,对啊。"她应道,同时点点头。

钟徛转头目视前方,声音亦是平淡无波:"那为什么后来不联系了?"

"后来?"展若绫先是有些茫然,然后回答,"后来我们都出了国,她在新加坡留学那时功课特别忙,我也很少登以前那个邮箱,联系自然越来越少,而且也没想着要特意去维持联系……"

"你经常换邮箱?"他握在方向盘上的手微微收紧,望着前方的眸子沉淀出一望无垠的墨色,下颌处的线条亦敛了起来。

"啊,不是。"展若绫莫名其妙地开始觉得心虚,像是一个做错事的小孩子被大人抓到一样,指尖不由得微微颤抖,声音也低了下来,"我没有啊。"

钟徛见她攥紧了手,目光在那一瞬间柔软下来,自然地换了一个话题,声音格外轻缓柔和:"你搬来这边多久了?连路名都不知道。"

展若绫有些懊恼地反击他:"反正我不迷路就行。"

前往酒店参加婚礼的人络绎不绝。程忆遥见到他们两人一起到来,并没有太惊讶。

程忆遥今天打扮得非常漂亮,一件雪白的抹胸婚纱,勾勒出玲珑有致的身材,乌黑的发髻盘在脑后,看上去温雅而贤淑。

昔时与自己一起读书的同桌,经过这么多年,终于披上雪白的婚纱,走进婚姻的殿堂。

展若绫心中感慨万分,为程忆遥找到一个相伴终生的良人由衷地感到喜悦与欣慰,上前握住程忆遥的手:"恭喜恭喜!祝你们白头偕老!"

程忆遥露出一个甜美幸福的笑容:"谢谢谢谢!"

展若绫好奇地打量了一下新郎简浩。他穿着一身笔挺的黑色西服,眼神沉稳内敛,属于话很少的类型,但是转头看着程忆遥的时候眼睛里盛满了柔情。

在展若绫打量他的时候,简浩也带着几分好奇仔细地打量她,礼貌地对她点头并笑了笑。钟徛也握住程忆遥的手,诚挚地说:"程忆遥,恭喜你们!还有,谢谢你!"后面的一句话,声音略微降低。

程忆遥慧黠地朝他眨了眨眼睛,笑着低声说:"钟徛,其实我也没做什么,你自己努力吧,我等着你的好消息!"

程忆遥将几个高一(6)班和高三化学班的同学都安排在同一张桌子,两人还没走过去就引起了相邻两桌宾客的注目。

言逸恺给他们留的位子是靠在一起的,钟徛给她拉开椅子坐下,自己也跟着落座。

展若绫刚坐好就听到廖一凡夸张地说:"展若绫,这么多年没见,你是越长越漂亮了啊!"

虽然多年没见面，但展若绫对他热络的说话风格仍旧非常熟悉，淡淡地笑了笑："谢谢。"岂料廖一凡的话还没说完："啧啧，有人艳福不浅啊！"

钟掎落落大方地坐在座位上，剑眉微蹙："廖一凡，你说这话是想表达什么？也许你女朋友能告诉我们正确的答案。"

廖一凡以前就喜欢拿她和钟掎的关系来开玩笑，因此当他说出这句话的时候，除了言逸恺以外，在座的其他人都只当他又像读高中时那样调侃展若绫。当下就有一个人附和钟掎，笑着对廖一凡说道："就是，你是想说你没有艳福吗？也不怕你女朋友听到。"

展若绫暗暗松了一口气，低头喝饮料。

这一天翠云饭店六楼的大厅灯光异常明亮，婚礼很是热闹，大厅里的气氛相当轻松融洽，偶尔大家轮番敬酒，时不时有笑声从角落冒出来。

高一（6）班在座的十个人都是同一个教室出来的学生，隔了这么多年再回首，各自有一番滋味在心头。现在好不容易聚到一起，大家免不了回忆高中的往事。有谁提了个开头就有人滔滔不绝地接过话茬，话题从年轻貌美的生物老师一直延伸到年老却一直保持着童真的地理老师，N中的一景一物都被他们聊了个遍。

展若绫尽量忽略坐在自己右边的那个人，跟几个老同学聊天。她的左边坐着的是高二时的同桌陈淑。陈淑跟展若绫高中三年一直同班，又都在北京读大学，读本科期间一起出来吃过几顿饭，加上高中同桌过一段时间，话题自然比寻常人多。聊过几句后，展若绫越发放松，到后来已经能跟廖一凡等人轻松地闲聊。偶尔有人问及在西班牙留学的经历，她也能自如地应对。

程忆遥和简浩过来敬完酒又继续向另一张桌子前进，展若绫拉了拉右边那个人的衣服，问道："我听程忆遥说是廖一凡介绍她跟简浩认识的，可是，廖一凡是在越秀校区读书……"

程忆遥和简浩都在大学城读书，却让廖一凡这个远在越秀校区的人当媒人，听起来有些神奇。

他眸子里迅速闪过一抹欣喜，唇边含笑："对。廖一凡家跟简浩家关系很好，所以廖一凡跟简浩从小就认识了。"

喜宴结束后，前来喝喜酒的宾客纷纷道别回家，六楼大厅的人潮散去。赴宴的人多，电梯里挤满了人，廖一凡站在电梯里，故作可惜地对电梯外的人说："人太多了，上不来了。你们等下一趟电梯吧。"

展若绫在心里苦笑：这个晚上碰上廖一凡，她一颗心注定要七上八下。

钟倚神色自若，拉住展若绫的胳膊退到后面："我们乘下一趟吧。"

电梯门缓缓合上，其他同学走了，就剩下他们站在原地。

展若绫抬眼去看他。他伸手按了下楼的按钮，然后将手插到口袋里，动作带了几分漫不经心，眉头微微蹙起，似乎在思索什么，神色自然而洒脱。

搭乘这一趟电梯的人并不多，除了他们两人以外还有两个打扮时髦的女郎，展若绫注意到那两个女人看了钟倚好几眼。她在心里暗暗感叹，这个人果然走到哪里都能引起人的注意。

他似是感应到她的目光，黑眸微微一亮："怎么了？"展若绫微窘，只能随便找一个话题："你喝了酒能开车吗？"

钟倚的唇边溢出一抹浅笑："放心，我没喝酒。我的杯子里装的是葡萄汁。"

电梯降到四楼的时候停下，拥入一大批人，钟倚将她拉到角落里站好，却没有立刻放开她的手。他的手温暖而干燥，修长而有力。她心里难以置信，他就这么自然地牵住了她的手。

属于他的温度，暖暖的，从掌心相贴的地方传过来，随着呼吸和脉搏的节奏一起跳动着。她从来没有这么心慌过，心跳得厉害，连忙将自己的手抽出来。

钟倚无言地看着她，浓眉微挑，似乎想说什么。就在这时，"叮"的一声，电梯抵达一楼。电梯门打开，里面的人鱼贯而出，而她仍无措地站在原地。

钟倚一只手半插在口袋里，俊逸的眉眼间藏着碎碎的笑意："你还站在这里干吗？不打算出去了？"

展若绫脸一红："你管我！"

钟倚看了她一眼，似乎觉得有趣，一只手按在电梯的开门按钮上："那是走还是不走？"

"当然走。"展若绫被他看得心慌，迈步走出电梯。

已经临近深夜，饭店的停车场空出了许多车位，四周亦是一片寂静。

上了车后，钟倚没有马上开车，只是将手搭在方向盘上，似乎在思索什么，最后仿佛下定了决心，转头问她："你困不困？"

"不困。"展若绫摇了摇头。闹了一整晚，她现在心情还有些兴奋。

他的唇边牵出一抹若有若无的微笑，明亮的黑眸里荡漾着深浅不一的柔光："那我们去兜风吧。"

"什么？"展若绫吃了一惊。

"我们去兜风吧。我知道有一个地方能看到非常漂亮的景色。"钟倚略作停顿，凝视她，"你放心，我保证会安全地把你送回家的。"

展若绫本身属于不刻意追求享受的那种人，生活也比较单调，但是别人向她提这种建议时她一般不会拒绝。以前展景望晚上觉得无聊时，就要她带他出去看夜景，姐弟两人各自拿着一根冰棍在小区周围走一圈，有时还会走到更远的地方。而且她回来 N 市这么久，还从来没有好好欣赏过 N 市的夜景。

听了他的话,她忍不住有些期待,使劲地点点头:"好啊。"

钟倚松了一口气,露出一个明朗的笑容:"那我们现在出发了。"

车子渐渐驶离市区,绕上沿海大道,沿途的景致非常迷人,璀璨的灯火与黑魆魆的峰峦连绵不绝,让人应接不暇。

最后,车子在对着大海的道边停下。柏油大道两边设有栏杆,钟倚熄掉引擎,拉着她一起走到栏杆前站好。

南方的四月,天气已经逐渐转暖,到了夜间温度略微下降,反而让人感觉到一丝丝的凉爽。

湛蓝的夜空深沉得像是一个正在思考的哲人,寂静无声,无数颗小星星俏皮地眨巴着眼睛,发出细碎的光芒。夜空映衬下的大海一望无际,偶尔有风吹过,掀起一波又一波的海浪,像是有人随意泼上去的墨水一般。

展若绫任由风将自己的头发吹乱,将手撑在栏杆上,着迷地眺望星空下的大海,发出一声惊叹:"真的很漂亮!"

"你喜欢看就行。"他的眼角有笑意漫出来,回答的声调格外温柔。

空气十分清新,带着海边特有的潮湿味道,四周一片寂静,只有风吹动海浪的声响。

展若绫将视线从海面上收回来,问他:"你经常来这里?"

钟倚靠在栏杆上:"有空就来。有时心情不好也会来。"

夜风一阵阵地吹过来,将她柔顺的长发吹成黑色的绸缎,而她的脸上流露出的笑容几乎让他沉醉。

展若绫想起那天在茶餐厅里跟他的对话,不由得微微一笑:"我以为你会说一个人来没什么意思呢。"

岂料他眨了眨眼睛,很认真地说:"一个人来确实没什么意思。"

他有着俊逸的五官,做这样孩子气的动作自然相当吸引人,她的心跳不知不觉漏了一拍，克制不住好奇心，她张开嘴巴："那你以前——"

不等她问完，他就利落地回答："都是一个人来。"

"都是一个人来……"她喃喃重复着，心里有一种叫作感动的情绪在无声地弥漫。

他点头，眼里荡漾着细碎的柔光："嗯。一直想跟你一起来看一次，所以忍不住把你带过来了。"

气氛突然变得旖旎起来，她别过头眺望大海，却清楚地感受到自己的心跳在无声地加快。

钟徛懒懒地背靠着栏杆，问："你跟林微澜是初中同学？"

"对啊。我们初中三年都在同一个班读书。"

"你们关系很好？"他望着前方，声音依旧温和。

"嗯。"展若绫回忆起林微澜向徐进杰介绍自己时说的那句话——这是我初中同学和最好的朋友展若绫，语气也不知不觉轻快了许多，明眸带笑，"她是我最好的朋友。"

"那我呢？"他忽地转过头，神色专注地看着她，黑亮的眸子里满满地映出她的脸。

在那一瞬间，展若绫几乎可以从他清亮的眸子里清楚地看到自己张皇失措的脸。

她艰难地张开嘴巴："你？"

你是我最喜欢、最在乎、在心里整整装了十年的人，所有关于你的记忆，都是我最珍视的东西。可是这样的话，她怎么跟他说？

她拼命压抑住心里所有翻涌的情绪，艰涩地说道："你是我的一个好朋友。"话一出口，她就觉得眼角开始有热气弥漫，充盈了眼眶。

他于她的意义，岂是"好朋友"三个字可以表达的？

那一次去西班牙留学，她坐在机场的候机厅里，望着一架架飞机离开，心里蔓延着无边的绝望。这一生，她喜欢上他，永远没有结果，却也没有退路。

"有多好？"钟徛靠近她，不依不饶地追问。

展若绫觉得自己的舌头像是打了结一样，什么话都说不出来。

他的视线如同刚刚研磨开的墨水般浓稠，他专注地看着她，缓缓地说："能不能好到做你的男朋友？"

她登时如遭雷击，张皇地睁大了双眼，不知道应该作何反应。

钟徛深深地凝视她，过了几秒执起她的手，轻轻地拢在掌中："展若绫，你真的是一个很爱逃避问题的人。"

她的身子立时僵住。这句话何其熟悉，她曾经对着电脑一个字一个字地敲下来。

钟徛将她的反应收入眼底，不自觉地放柔了语气，另一只手伸到她后面环住她的肩膀，视线停留在她清丽的脸上："展若绫，不要拒绝我，给我一个机会好不好？"

夜风不断地吹过来，从耳边一掠而过，呼呼作响，吹得她的脑袋有点儿僵。她还没想好如何回答，身体已经仓皇地问出口："为什么？"

钟徛紧紧地握住她的手，搁到下颌的地方，声音为清凉的风注入了一丝温暖："喜欢一个人，想跟她在一起，还需要什么理由吗？"

他的身后，无边的黑夜寂静地铺展开来，浸润着浪声阵阵的海滩。整个世界仿佛在那一瞬间旋转起来。即使看到最美丽的风景的那种兴奋，也比不上她此刻的心情。

十年的光阴，漫长的坚持，终于在今天，她听到他说了一句"喜欢"。她的眼角又酸又涩，泪水几乎立刻就要夺眶而出，喉咙里发不出声音，她只能怔怔地看着他。他漆黑的瞳眸里像是落进了满天的繁星，闪烁着璀璨的光芒，明亮异常，非常好看。

曾几何时，她只有在梦里才能见到他，梦境里的面孔却是模糊的，永远都只有大概的轮廓，而她一睁开眼就是冷冰冰的现实，只有颊边滑落的泪水清楚地告诉自己前一秒梦见了他。而这一刻，他站在她面前,英俊的脸孔近在咫尺,清亮的眸子里清楚地映着她的容颜。

幸福来得太突然,展若绫几乎以为自己在做梦。

手上和肩膀上传来的温度清楚地告诉她,眼前的这个人是真实存在的,不是梦、不是臆想、不是虚幻,而是一个真实的人,跟她呼吸着同样的空气,吹着同样的海风。

他的声音依旧在耳畔回荡,似乎从很遥远的地方传来,却直直地钻到她心底最深的角落。

第十五章
紫色郁金香的花语

正是凌晨一点多的光景,整条沿海大道笼罩在一片安谧之中,远处橘黄色的灯光在夜幕下不停地闪烁着。

展若绫张开嘴巴:"我……"尽管心里有千言万语,她却说不出完整的话。

钟徛将揽在她肩膀处的手环到她的腰上,漆黑幽深的眸子里泛开异常温柔的波光:"想说什么?"

她想说什么?过去十年的时间里,她在心里默默地思念一个人,从来不去想什么后果,只是遵循内心,一路守着那种感觉。年少的时候,她深知她跟他不可能,曾经希冀着能跟他做一生一世的朋友,可是这一刻,他站在她面前,说出这样的话,整个世界幡然改变,生活的道路蓦然来了一个大转弯,伸向未知的前方。

这个夜晚,如此美好,却让她不知所措。

她忍不住将心底最害怕的想法问出来:"如果……如果我们不合适呢?"

钟徛听出了她声音里隐藏的一丝忧虑,坚定地执起她的手,斩钉截铁地说:"不会的!傻瓜,没试过怎么知道不合适呢?"

"可是我们……"

他张开手与她十指缠绕，目光没有离开过她的脸："展若绫，你要对我有信心，难道在你心里，我这么不可靠吗？"

他何尝不知道她在担忧什么！她对他的心意，他都了解，而他在她心中，只是由几个断断续续的片段串联而成。

那漫长的八年，他们在彼此眼中杳无音信，岁月在他们身上都留下了痕迹，谁都无法肯定年少的那种感觉放到今天会不会发生什么改变。

可是那么多年的错过，都是他一手造成的，现在他必须比她坚定，才能将那些流逝的时光弥补回来。

温热的气息近在咫尺，将她笼罩起来。手上传来的是他的温度，与电梯里短暂的相握完全不同，指间没有丝毫缝隙，缠绕的力度没有任何犹豫与迟疑，似乎在向她明确心意。

在他的凝视中，展若绫的呼吸有片刻的凝滞，她不由得低下头，轻声说："不是。"

"那就好。"钟倚轻轻叹出一口气，收紧环在她腰上的手，将她结结实实地拥入怀中，"展若绫，相信我，说刚才那些话的时候，我比你更紧张。"

蹉跎了这么多年，这一刻他终于将她抱在怀里。他已经不是青涩的少年，可是面对着年少倾心的对象，青春的悸动再度萌发，他几乎无法压抑心底那种欣喜若狂的感觉。

他说，他比她更紧张。"钟倚……"她的喉咙像是哽住了，眼角湿润，不知道应该说些什么。

钟倚附在她的耳边低语："我知道今晚的事情有些突然，对不起，我本来想过一段时间再跟你说的，可是刚才不说的话，我又不甘心……"时间拉开的距离，只能用更多的时间与耐心去弥补。那十年岁月的鸿沟不是一时半刻能跨过去的。经历了这么多年，也不急在一时，他可以一直等，直到她完全熟悉他的存在。只是在宴席上，当她坐在他身边跟几个老同学谈笑的时候，他开始思索今晚未尝不是一个良好的时机。

展若绫抬起眼望着他,月辉洒落在他的脸上,那双眸子如同藏了碎钻一样明亮。

很久很久以前,他在那节化学课上用一句"看完了"就在她的脑海里占据了一片空间,可是那时的他跟她虽然坐在同一间教室里读书,却是完全没有交集的两个人。一眨眼,十二年的岁月悠悠流过,他明朗一如往昔,眼神依旧清亮,不同的是,他跟她之间的距离,骤然缩短。

钟倚伸手揉了揉她的头发,指间流泻出满满的爱恋,柔声说道:"我不会逼你的,我们慢慢来,好不好?"

这么温柔的他,几乎让她沉迷。"好。"她点点头,轻轻咬住下唇,"对不起,我以后不会再说这种话了。"

他摇了摇头,轻轻地笑出声,很是愉快:"不,你想到什么就跟我说什么。我喜欢听。"他再度将她拥入怀中。

凌晨两点多,公路上的车辆十分稀少。

车子最后在小区门口停下,钟倚无奈地叹了一口气:"不舍得让你走,可是我答应了把你送回来的⋯⋯回去好好睡一觉,你明天⋯⋯"

钟倚抬起手腕看了一下手表——时针指在两点的地方:"是今天才对。你中午有没有什么事?我们一起吃饭?"

展若绫正想点头,蓦然记起一件事,微微一愣:"中午?"

"怎么?你有事?"钟倚抓起她的手绕住。

"嗯。我可能要去我哥哥和大嫂那里。"她不禁有些为难。

他亲昵地揉了揉她的头发:"那⋯⋯晚上?"

展若绫使劲地点点头:"好。"

他微微一笑,目光柔和:"你先上去。我等你上去了再走。"

钟倚回到寓所的时候,已经差不多凌晨三点了。

从窗户望出去,整座城市被夜幕团团笼罩起来,街道上空无一人，安静异常，偶尔有车子驶过，响起低低的声音。

钟徛打开笔记本电脑，处理了几封电子邮件，然后拿出手机。

是从什么时候开始，他变得喜欢拿着手机来来回回地看呢？仅仅是因为她一句"我连你的联系方式也没有"，所以他费尽诸般气力申请回以前在广州读书时用的号码。

他只是在等一个可能——在那个时候，终于等到她打电话过来。

错失了这么多年的缘分，在这个晚上接续，心灵之间的缝隙，只等着今后的日子去弥补。

他修长的手指熟练地摁了几个键，手机屏幕一变，跳出一张照片。

展若绫这一觉睡得非常沉稳，早上是被电话吵醒的，刚接通电话就听到展景越在电话那头快速地说道："阿绫，不用来我们这边了，直接回家，我跟阿琦都在路上了。"

今天的展家非常热闹，展景越和蔡恩琦都在。

"我要当姑姑了？"展若绫愣了好久，才终于找回自己的声音。

"对啊。"展景越在蔡恩琦旁边坐下，将一碗燕窝递给妻子："小心烫，慢点儿吃。"

蔡恩琦伸手接过，对他笑了笑。

"阿绫，你也吃一碗。"妈妈盛了一碗燕窝给展若绫。"我也要吃啊？"展若绫依言接过妈妈递过来的燕窝，转头问展景越："哥哥，多久了啊？"

展景越愉悦地回答妹妹："快两个月了。"

展若绫端着碗到蔡恩琦旁边坐下："大嫂，是今天知道的吗？"昨天她去参加婚礼前展景越并没有跟她说什么。

"嗯，早上知道的。"蔡恩琦慢慢地吃着燕窝，娇俏的脸上泛起幸福的红晕。

展景越笑着说道："她比较粗线条，早上去看医生的时候才确认的。"

蔡恩琦不依地用手肘轻轻地捅了捅他的胸膛,展景越抓住妻子的手,唇边的笑容满是温柔:"好吧,是我粗线条。"

"好神奇!我八个月后就要当姑姑了?"展若绫喃喃自语着,然后转向爸爸妈妈:"爸爸,妈妈,你们快要抱孙子孙女了!"

一家人都沉浸在喜悦之中,围绕着未出生的宝宝讨论了很多相关的内容。展妈妈向儿子和儿媳交代着注意事项,展若绫突然听到自己的手机响起来,一看上面显示的名字,走到阳台接电话。

"是我,你到你哥哥家了吗?"

忽然改变的关系,让她没法一下子适应,她尽量忽略心头的紧张回答:"呃,我在家里。"

"不是说要去你哥哥那里?"钟倚讶异地问。

"嗯,我哥哥和大嫂也回来了。"

展若绫想起他昨晚那句"我们慢慢来",内心忍不住一阵悸动,轻声问他:"你现在在哪里?"

手机里有一瞬间的沉默,随即他轻轻地笑出声:"开车,刚下高速公路。"

展若绫应了一声,听到他问:"你吃饭了没?"

"还没⋯⋯"展若绫转头望了客厅一眼,对着手机说道,"我中午在家里吃,下午才走。"

"你走的时候给我打个电话,我去接你。"

"好。"

"那就这样,下午见。"

"钟倚。"展若绫连忙叫住他。

"嗯?"他声音里的惊喜不言自明,"什么事?"

展若绫握紧手机,抿了抿唇,说道:"开车小心点儿。"

电话那头传来毫不掩饰的笑声,爽朗悦耳:"我会的。我下午还要见你呢!"

191

"什么事让你那么开心?"钟倚将筷子搁到碟沿上。

展若绫微微一愣,抬起头,明丽的眸子如同溪流般清澈:"很明显吗?"

"非常明显。"他挑了挑眉梢,唇边浮现一抹笑意。

展若绫想了一下,很开心地说:"嗯,我大嫂怀孕了,所以我们全家人都很高兴。"

"是吗?那确实很值得开心。"他的目光久久地停驻在她身上,看着她小口小口地吃桌子上的菜肴,他心情亦是十分愉快。

"是啊。"展若绫放下筷子喝了一口茶。

钟倚倾身,漫不经心地说:"你哥哥和大嫂结婚两年了吧?"

"对啊。你怎么知道?"展若绫有些惊讶。她记得自己从来没有跟他说过这件事。

他深深地凝视着她,目光不自觉地变得温柔:"那时听程忆遥说的。"

展若绫猜他口中的"那时"指的是两年前的同学聚会,又不能百分之百地确定,忍不住问他:"你是说前年吗?"

"对。"

展若绫见他只应了一声便没再继续问下去,点了点头,扯开话题:"你外甥女怎么样了?"

"跟我堂姐和堂姐夫回广州的家了。"

钟倚见她停下筷子,问道:"你觉得这里的东西好不好吃?"

展若绫点头:"很好吃。"在吃这方面她本就不挑剔,重要的是跟谁一起吃。

结账后,钟倚拉着她走出餐厅:"我们到处走一走再回去?"城市的街灯五光十色,映在每个人的脸上,驱散了夜色。

两人沿着街道慢慢地散步。她的手一直被他握在掌中,其实现在的天气已经不冷,可是两只手这样相握着,心中也生出一阵阵温暖来。

钟徛走在她的左侧，举起她的手腕，低头研究上面的佛珠手链："这是什么？"

藏青色的珠子在夜色下透出莹润的光泽，贴着她莹白柔嫩的皮肤，清新而美丽。

"佛珠，保平安的。"

钟徛拨动了几个珠子，好奇地问道："真的能保平安吗？谁送的？"

"是我去西班牙之前我妈给我的。"展若绫解释道，"我也不知道能不能保平安，不过戴久了也挺喜欢的。"

他笑笑，捋了捋手链，抬起头，又黑又亮的瞳仁对上她的："没关系，我来保你平安。"

说到后来，再度提起展景越，他问："你哥哥是不是对你很好？"

"是很好。"展若绫转头去看黑黢黢的马路。

那场车祸里，全家人就这么丧失了一个亲人，或许因为这样，爸爸妈妈和哥哥都把对展景望的宠爱转移到了她的身上。

钟徛见她目不转睛地望着马路，目光穿透了黑夜，心里生出一种不确定感来，不禁握紧了她的手。

展若绫感受到手上的力量，收回蔓延的思绪，说道："你以前见过我哥哥的，不过不知道你还有没有印象。高二的时候有一次他来学校找我，我们去对面那家面店吃晚饭，当时你跟我们班的男生也在那家餐厅里。"

他当然有印象，那几乎是难以磨灭的印象。

钟徛淡淡地笑了笑："嗯，我记得。"往事历历在目，如今再回首，别有一番滋味在心头。

他忍不住伸手揽住她的纤腰，用力嗅了嗅她的发香，低声呢喃："我记得。"

周一的早晨，秘书小杨正在办公桌前整理开会用的文件，看到上司从专用电梯里走出来,连忙站起来:"钟总。"

钟倚应了一声,伸手推开办公室的门。

秘书跟在他后面进了办公室,将之前沏好的绿茶放到桌子上,然后走了出去。

她再进来的时候,手上已经抱了几份文件,一一向上司汇报:"钟总,这是九点半例会要用的资料……"

钟倚听完"嗯"了一声,随手拿起桌子上的资料翻开,粗略地浏览了一下。

"钟总,现在是九点零五分,还有二十分钟会议就开始。没事的话我先出去了。"

"等等。"钟倚叫住秘书,拿起钢笔在纸上写下一行字,然后递给她,"打一个电话到花店,送一束花到这里。"

秘书微微一怔,自她在圣庭给钟倚当秘书以来,还从来没有给上司的妈妈以外的人送过鲜花。

只过了一秒钟,秘书便恢复正常,伸手接过纸片的同时张口问道:"好的,钟总。要送什么花?不同的花有不同的寓意……"

钟倚扔了笔靠到椅背上,闭上眼想了几秒,重新睁开:"就送紫色的郁金香吧。"

"好的。钟总,那我先出去了。"秘书点点头,走出办公室并轻轻带上门,不禁开始在心里想象圣庭的女员工们知道这件事时心碎欲绝的表情。

展若绫在办公室里收到一大束鲜花,在整层楼里引起了不小的轰动。那是一束开得绚烂的紫色郁金香,娇艳欲滴,散发着馥郁的花香。

坐在展若绫旁边工位的同事任妍凑过来,拿笔敲了敲她的桌子:"男朋友送的吗?什么时候交的男朋友?"

展若绫不知道怎么回答,只好扯起嘴角朝她笑了笑。

"紫郁金香的花语是无尽的爱,这种花不仅贵,而且很难买啊!"任妍笑着说道,"看来你男朋友很爱你啊!"

无尽的爱?展若绫微微一怔。

傍晚的时候,钟倚打了电话给她:"下班了没有?"

"刚下班。"展若绫一边听电话一边收拾东西。

他又说:"我在楼下。下来吧。"

"楼下?"展若绫吃了一惊,停下手上的动作,走到窗边望下去。钟倚那辆黑色的车子停在马路对面,办公室在十七楼,她看不清他的脸,可是他的身影她毫不费力地就能分辨出来。

展若绫的心里涌起一阵惊喜,她连忙对着手机说:"你等我一下,我马上下去。"

他的笑声很是愉悦:"不急,我有的是时间。"

展若绫穿过马路,走到他面前站好:"你怎么知道我在这里上班?"

"我是你的男朋友,知道你在哪里上班不是天经地义的事吗?"他握住她的手,以跟小孩子说话的口气对她进行"谆谆教诲"。

展若绫蓦地觉得不对——左手腕空空荡荡的,什么都没有。她低头一看,那串佛珠不见了踪影。

钟倚察觉到她脸色微变,忙问:"怎么了?"

"我的佛珠掉了。"展若绫回头看了一眼,玄色的柏油马路上有一个闪闪发光的东西。

她松了一口气:"在那里。"

她听到从不远的地方传来一声急促的响声。到底是哪里不对,她也不知道。她最后的意识是,一辆车迅疾地朝她驶了过来——以似乎超越光速的速度。

第十六章
我等你回来

有关多年前的事故的记忆铺天盖地地袭入她的脑海。

她潜意识里知道要立刻躲开,一双脚却像是不属于自己的,死死地钉在原地没法动。

在那电光石火的一瞬间,展景望年幼阳光的脸庞飞速地从她的脑海里闪过,一声稚嫩的呼唤从很遥远的地方传过来,钻入她的耳朵:"姐姐!"

就在这个时候,一股巨大的力量将她硬生生地往后一拉,下一秒她的身体已经落入温暖的臂弯中。

她被带着飞快地打了一个转,电光石火间,已被转移到马路外侧,而他则背对着马路。

在同一时刻,一辆银灰色的轿车一个急促的拐弯,硬生生地从钟徛的背后擦过,轮胎在地上发出尖锐的声音。

钟徛几乎是立刻冲到她身边的。

他很久以前曾经听言逸恺说过,她差点儿在高一那场车祸中丧生。

车子驶来的那一刻,他觉得心脏的血液都停止了流动,凭着本能冲过来,只是害怕。

他紧紧地搂住她,几乎要把她糅进他的身体,力气之大让她怀疑自己的骨头下一秒就会被他生生掐碎。

"钟徛,你力气太大了。"

钟徛心里仍有些后怕,稍稍放松力气,却不敢放开她,健臂仍圈着她的腰,嘴里不停地问着:"你有没有事?有没有怎么样?"

展若绫慢慢地伸出手,然后,使劲环上他的腰:"我没事,没事!对不起……"

她听到轮胎蹭过地面的声音,尖锐刺耳,一如当年,响彻整条街道。他那样将她护住,却将自己置于危险之中。如果车子再快一点儿,会是什么后果?她不敢再往下想,却觉得手脚一片冰凉。

已经是傍晚,夕阳的余晖早就没有了温度。手臂上传来的力量,向她传递着重要的信息:她没事,他也没事,他们都没事。

钟徛使劲平复着呼吸,拨开她额前的刘海,手背贴上她的脸颊:"吓死我了。"

他们不是没事吗?可是他的脸色这么恐怖,苍白得没有任何血色,连手都在颤抖。

展若绫眼眶一酸,忍不住将脸贴上他的胳膊,颤抖着声音说:"我好好的,钟徛……"

那辆银灰色的轿车在马路上滑了几米后终于停在路边,车门打开,一个二十多岁的男人快步走到他们身前,急匆匆地问:"对不起,你们有没有事?有没有事?"

钟徛紧紧握住展若绫的手,转头望了一眼红绿灯,转向轿车车主的时候脸色就如同罩了寒霜:"你怎么开车的?刚才是红灯……"

"不好意思,不好意思!"司机惊魂未定地应道。

展若绫拉住钟徛的手,向他摇了摇头:"钟徛,我也有不对的……"钟徛感觉到她的手都在颤抖,拍了拍她的手,复又抬头看向轿车司机，冷冷地说道："你走吧，下次开车注意点儿。"

车主见他们都没事，也大大松了一口气，说话已经完全失去逻辑："我知道了……不好意思，不好意思！谢谢谢谢！"说完他转身走向路边的轿车。

钟徛紧紧抱住她，过了好一会儿，将她揽到一旁细细察看："你真的没事吗？手怎么这么冰？"

"没事……就是有点儿害怕。"展若绫深深地吸了一口气，转头看了柏油马路一眼。

他终于呼出一口气，仍旧揽着她，凝神看了马路一眼，摇头道："那个不是你的佛珠。"

他思索片刻，说："可能是你落在办公室了。你想想看，你今天有没有把它摘下来……"

"我……我不记得了……那我回公司找找看。"展若绫这才发现自己的脚已经完全失去了力气，膝盖更是僵硬得不似自己的。

发生了刚才那样的事，钟徛说什么也不会让她一个人上去。他扣住她的手，语气坚决："我跟你一起上去找。"

展若绫低头看着他的手，想了一下，摇摇头："明天再找吧。"

他问："真的不上去看看？"

展若绫还是摇头："一时半会儿也找不到，明天上班的时候再找吧。"

虽然展若绫说没事，但钟徛还是开车到医院让她做了一个检查。他们从急诊大楼出来的时候，已经是晚上七点多了。

两个穿着白大褂的医生一边往里走一边跟身边一个穿着黑色西装的人说着什么。

展若绫睁大了眼睛，不禁放慢脚步。

那个男人正是余知航。他穿着西装，眉宇之间浮着淡淡的倦色，一边往里走一边听身旁的医生说话。

"看到熟人了？"钟徛见她停下脚步，问道。

"嗯,一个好朋友。"展若绫想起那天在料理店的谈话,思索着回去跟余知航联系一下。

展若绫回到家后在房间里检查了一遍,都没有看到手链的踪影。

她翌日上班,不期然地在办公桌的一个角落里发现了手链。展若绫对昨天发生的事依旧心有余悸,拿着佛珠看了好一会儿,还是把它戴好。

她临下班的时候,手机振起来,是来自林微澜的短信:小展,后天《××××》上映,我们一起去看吧,怎么样?

展若绫连忙回复:好啊,你想看几点的?

两个好友很快就商量好观看的时间与场次。

钟倚今天跟一个老朋友有约,展若绫的时间倒是非常充裕。下班后,她陪任妍去商场买手袋。两人买完东西在商场附近一家餐厅解决晚饭,任妍随口问道:"小展,你跟你男朋友什么时候认识的?"

"我们是高中同学。"

任妍"哦"了一声,了解地笑:"这很好啊,我跟我老公也是高中同学……"

展若绫心里有些疑惑:她跟他是高中认识的,可是这段时间发生的事是她始料未及的。

回到家,展若绫洗完澡,打开笔记本电脑,上网查了一下电影的剧情简介。

关掉电影简介的页面后,她照例登上 Gmail 邮箱,果不其然看到展景越给她发了一些有趣的图片。

看着联系人一栏底下一个以 126 结尾的邮箱,展若绫心念一动,打开 126 邮箱的登录页面。

她脑海里一直有一件事,却从来没有想过要去证实。她输入邮箱地址和密码,然后敲下回车键。

简洁大方的绿色页面跳出来，问候语下显示着"您有 17 封未读邮件"的提示语。

其中十几封都是她以前用 163 那个邮箱发过来的，里面附带了几首她喜欢的歌曲。

最底下几封邮件的域名则陌生又熟悉，时间显示的是两年前。

没有人知道她有这个邮箱，除了她自己和接收过这个邮箱地址发出的邮件的人。

如果是他，如果是他……

她颤抖着手按下鼠标，点进时间最早的一封邮件。

展若绫：

是你吗？

这是你三年前写给我的邮件，我现在才看到。我回来了，没有留在澳大利亚。

对不起，因为我一时的意气，我们陷入这样的局面。

我不知道应该怎样形容我现在的心情，也不知道应该怎么说才能让你相信我。你知道，我的语文一向学得不好。

你说我未必会记得你。你错了，我记得最清楚的人就是你。

你说希望我永远开心，可是如果你不回来的话，我永远都不可能开心。你明白吗？

我数了一下，你总共给我写了 37 封邮件。那些邮件里的问题，你难道不想知道答案吗？我会用一生一世的时间来告诉你。

我只有一句话：我等你回来。

他看到了！

原来他看到了！

他还是看到了她发过去的那些邮件。

她曾经以为那些在满心绝望的情形下写给他的邮件都将石沉大海，

永远不会被他看到。虽然她也曾在脑海里想象,有朝一日他忽然兴致大发登录那个邮箱,看到她给他写的那些邮件——这样的想法尽管只是一闪而过,但确实在她的脑海里存在过。可是她从来不敢奢望他会回复些什么——那时他们的距离太遥远,更不用说是这样的回复内容。

可是,他说:"我等你回来。"

原来,在过去两年的时间里,他都在等她回来。

她听过的最动听的话语,不是"喜欢你",不是"能不能好到做你的男朋友",而是"我等你回来"。

她久久地看着电脑屏幕,任由泪水盈满眼眶。

邮件里的每一个字都像是有了生命一般,在她的心里生根发芽。他说:"我等你回来。"

所有无数个日子里流过的心酸的泪水,都融在这一句话里面。

她吸了吸鼻子,点开下一封邮件。

展若绫:

我今天约程忆遥见了一面,问她有没有你在西班牙的联系方式,结果一无所获。

其实我不知道你能不能看到这封邮件,到现在,我才深深体会到你那时的感觉。

我不知道要怎么才能找到你,我现在的手机号是13××××××××××,电话是××××××××,如果你看到邮件,给我打个电话。

希望一切不会太晚。

房间里很安静,只有笔记本电脑发出的低低的"嗡嗡"声。

她眼睛一眨不眨地盯着电脑屏幕,泪水像决了堤似的,潸然而下。她从来都没有觉得幸福离自己如此近,只要她伸出手,就能触摸到。她忍不住伸出手,贴上电脑屏幕。

酒店里，餐厅的一隅。"我听廖一凡说过你的桃花事了……怎么样，有了我的照片，是不是如虎添翼？"明朗的女声，爽快简洁，问得直截了当。

"你觉得你一张照片能帮上什么忙？"钟埼懒懒地靠到椅背上，唇角微微挑起，不置可否。

季琳一脸气愤状："没良心啊，没良心啊！你这是典型的过河拆桥嘛！"不到两秒，她便收起郁愤的表情，露出一个得意的表情，"可是当时某人买账挺爽快的！"

那个时候，季琳看到手机屏幕上那句"说吧，你要什么条件"几乎乐翻了天——这几乎是迄今为止季琳从钟埼那里收到的最让她扬眉吐气的短信了。

季琳记得，她把"我知道你手机里那张照片里的女孩子叫什么名字了"那条短信发给钟埼，过了不久，收到他的回复，当时很有种立刻冲到他身边揍他一顿的冲动，因为他问她："你是季琳？"

这个姓钟的简直太过分了，她只是出国一年，他竟然就这样把她的号码删掉了！

季琳怒气冲冲地质问他：你竟然删了我的号码？

不等他回复，季琳又发了一条短信过去：我今天见到她了。

这回季琳很快收到他的回复：你在哪里见到她的？

季琳：我不告诉你。

季琳拿着手机，不无得意地想：姓钟的，这回还不急死你。

不过她从来都不是能耐得住性子的人，尤其遇上钟埼这种朋友，所以她很快又发出一条信息："机场。我有她现在的照片，还问到了她的号码。"

最后那半句话纯粹是瞎编的，不过有利于她对钟埼进行"敲诈勒索"。

钟埼站在公寓的阳台上，久久地看着手机屏幕，耐心地打出一行字,然后发过去:说吧,你要什么条件。

季琬抬起头,说出今晚的来意:"季氏下个月有一个比较大的产品发布会,希望能在圣庭举行。"

钟倚手指轻轻地敲着玻璃杯,抬起眉笑了:"季琬,我是不是应该谢谢你把这么大的生意送到我的酒店门口?"

季琬看了他一眼。

岁月几乎没有在他身上留下痕迹,他依旧是当年广州大学城里那个英俊非凡的学生,洒脱不羁,只一眼就能夺去所有人的注意力。但是这个人确实是跟以前不同了,或许是在澳大利亚那几年的留学生涯或多或少地改变了他,又或许是如今身份的原因,他比大学那时候多了几分魄力,眉宇间不复年少时的不确定,取而代之的则是明晰的眼神。

季琬收回思绪,笑得有些心虚:"互相利用,各取所需嘛!"用一张照片就换到这么大的折扣,她多多少少有些良心不安。

钟倚不客气地打断她:"省省吧。"

他轻轻转着手中的杯子,剑眉挑起:"明后天你找个时间来圣庭一趟,把合同也带过来,我会找人跟你洽谈发布会的事。"

季琬见使命轻松完成,拿起杯子将饮料一饮而尽:"好,我明天一定登门拜访。合作愉快!"

"你来之前先给我打个电话。"

"知道了。"

钟倚淡淡地笑了笑,真挚地说:"季琬,还是谢谢你!"

季琬知道他在说什么,倒有些不自在了:"你还真的跟我说这种话啊?其实没什么,拍一张照片太简单了……你那时帮我那么大一个忙,我也一直没有谢谢你。"

钟倚扬了扬眉,并不接话。

季琬瞄了一眼手机,站了起来:"行了,追命夺魂的电话来了,我要走了。你也赶紧去找她吧。告诉你一句至理名言——心动不如行动。"

"颜行昭跟你说的?"

季琎仰起下巴:"是我跟他说的!"

她突然想到什么,又俯下身子,笑得一脸善良:"改天约她出来跟我见一面吧,我挺喜欢她的……怎么说她都帮我捡过东西,我跟她也算得上是有缘分的人。"

钟徛重新靠到椅背上:"我怕你吓到她。"他用脚指头想都知道她在打什么鬼主意。

"你行啊,有了女朋友,就连我这个头号功臣也忘记了,真是标准的'有异性没人性'!"不等他说话,季琎朝他挥了挥手,利落地转身走向门口,"明天见!"

钟徛从咖啡厅出来,取了车后便开向公寓的方向。

从风挡玻璃望出去,浓稠的夜色在天地间无声地弥漫,墨色的夜空一望无际,各色灯光和繁华的街景沿着道路铺展着,他还来不及看清就已经从车窗外飞速掠过。

车子渐驶渐缓,开到弯道处,一个漂亮的右转弯,熟练地绕向她所住的街区。

四月的夜晚,仿佛有人把墨水泼到天空上,头顶尽是深沉的墨色,一望无边。

花园里有一个巨大的花坛,绿化带里种了大片大片的树木,晚风一阵阵地送过来,树叶发出"簌簌"的声音,为这个夜晚增添了几分闲适。

展若绫坐在花园的长椅上,抬头仰望着夜空。

月夜星疏,只有零零散散的几颗星星点缀着夜空,凉风从她的脸上翩跹而过,留下一股如泉水般清凉的感觉。

她忽然想起很久以前,曾经站在自家的阳台上,怀着满心的绝望与寂寞,望着飞机穿过夜晚的天空。

那是一个冷寂的夜晚,当时她内心蔓延的都是无望的感觉。可是,当所有的等待都有了回应,再心酸的回忆也被掺入了一种甜蜜的味道。

　　她拿着手机来来回回地看他的号码，最后终于摁下拨号键。电话立刻就接通了，展若绫还没说话，钟徛带着融融笑意的声音就传入耳朵："我正想打给你。"

　　她的心说不出地安稳："是吗？那还真是巧啊……你到家了吗？"

　　"没有。怎么了？"

　　展若绫深吸了一口气："是你叫我打电话给你的……"

　　钟徛愣了愣，并不记得今天跟她说过这样的话，不过她这通电话来得十分适时，他当下笑了："嗯，还没睡？"

　　"还没到时间，现在十点都不到，我没那么早睡。"

　　"你在家吗？"

　　展若绫站起来，踱了几步："不是……我在楼下。"他问："怎么跑到楼下了？"

　　伴随着他的说话声的是一声清脆的关门声，还有"沙沙"的风吹动树叶的声音。

　　"想下来走走，就下来了。"

　　他忽然问："你哭了？发生什么事了？"

　　展若绫伸手拭去泪水，尽量让自己的声音听上去显得正常："没事，就是刚才上网看东西，被感动了。"

　　"看什么东西，感动成这样？"他明显松了一口气。

　　展若绫咬住下唇，慢慢地说："我上网查了一下以前的邮箱，看到一些意想不到的东西……"

　　他没有立刻接话，有一阵时间手机里只有彼此的呼吸声。过了许久，手机里才有低沉沙哑的声音传过来："对不起，我以前总让你伤心，是不是？"

　　展若绫摇了摇头："不是，我从来都没有这么想过。以前在西班牙的时候，每次想起你，都觉得老天对我很好，让我认识你……"

他沉默了片刻，问道："想我吗？"

她点点头，泪水再度溢出眼眶："嗯。想。"

她很想他，从来没有这么想念他，从来没有像此时此刻这样想念一个人。

"这么诚实啊，看来我没白来……"他的语气一变，"你看看身后。"

身后有人唤她的名字："展若绫。"

一如既往的声音，很温柔的声音，仿佛所有的温情都融在这三个字里。

她转身，循声望去。

苍茫的夜色中，他一步步走向她。一如那年，她从医院出来，拿着一份让她万念俱灰的化验单，哭得稀里哗啦，他在街上遇到她，坚决地走过来，一直陪她等公交车。

她闭上眼，所有的前尘往事在脑海里一一闪现。

那个满是阴霾的傍晚，连天空也是灰色的，却因为有他的陪伴，被涂上了明亮的色彩。

她好不容易止住的泪水再度决堤，视野变得模糊，只有他的身影，在夜色中依旧清晰异常。

她深吸了一口气，哽咽着说道："钟倚，我喜欢你，从高二开始就喜欢了。"

她从来没有这么勇敢过，对着这个喜欢了这么多年的人，说出自己的心里话。

她想起那时给他发的那封邮件，她说如果他站在她面前，她什么都不敢说。

不敢说，也许只是因为害怕拒绝。可是，直到现在她才发现，他这么小心翼翼地站在她面前，用他的方法一步一步地打开她的心扉，让她重新熟悉他的存在，只因为他也是在意她的。

这么多年的时间，在那些过去的日子里，他在澳大利亚也想着她。

原来，这就是幸福，简单却隽永，不需要空间的拉近，不需要言语的交流，仅仅要两颗彼此相守的心。

"我知道，我都知道。"

晚风吹了过来，带起一阵"沙沙"的声音，却不影响她的听力。

她听到他说，很清楚地说："展若绫，我爱你，很爱很爱，一直都很爱。"

她终于听到了这个答案。

她呆呆地站在原地，任由眼眶里泪水四溢。然后，他走过来，缓缓地抱住她。

一个带着无限爱恋与柔情的吻，轻轻地落在她的眉心："这个答案，我会用一生一世的时间来告诉你。"

十二年的相识、十年的暗自倾心、八年的分别、五年的异国他乡的生活经历、无数个不眠的夜晚，那些曾经有过的忧伤、曾经有过的绝望、曾经流过的泪水，全部都随着这句话消逝于风中，融在他那温暖有力的臂弯中。

第十七章
那时在游戏城

不知道过了多久,展若绫抬起头,轻轻地对他说:"钟倚,我想去一个地方。"

钟倚看着她,深黑色的眼睛里漾着温柔的光:"好。你想去哪里?"

这天晚上,吃过晚饭后展景越照例坐在电脑前查看股市行情。蔡恩琦洗漱完,从浴室出来:"还在看股票?"

"赚奶粉钱啊!"展景越点了鼠标关掉电脑,将她拉到怀里,"你说,你肚子里那个小鬼是男的还是女的?"

蔡恩琦轻轻一笑,钩住他的脖子:"你喜欢男孩还是女孩?"

"女孩吧。女孩没那么顽皮,你不会那么辛苦。"展景越在她的脸上亲了一口。

"什么叫我不会那么辛苦?亲爱的展经理,你是不是想坐享其成?"蔡恩琦故意板起脸,伸手敲他的胸膛。

"老婆,我哪里敢?!"展景越笑着捉住她的小手。

两人说了一会儿闲话，展景越说："昨天妈妈跟我说，想给阿绫介绍一个男朋友。"

蔡恩琦"哦"了一声，笑着说："妈妈急了是不是？阿越，你记不记得那年我妈也是这样迫不及待地给我介绍男朋友？"

"这说明，历史总是惊人地相似。"

展景越笑了笑，说："不过你妈那时不知道你已经有我这个男朋友了，如果她知道我的话，肯定不会拉你去相亲的……而且阿绫跟你的情况不一样，你那时刚毕业没多久，她现在都27岁了，还没有男朋友的话总是不太好，总不能这么一直单身……"

"展经理，我还以为你有多开明呢，原来脑子里也是一套老思想，以为我们女人没有你们男人的庇护就过不了下半辈子吗？"蔡恩琦撇了撇嘴，作势要站起来。

"宝贝，你知道我不是这个意思。"展景越一把捞回她，将她固定在自己怀里，"只不过我现在只剩下她这个妹妹了……做哥哥的总是希望自己的妹妹能过得好一点儿，希望有个人在旁边照顾她。"

"我知道。"蔡恩琦随手抓过桌子上的鼠标摆弄，"那你想怎么做？"

展景越沉吟片刻，说道："阿琦，你找个时间试探一下她的口风，听她怎么说。"

蔡恩琦放开鼠标，把玩着他修长的手指，扭头看他："怎么试探？"

这个问题也把展景越难住了。他伸手抚上额头，眉心皱起："要不就直接跟她说有人想跟她做朋友……"

蔡恩琦点点头："好吧，我试试看。"

"也不用急，等到合适的时机再问也行。"

"嗯，我晓得了。"

展景越拿起床头的手机看了一眼上面显示的时间，把她拉到床上："这都快十点了，孕妇要好好休息。我去刷牙了。"

虽然已经过了晚上十点,忆蓝娱乐广场依然非常热闹。五彩的灯光不断闪烁,广场中心的大喷泉将水柱高高地甩到空中,水柱在空中碎裂开来,在四周洒下一片清凉,然后溅落到地上。广场边缘的长椅上几乎坐满了人,老人们穿着休闲的衣服慢悠悠地散着步,小孩子们嬉笑成群,从广场的这一头一直奔到那一头。

游戏城更是开始彰显它的活力,里面人声鼎沸,嘈杂的音乐声和各种游戏声混杂在一起,几乎震耳欲聋。不断有人走进去,加入到娱乐的行列中。

钟倚显然没想到展若绫想来的是这个地方,站在游戏城的门口,一言不发地看着眼前的人。

展若绫望了里面一眼,泪水浮上眼眶:"那时寒假聚会,他们说你去了澳大利亚,还说你再也不回来了。后来我们几个人来这里玩游戏,我一直想着你……"

那时在游戏城,她几乎以为这一生再也见不到他了。后来每次回忆起那天的事,她都会想起站在投篮机器前的那种绝望的心情。

她心头萦绕着的是无尽的遗憾:她甚至没有跟他道别,他就已经去了那个南半球的国家。

没等她说完,钟倚就怜惜地将她搂入怀中,紧紧拥住。他可以想象,那时她站在游戏城里是如何伤心。

过了很久,他才放开她,牢牢地握着她的手,用很温柔很温柔的声音对她说:"你想玩什么?我跟你一起玩……我们把每一个游戏都玩一遍再走,好不好?"

展若绫摇了摇头,指向游戏城里的一个角落:"不用了。我只想跟你一起玩那个投篮的游戏。"

六年的时间过去了,游戏城的规模自然扩大了许多,新增了许多机器和设备,不过有许多受欢迎的游戏一直被保留到了今天,投篮机器就占据着其中一块地方。

他们一起玩了好几局,展若绫本来就不擅长玩这个游戏,过了这么久早就把技巧忘得一干二净。钟徛站在她旁边,投了几个球都直接命中,后来展若绫索性站到一边专心看他投篮。

钟徛自然不肯:"你不玩?"

展若绫只是摇头:"我看着你玩就行了。"

他们后面站了几个人围观,见他投篮几乎百发百中,不断地鼓掌和喝彩。

展若绫在一边看得满足,脸上笑意盈盈——几乎所有女人听到别人夸自己的男朋友都抑制不了欣喜。

在很久很久以前,她从来没有想过,曾经的满腔绝望会被今天唇边的笑容取代。

随着最后一个篮球被横杆拦住,游戏也宣告结束,一张张兑奖券从机器出票口里滑了出来。展若绫走上前,将兑奖券扯了下来。

钟徛握住她的手,问:"你喜欢玩这个游戏?"

他不明白她为什么这么喜欢玩这个游戏,印象中她并不喜欢打篮球,那时,她由于伤病甚至连体育课也没怎么上。

展若绫没有看他,转头望了一眼篮筐,说话的声音却是很肯定的:"你不是很喜欢打篮球吗?"

钟徛心里一震,她倾尽了所有的真心与深情来爱他,那些很小的细节,她都一一记在心上。

他没有说任何言语,只是握紧了她的手。

到了兑奖区,展若绫一边低头看着玻璃柜里各种各样的奖品,一边问他:"换什么东西好?"

游戏城的兑奖券主要是起到一种心理安慰的作用,让来这里玩的人尽情玩乐后象征性地带几件奖品回家,而不至于两手空空。投篮游戏的积分本来就不高,能换的奖品也十分有限,也就是一支铅笔、一块橡皮。

钟徛揽住她的肩膀,飞快地在心里换算了一下积分,对兑奖区的工作人员说:"换两块橡皮擦。"

兑奖区的工作人员是一位很年轻的女孩子,听到这位衣着得体、长相英俊的男人这么认真地说要两块橡皮擦,脸上一红,弯腰从玻璃柜里取出橡皮递给两人,再看展若绫时一双眼睛里已经写满了羡慕。

展若绫接过橡皮擦收好,笑着向工作人员道谢:"谢谢!"

两个人出了游戏城,震耳欲聋的喧嚣声一下子都消失在身后。广场上的人比他们刚来的时候明显少了很多,但是依旧显得欢乐融融,不时有低低的欢笑声在某个角落响起。

遥远的天际传来低低的轰鸣声,展若绫忍不住仰头望向夜空,果不其然,有一架飞机在墨色的天幕上飞过。

她停下脚步,专注地望着夜空,对身边的人缓缓说道:"钟倚,你知道吗?那天晚上也有一架飞机在天上飞过。那时我不知道你去了澳大利亚哪座城市留学,后来每次看到飞机,都会忍不住想,它是不是要飞去澳大利亚……"

她说的话很傻气,却蕴藏了无尽的深情。

钟倚伸手揽过她的腰,很轻很柔地问:"嗯,后来呢?"

展若绫淡淡地微笑,对上他深情的眼眸:"现在再看到飞机,就觉得自己很幸福,因为,是它把你送回来的。"

她从来都不知道,自己可以这么轻松平静地将以前这些事说给他听,没有丝毫的忧伤,没有丝毫的绝望,只有平静与淡然,内心充盈着幸福。

心爱的人正站在眼前温柔地凝视着自己,还有什么回忆能令人忧伤呢?

钟倚却听得心中一震,望着她的脸,只觉得心底都是不绝的爱意。他不知道那几年的时间,她是怀着怎样的心情看着一架架的飞机飞过天空的。

展若绫又抬头望了一眼夜空。墨蓝的天幕上点缀着点点星光,一轮皎洁的月亮高高地悬挂在遥远的天边，洒下流水一般的月辉。

她不禁发出轻呼："今晚有很多星星呀。"

钟倚望了一眼平时不甚留意的天穹："嗯，是啊。"

展若绫一转头就望进他温柔的眸子里。轻柔的月色下，她的眼中似是落入了满天的清辉，清亮动人。

他心中情动，双手抚上她的脸，英俊的脸慢慢俯下，薄薄的唇轻轻触碰她的嘴唇。轻轻一碰后他便离开，用一种几乎让她沉醉的低沉嗓音轻轻地唤她的名字："展若绫。"然后他牢牢箍住她的身子，再次吻住她的唇，一点点加深，在她的唇上辗转缠绵，掠走了她所有的气息。

不知过了多久，他终于恋恋不舍地松开她，却依旧将她紧紧地拥在怀中，在她的耳边低声呢喃着："展若绫……"

展若绫伏在他的胸前，觉得整个天地间只剩下他稳健有力的心跳声，还有他轻柔缱绻的呼唤声。

亲昵温柔的嗓音，仿佛是天边的一片流云，轻轻软软地在她的心上滑过。这是对流逝的时光的最好回应。

"怎么突然想到要看这部电影？"坐在电影院的等候厅里，展若绫一边喝饮料一边问道。

"我只是忽然想起，自从你回来后，我们一直没有时间一起到电影院看电影……这几天我还比较闲，下个星期又要忙了。"林微澜解释道。季氏要在圣庭开发布会，策划部又要开始忙了。

电影院的等候厅里摆了一个个架子，上面有杂志供人翻阅，展若绫随手拿了一本杂志翻着，说："我记得你以前不喜欢看这种科幻片的。"

林微澜叹了一口气："这叫'近朱者赤，近墨者黑'。我每次跟他一起看电影，十有八九会看科幻片，看得多了也就喜欢了。"徐进杰很喜欢看这种科幻片。

她们看的电影八点半才上映,而此时距离开场还有十几分钟,两人聊了几个话题,林微澜忽然说:"小展,我告诉你,我老板,也就是你那个老同学,他有女朋友了。"

展若绫手中的饮料差点儿就倒在桌子上,她低头将饮料放正,问:"你怎么知道的?"

林微澜一副"不出我所料"的表情:"你也吃惊吧?上个月我们酒店开例会,有人听到我老板的秘书给花店打电话订花……"

杨秘书口风自是很紧,不会把顶头上司的私事随意告诉别人,但是当事人毕竟是酒店最受瞩目的黄金单身汉,一旦有什么风吹草动,消息也就传开了。

身为当事人却知情不报,展若绫心虚地"哦"了一声。

她内心不断斗争,最后还是合上杂志:"微澜,有件事我想告诉你……"

看完电影出来,林微澜一脸哀怨地说:"展若绫,你害得我根本没法集中注意力看电影。"

"啊?"展若绫一只手拿着未吃完的爆米花,很无辜地回望她。

"我不管,你下次要请我看一场电影,补偿我的损失!"

展若绫一边将爆米花递给她,一边点头:"好吧,还看这部吗?"

"不,我要看爱情片!"林微澜气势汹汹地宣告。

翌日下班后,林微澜像往常一样收拾好东西准备离开酒店,走到大厅意外地看到上司从电梯里走出来。她连忙收住脚步:"钟总。"由于好朋友跟他的特殊关系,上司在她眼里也一下子变得亲和起来。

钟倚点了点头:"还没走?"

两人一起走出酒店,出了门,钟倚突然停住脚步:"林微澜,你有话想跟我说是不是?"

林微澜被吓了一跳,刚才她在心里犹豫着,不知道该不该跟这位上司开口,听他这么一说,索性道:"钟总,我有几句话想跟您说。"

"林微澜,现在是下班时间。"钟倚微笑着提醒她不必拘泥于彼此之间的关系,然后点点头,"你说吧。"

林微澜深吸一口气,一鼓作气地说:"钟总,展若绫以前跟我说过您的事,虽然我知道你们以前是老同学,可是我从来没有想过您就是她口中那个喜欢了很久又等了很多年的人。她那时跟我说得很简单,我不知道她为什么这么喜欢……虽然她这个人看起来脾气很好、很好说话,但是有时固执起来,谁也劝不了。钟总,我希望您能好好对她,让她幸福,不要再让她伤心。钟总,我说完了!"

钟倚一直默不作声地听着,脸上什么表情也没有,等她全部说完才神色认真地开口:"林微澜,这点你放心好了,我绝对不会让她伤心的。"

林微澜点了点头。刚才她全凭一时口快才能说完,可是她也担心自己所说的话会影响这个上司对她的工作考核的评分。是以当她看到钟倚一脸高深莫测地看着自己时,忍不住问:"钟总,现在是下班时间,刚才我说的那些话……"

钟倚挑起眉梢,不予置评,莫测高深地反问她:"你说呢?"

林微澜苦着一张脸,欲哭无泪:"钟总,我……"

下一秒,钟倚已经换了一种表情,笑着说:"跟你开玩笑的。好好工作!"

下午有会议要召开,展若绫拿着文件去请大老板签字,却发现大老板正在会见一个重要的客人。她看清那位贵客后,不禁微微一愣。

那人穿着一身深灰色的商务正装,眉眼俊朗,不是余知航又是谁!余知航见到她,向她微微颔首。展若绫也轻轻向他点了点头,露出一个善意的微笑。

既然老板在会客,她也不便打扰,当下将文件放到办公桌上,然后退出老板的办公室。

展若绫下班的时候给钟徛发了一条短信,说朋友约了她晚上吃饭。钟徛便让她吃完饭给他打电话,他过去接她。

在餐厅等上菜的时候,余知航微笑着说:"展若绫,谢谢你的问候。"在他印象中,她一直是个善良的女子,所以当他上个星期收到她的短信询问他妹妹的手术情况时,他也并不意外。

展若绫轻轻地摇了摇头:"我那天去医院,刚好看到你。"余知航问:"你去医院了?生病了?"

"不是。只是去检查一下。你妹妹怎么样?"

"她做了一个大手术,现在好多了。但是她的情况比较复杂,只能慢慢恢复。"余知航皱着眉望向窗外。

这就是做哥哥的心情吧,哥哥关心妹妹的一切,当妹妹的情况稍微好了一点儿,又开始担心她的明天。

展若绫看着他,很自然地想起自己的哥哥展景越。

她一直都很庆幸自己不是独生子女,从小跟哥哥弟弟一起长大,共同分享成长的过程,后来尽管展景望去世,但展景越和她之间的感情逐渐增长,尤其是展景越,一直关心着她。

也许只有真正有哥哥的人,才能深刻体会到当妹妹的幸福。

她忍不住对余知航说:"她一定会好起来的。"虽然她也不知道明天会如何,但是抱着这样的希望便足以努力地生活下去。

"我也是这么想的,希望在明天嘛。"余知航微笑。

展若绫的公司跟西班牙马德里的一家大公司有一个大型项目要合作,公司上上下下为了这个项目开始进入备战期,常常是一周下来四个晚上都要留在公司加班,展若绫也连着加了几天班。

钟徛这几天去北京出差,每天晚上都抽出时间给她打电话,知道她几天都在忙公司的大项目,很是心疼:"前阵子看你还挺闲的,怎么现在比我还忙。"

"还行，刚好是我比较熟悉的内容。而且，我再忙也比你这种经常出差的人闲。"展若绫知道他比自己忙多了，他管理着一家这么大的酒店，怎么可能闲得下来？

方案终于定下来的那天，整个项目组的人都松了一口气，展若绫也不用每天加班了，时间一下子变得宽裕起来。

星期六早上，展若绫去超市买菜，准备做饭吃。

她看着超市里络绎不绝的购物人潮，忽然意识到自己已经两个星期没回家了，心里想着明天回去跟爸爸妈妈吃饭，便给爸爸妈妈买了些营养品。然后她又想到，钟倚已经去北京四天了，差不多也快回来了。她拿出手机给他发了条短信，问他什么时候回来。估计是他所在的地方信号不好，信息报告显示的是"发送暂缓"。

她便也不再想这件事，推着购物车转到别的地方。

在蔬菜区买蔬菜的时候，意外地接到他的电话，她连忙按下接听键："喂。"

"怎么那么吵？你在哪里？"

展若绫一边挑菜一边回答："我在超市里买菜……广播的音乐声大，可能有点儿吵。"

跟他聊了一会儿，展若绫问："你什么时候回来？"

"回来了。刚下飞机。"他的声音透着一丝疲惫。

"这么快？不是说起码要明天才能回来吗？"话虽是这么说，她的心里却是很高兴的——他已经去了四天，她也是想他的。

"事情忙完了，就换了班机。"

展若绫"嗯"了一声，关切地问："你吃饭了没有？"

"没有。想着回来跟你一起吃。"

展若绫心里霎时盈满了幸福与感动："我也没吃，那我们一起吃吧？"

钟倚当机立断："嗯，你买两人份的菜量，我现在过去。你在哪

217

家超市?"

"就在对面街道的那家××商场。"

进门后,展若绫找了一双男式拖鞋给他:"这是我哥来的时候穿的,他跟你差不多高,你看看你穿不穿得进去。"

钟猗换好拖鞋随她走进厨房,举起手中的购物袋:"放在这里吗?"

厨房紧靠着玄关,空间狭小,料理台明亮而整洁,厨具一应俱全,地板亦是十分干净。

"对,放在那里就可以了。"

展若绫将东西放好,指了指洗手间:"你要洗手吗?洗手间在那边。"

钟猗洗完手回到厨房,看到她已经开始洗菜了,白皙的手在流水中轻巧地翻动菜叶,动作异常熟练。

她听到声响,转头说道:"你先坐着休息一下,好了我再叫你。"钟猗站在厨房门口没有离开:"不用我帮忙吗?"

"不用,你刚下飞机,先出去坐坐吧……冰箱里有饮料,要喝什么自己拿。"厨房很小,再多一个人的话也不好做饭。

钟猗走出厨房,环顾这间小小的公寓。这是他第一次来她这里,以往每次送她回来,他都是送到楼下或者门口。

客厅并不大,收拾得整整齐齐,电视柜上放着几本书和杂志,角落里放着一张餐桌。卧室和厕所紧挨在一起,大把大把的阳光从卧室的落地玻璃窗照进来,映得整个居室干净透亮。

展若绫平时一个人在家,吃得都非常简单,一般是两菜一汤,今天由于是两个人一起吃,就多买了一个菜。她在厨房忙活了半个多小时,终于把三菜一汤做好。

她打开厨房的隔断门,将几个菜依次端到餐桌上,走到沙发前一看,他斜斜地靠坐在沙发上,右手支着额头,眼睛闭着,已经睡

218

着了。

他今天穿了一件黑色的衬衣，最上面几颗扣子敞开着，露出一部分胸肌，十分性感。

展若绫不忍心叫醒他，回卧室拿了床毛巾被，轻手轻脚地给他盖上。客厅的窗帘被拉开了，他的脸沐浴在柔和的光线中，轮廓清晰，看起来英俊得不像真的。他的睫毛又黑又长，鼻梁挺直，双唇的线条很好看。

她将毛巾被盖好，然后收回手。

就在这时，他长长的睫毛一动，眼睛已经睁开，眸子里透出一线光亮，一把扣住她的手。

展若绫被吓了一跳，差点儿站不稳："你醒了？"

"嗯，醒了。"钟徛手上一用力，将她拽进怀里，让她坐在自己的膝盖上，手也圈住她的腰。

由于刚醒，他说话声音微微沙哑，低沉而有磁性的声音听起来有几分性感。

他的手就扣在她的腰上，灼人的温度从他的掌心传了过来，说话的时候温热的气息都喷到了她的脖子上。这样的接触太过亲密，她的心脏"咚咚"地跳着，几乎不堪负荷。

她呼吸开始变得紊乱，慌张地开口："那我们吃饭吧。"

钟徛将毛巾放到一旁，另一只手依旧箍住她的腰，不让她离开："等我做完一件事再吃。"

属于成年男人的温度隔着他衬衫那层薄薄的料子传了过来，她的大脑完全处于休克状态，想也不想就问："什么事？"

"吻你。"

说完，他收紧了放在她腰上的手，另一只手扣住她的后脑勺，将她的脸拉向自己，覆上她的唇。

他先是吻得极浅，然后渐渐加深，撬开她的牙关，与她的舌头纠缠，一遍又一遍地在她的唇上辗转吸吮。

在她以为自己要缺氧窒息的时候，他才恋恋不舍地离开她的唇，然后将她圈在怀中。她头晕目眩地靠在他的肩上喘气。他将下巴搁在她的头顶上，手一下一下地抚摸着她的秀发。

在这样宁静的氛围中，她的心跳慢慢平复下来。

两人相拥了一会儿，钟倚才拉着她站起来："好了，我们吃饭。"

展若绫对那晚在圣庭吃的晚饭记忆犹新，也明白了为什么连伯伯一家喜欢去那里吃饭：圣庭的大厨手艺非常好，做的东西相当好吃。

所以当她看到钟倚将所有饭菜都吃得一干二净的时候，虽然心里感到大大的满足，但还是忍不住说："钟倚，你是不是很少在你们那个酒店吃饭？你们那个厨师做饭很好吃啊。"

钟倚闻言，抬头看着她，笑容明朗："我可不可以理解为你在自卑？"

展若绫偏了偏头："我只是觉得奇怪……"她也不知道怎么说下去。

"那怎么能一样。"他淡淡一笑，不以为然地说，"他又不是我女朋友，做的菜再好吃也只是给顾客吃的，跟我没有多大关系。"

吃完饭，展若绫收拾了碗筷拿去洗，钟倚在一边帮忙擦碗。展若绫很是惊奇："你也会做家务？"

他懒懒地说："我显然会啊。本人十项全能，样样精通。"

这段日子以来，他们日益习惯了彼此，越加亲密了，两人说话也渐渐放开。

展若绫故意上下打量他一眼："看不出来啊。"

他微微眯起眼："展若绫，你不知道你有时会看低一个人吗？"

"不是啊，就是那时读书，觉得你们几个男生看起来都不像愿意做家务的样子……"

钟倚见她仍看着自己手上的动作，解释道："以前也不会的，在澳大利亚留学的时候学的。那时我跟两个留学生住在一起,每天只能自己做饭吃,想不会家务也不行。"

"啊,我忘了!留学生都能煮一手好饭菜。"展若绫不好意思地朝他笑了笑,"还有什么有趣的事?继续说,我想听。"

他笑了笑,低头问她:"你想听什么?"

"随便什么都可以啊,例如你们平时做得最多的是什么菜……"两个人一边忙活一边聊天,时间过得飞快。

洗完碗后,展若绫跟他坐在客厅里聊天。

提到出差的事,他说:"我才把你追到手没多久,这几天就开始忙了,都没时间陪你。我们也没法像其他情侣一样每天尽情地谈恋爱……"

什么叫"尽情地谈恋爱"?展若绫脸一红,蓦然想起刚才两人热吻的情景。

钟徛看着她莫名其妙涨红的脸,只一瞬间便明白她会错意了,促狭地笑了笑:"我发誓我刚才说的内容很健康、很纯洁,可是好像有人想歪了。"

"去死!"展若绫随手抓起一个靠垫扔过去,坚决不承认,"我哪有想歪了,你别在那里胡说八道!"

说话的同时,她挪远了身子。

钟徛伸手抓住靠垫,挪到她旁边,暧昧地凑近她:"我又没做什么,你坐那么远干吗?"

她伸手推他:"去那边坐,那边有很多地方。"

他不依不饶,故意装得一本正经地说:"说真的,我刚才说的真的很纯洁、很健康,所以我很好奇你到底想到哪里去了?"他还刻意强调了"很纯洁、很健康"六个字。

这个人!

她恼羞成怒,一把推开他:"滚一边去。"

他的力气终究比她的大,牢牢地攥住她的手,大笑起来:"这是不是叫作恼羞成怒？"

展若绫心里又羞恼又郁闷，挣扎着想收回自己的手。

"好了，我不说了。"钟倚笑得十分舒畅，连忙将她搂入怀中，牢牢地圈住她的身子，"我真的不说了……我发誓，我发誓！"他一边说一边举起右手做出发誓的动作。

她见他真的不说了，便也安静下来，任由他抱住自己。

由于刚才的打闹，她的脸颊泛着绯红，一双眼睛水灵灵的，他看得心里痒痒的，忍不住在上面亲了一口。

展若绫啐了他一句："这么不正经，不知道你是怎么当高管的。"

林微澜竟然还说他长得一表人才，是他们酒店的精英人物——好吧，他是长得一表人才，可是说的话哪里像个大酒店的高管了？

他抓住她的手，眼底闪烁着温柔的波光，神色很是认真："放心，我在别人面前很正经的，只有在你面前，我才会不正经。"

情人之间的情话，不管是什么内容都能让人心动不已。他这么说，意思便是她是他心中的特殊的存在。

一种甜甜的感觉爬过她的全身。她唇角上扬，腻在他的怀中，脸在他的胸膛上蹭了几下。

钟倚握起她的手，与她十指交缠，乌黑明亮的眸子看向她，笑着问："笑什么，很感动是不是？"

展若绫说什么也不会当面承认自己很感动，不服气地反驳道："你自己不是也在笑吗？"

钟倚还是笑："我们笑的性质不一样，你不懂吗？"

看着这个人那么得意，她心里开始愤愤不平，伸出双手作势要掐他的脖子："你说什么？"

钟倚轻笑着将她的一双手纳入掌中，牢牢握住，另一只手环上她的肩膀："张牙舞爪！"

薄唇轻轻擦过她的脸颊，温热的气息，软软的、暖洋洋的，如同午后清爽的风，轻盈地拂过纤柔的芦苇。

她依偎在他怀中，抓住他的手，他的手掌很大，手指修长有力。这是多么熟悉的情景，她仿佛在哪里经历过。

她忽然想起很久以前做的那个梦。那时她坐在教室里，听到他嘲弄自己"你有点儿脑子好不好"，她就是像刚才那样气势汹汹地要掐他。

那么久远的记忆，一下子浮上心头。

可是，在这一刻，她心里盈满的是无尽的幸福与快乐。

第十八章
很在乎很在乎

星期五那天晚上,他们在一家商场顶层的餐厅吃饭。吃完饭后,两人乘自动扶梯下楼。

站在通向三楼的扶梯上,展若绫一边与他说着话一边俯瞰三楼来往不息的人群,商场里面灯光明亮,各式各样的店铺都在营业,光洁的大理石地板倒映着来往穿梭走动的人群,各有各的节奏。

扶梯降到三楼,展若绫也没细想就踏出扶梯,右转接着向后面走。她绕到扶梯的另一端,才发现这侧扶梯是通往四楼的。

钟倚一把搂住她的腰,嘴角上扬:"展若绫小姐,请问你打算往哪里走?"他们刚才明明可以直接乘扶梯下二楼的。

展若绫讷讷地说:"我以为扶梯要从这边下。"上面几层楼的扶梯都是这样运行的。

钟倚一边揽了她的肩膀掉头往回走,一边笑她:"我刚才还在心里纳闷儿你到底要去哪里——去厕所吧,好像方向不太对;回你家吧,就更加不对了。"

展若绫表情无辜极了,埋怨他:"你刚才看见我走错了怎么也不提醒我一下?"

那双眼睛里含着柔柔的笑意:"我以为你要带我去什么绝世的好地方,所以就很安静、很安静地跟在你旁边了。结果却发现你只是在带着我绕圈子。"

她听他说得无辜,忍不住"噗"的一声笑出来:"好了,我错了,行不行?"

钟绮抬起手腕看了一眼手表:"反正现在还早,我们在这里转转吧。"

两人便在商场里逛了起来。钟绮看了一眼她身上的衣服,说:"我记得读书那时,你老是穿黑色的衣服。"

"那时觉得黑色很好看,所以每次买衣服都会忍不住买黑色的。后来我去西班牙留学,跟我一个宿舍的女生就跟我说,'展若绫,你不能老穿黑色的衣服'。每次我们出去逛街她们都不让我买黑色的衣服……"

原本两人只是随意地走走,后来走到女装部的时候,也停下来看了几件衣服。经过一家名店时,钟绮指着一个模特身上穿的衣服问起她的意见。

展若绫看了一眼那件衣服:"是挺好看的。"

热心的导购当然不会放过做生意的机会,在一旁殷勤地说:"喜欢的话可以试一试。"

展若绫见导购已经把那件衣服取下来了,扯起嘴角笑了笑:"我试一试看看。"她接过衣服走向试衣间。

进了试衣间后,展若绫举起手中的衣服看了很久,这是一件微微露肩的衣服。那么多的衣服,他却偏偏看到了这一件。

换好衣服后,她却没有勇气推开门走出去。

试衣间的空间很狭小,空气也变得沉重起来。其中一面墙壁上挂了一面镜子,可以看到衣服的效果。镜中一道长长的、凹凸不平的疤痕在薄薄的衬衣料子下若隐若现，从左肩一直延伸到右肩。

她一直以来忽略的问题，突然以最醒目的方式跳了出来。

试衣间的门打开，年轻的导购小姐见她依旧穿着自己的衣服，殷勤地迎上前："是衣服的大小不合适吗？我们这里有很多号……"

钟徛靠坐在店里的布艺长沙发上，看到她的穿着，微微扬了扬眉，却没有说什么。

展若绫有些不好意思地牵起嘴角笑了笑，对导购小姐说："不是。大小刚刚好……"她心里有些乱，也不知道该怎么说，索性说，"就要这件吧。"

看着他刷卡付款，展若绫心里有些内疚——她根本说不清自己什么时候才会穿这件衣服给他看。也许，遥遥无期。

这天是星期五，公司里的事情也特别多，展若绫一整天都处于奔波的状态，她的膝盖不好，走久了便隐隐作痛。

钟徛见她的表情似乎在隐忍，一只手扶住她的肩膀："怎么？走不动了是不是？"

展若绫摇了摇头，接着又点点头，轻声跟他说："膝盖有点儿疼。"

"怎么不早说？"钟徛看了一下周围，揽了她的腰往一家咖啡厅走，"先进去坐坐。"

"我没那么娇气，只是走得太久了有点儿累。我们回去吧。"

他们下了楼，走到商场的停车场。上了车后，钟徛问她："你是不是撞到什么东西了，所以膝盖才会疼？"

"没有，没撞到什么东西，只是老毛病。"

他皱起眉头："什么老毛病？一直都这样吗？"

空调的凉风缓缓地送出来，带了汽车特有的味道。展若绫转头望了一眼玻璃窗外苍茫的夜色，然后收回视线，正好对上他漆黑透亮的眸子。

他专注地看着她:"到底是怎么弄的?"

她叹了口气,说道:"就是以前出车祸的时候遗留下来的伤病。"

"一直都没好?有没有去医院看一下是什么问题?"

"看过几回了,好像问题不大,那时基本不疼了,就没再复诊。"

展若绫一转头就看到被放在后座上的袋子,里面装了刚才买的那件衣服,她怔了怔,收回目光。

当天晚上展若绫回展家住,钟倚将她送到楼下便开车回公寓,刚打开门手机就响了,刚接通,季琎的调侃声就源源不绝地冒出来:"大少爷,谈完恋爱了?终于有空接我的电话了?"

钟倚随手关上门,将车钥匙放到茶几上:"你说什么呢?我刚才在开车。说吧,什么事?"

季琎性格一向利落,也不跟他废话,直奔主题:"上班时间谈公事,下班时间当然是谈私事了。今天下午颜行昭回来,我去接机——"

"颜行昭回来了你怎么还有空给我打电话?"

"你不要打断我。"季琎懊恼地控诉,"我去接机的时候看到了一个人,你猜是谁?"

钟倚皱眉:"不会是以前追求你未遂的那个人吧?"

"钟倚,你怎么一点儿创意也没有,还提这个人?"

季琎停顿了一下,说道:"不是追求我未遂的人,正确地说,是追求你未遂的人——裴子璇回国了。"

这边的钟倚应了一声:"哦,她回来了?"毕竟是曾经的高中同学。

"是啊。我应该没看花眼。怎么样?想当初人家那么喜欢你,我这个旁观者看了都觉得可歌可泣——"

钟倚打断她:"你给我打电话就是为了跟我说这个?"

季琎连忙回到正题上:"当然不是。是这样的,后天有没有空?

颜行昭说想跟你一起吃顿饭。"

这件事情简单多了,钟绮爽快地答应:"从小玩到大的朋友请我吃饭,我当然有空。"

"那就这样了。拜拜!"

"等等,季琁。"钟绮忽然想起一件事,马上叫住她,"有一件事,我想听一听你的看法。"

季琁微微一怔,一下子来了兴趣:"听我的看法?还真是少见啊。你说来听听,本小姐一定帮你出谋划策。"

钟绮将当晚在商场里买衣服的经过详细地说了一遍,最后问道:"你说,她为什么不愿意穿给我看?"

她拿着衣服进了试衣间,又在里面待了一会儿,应该是试穿过了,但是出来的时候又原封不动地穿回原来那件衣服,是不愿意穿给他看,还是另有原因?

季琁思索了很久:"那是什么样的衣服,很暴露吗?"

"倒也算不上。"钟绮皱了皱眉,回忆着衣服的款式,"跟普通女孩子穿的那种衣服差不多,浅黄色的,只是稍微会露出一点点肩膀……"

"露肩?"季琁在电话那头揣摩着,"我看她的样子挺保守的,会不会是她觉得你们刚刚在一起没多久,不好意思穿给你看?"

钟绮思索着这个可能性,皱眉不语。

季琁在电话那头没听到他的回答,又问:"她以前穿过这样的衣服吗?"

钟绮摇头:"不太可能。以我对她的了解,如果她不好意思的话,应该不会试穿的。"他回答的是季琁前面问的那一个问题。

季琁拼命思索着,说道:"还有另外一种可能……"她停顿了几秒,继续说,"可能是她的肩膀上有疤痕之类的东西不想被你看到,所以不想在你面前穿……"

钟绮坐到沙发上,眉头深锁:"应该就是这样了。"

季珝试探地问:"连衣服这种小事都来问别人的意见,我看你很在乎她啊。"

"嗯。"他的回答十分简单,干净利落。然后他又说了一句,内容很简单,声音很轻,但是每个字都像是用心说出来的一样,每个音节都像劈开了空气,"很在乎、很在乎。"

"既然这么在乎,为什么那时知道她回来也不马上找她,又等了这么久?"

季珝知道他的手机里一直存着展若绫的照片。他明明那么喜欢展若绫,却又表现得这般慢条斯理,这让季珝在一旁看了也不禁着急。

电话那头的男人轻笑着问:"季珝,你知道她等了我多久吗?"

钟倚侧头望向阳台,脸部线条柔和平静,眼底微微闪过一抹温柔的光:"算起来有十年多了。我那时因为一时想差,错过了她。如果我可以果断一点儿,我们就不会错过这么多年。等我发现的时候,她已经出国了。我能为她做的事不多,所以我宁愿慢慢来,一件一件来,让她知道,我很在意她。我不介意一直等,等她重新接受我。我让她等了那么多年,我等的这些时间不算什么……"或许因为季珝一直知道自己的事,她又是他从小玩到大的朋友的未婚妻,有些事对她说,似乎也显得理所当然。

季珝心中一震,拿着手机半天说不出一句话来,最终化作一句无声的叹息。

"算了,不说这个了,我找个时间问问她……"

季珝马上反对:"喂,钟倚,你最好别问她。女孩子对伤疤之类的事情挺介意的,尤其你现在跟她还谈不上尘埃落定。"

她思索了几秒,清楚地对着手机说:"不如后天你带她来吧,我想见一见她,而且我跟她有过一个约定。"

钟倚想起展若绫跟自己说过她的哥哥后天要去美国出差,她这几天大概都会跟家人在一起,而且过几天他还要去广州出差,便说:

"下次吧，等我从广州回来再安排时间。"

合上手机后，钟倚走到阳台上，俯瞰这个城市的夜景。

她到底有多少事情是他不知道的？他突然发现，自己对她的了解少之又少。

他第一次注意到她，是那一次她给他发作业。当时教室里有不少学生，她跟他几乎就是站在教室对角线的两个端点上，距离差不多五米。她没有选择走过去，而是站在原处，像扔飞盘一样，直接就把作业本扔给了他，动作之潇洒到位，让他当时看了有几分惊异——很少女孩子能像她那样发作业。

后来廖一凡对他说，她跟言逸恺关系非常好，他便跟着廖一凡一起哄。在整个过程中，她一直都表现得云淡风轻，这也让钟倚以为她并不在意。直到那一次，上语文课前，她忽然拿着语文书走到他面前。

从看她写的第一行字起，钟倚就陷入一种自责之中。

她说：将心比心。原来在她心里，她还是很在意他们这么开她跟言逸恺的玩笑的。

可是她在他面前明明可以表现得理直气壮，看着他的时候却又奇异地带了一丝歉疚。

不知道为什么，那个时候，一种说不清道不明的情绪开始在他的心里翻腾。

不久，钟倚发现了一件事：她经常看他。有几次他转头就发现她在静静地望着他出神，似乎在想什么。每当这个时候，她的神情中都带着几分寂寥。

那一次他突然想早上回学校打球，听廖一凡说过她有教室的钥匙，便跟她说他第二天会早点儿来学校。可是当晚外婆突然病发入院，他也只能让班里的一个住宿生转告她，自己第二天去不了学校。

让他意想不到的是，她竟然早早地就到教室等他了。

好像就是从那时候开始,他觉得她是一个很好很好的女孩子,目光越来越多地放到她身上。

展景越要去美国总部出差一个多月,临出差前便让蔡恩琦搬回展家住,方便展妈妈照顾。这段时间,展若绫只要没什么事,就会尽量抽时间回展家。

接到钟徛电话的时候,展若绫跟蔡恩琦正在超市里买东西。听说是跟钟徛的朋友吃饭,展若绫想了一下便答应了。

蔡恩琦听她跟电话那头的人讲话的口气似乎颇为熟稔,不禁好奇地问了一句:"谁啊?"

"一个同学。"展若绫想到自己有些事还没告诉钟徛,现在倒不好把话说全。

展若绫见到季玡的时候,立刻怔住了。她觉得眼前的女子很眼熟,却一时想不起在哪里见过。

季玡向她伸出手:"嘿,展若绫,还记得我吗?我们在机场见过面的——去年年底的时候。"

经季玡这么一提醒,展若绫也记起来了。她在脑海里拼命搜索着记忆:"啊,我记得。你叫季玡。"她没忘记眼前的女子当时说曾经见过她的照片。

季玡点头,笑容明净:"对,王字旁加进步的进。你记性很好。"钟徛那样的人,要不就不交女性朋友,一旦交了朋友,便绝对是知己了。而季玡笑容亲切,似乎已经把她当成了相交多年的朋友。展若绫心底愉悦:"谢谢。"

菜肴一盘盘地被端上来,无一不精致美味,看得人胃口大开。

季玡的休闲裤及T恤衫打扮显得随意亲和,颜行昭穿着一身白色的休闲服,气质儒雅,给人的感觉很干净,就像一杯透明的白开水,跟季玡站在一起,颇让人觉得赏心悦目。

展若绫与他们都不熟，对他们一无所知，大多数时候听他们聊，偶尔也会说几句话。她从对话中听出季琲跟钟倚是中大校友，颜行昭刚从维也纳回来，其间季琲好几次提到廖一凡的名字，似乎跟他相当熟悉。

吃过正餐后，季琲在颜行昭耳边说了几句话，然后站起来："你们两位慢慢聊，我跟展若绫有几句话要说。"

等她们走远，颜行昭微笑着说："真人是见到了，就不知道照片是什么样子的。"

钟倚估计照片这事是季琲跟他说的，并不打算在这个话题上纠缠下去，只说："我妈知道你回来了，说很挂念你，让你这几天去我家吃顿饭。"

颜行昭点头："我知道。回去我就给伯母打电话。"

酒店的二楼设有专门的咖啡厅，季琲跟展若绫在里面找了一张靠角落的桌子坐下。

点完饮料后，季琲望了一眼对面的人，眨了眨眼睛："展若绫，我上次跟你说过，我以前就见过你的照片了。"

展若绫在家跟展景越和蔡恩琦相处时本就随意，见季琲这么主动亲近自己，心里有种久违的亲切感，不禁露出一个明媚的笑容："我记得。"

"我男朋友跟钟倚两家人是世交，他跟钟倚从读小学时就在一起玩了，小学、初中都读同一个学校，交情很好。我跟钟倚是读大一的时候认识的，那时颜行昭在维也纳学音乐，我们的事还没定下来，只是普通朋友。有一个别的学院的男生想追我，很有毅力和耐心，我怎么说都不听。后来我想到一个很俗套的主意，就是让钟倚假装成我的男朋友，颜行昭也同意了。钟倚一开始觉得这个主意不好，过了很久才答应，但是后来真正要行动的时候他很尽职，那一阵子我们经常一起吃饭，为的就是让那个追我的男生知难而退。

"后来我跟钟倚就成了好朋友,有一次我无意中拿他的手机来玩,看到相册里有一张照片,是他跟你的。当时我指着你问他这是谁,但是他死都不肯说。

"那天在机场我看到你的时候马上就认出你了。先不说这个……大二那年暑假,他去了澳大利亚当交换生,我跟他就很少联系了。后来我听颜行昭说,高三那年钟倚家里出了点儿事,反正挺严重的,我估计那时他挺不开心的——我跟你说这个,是想跟你说,他这人即使遇到再大的事也不会表现出来。那天他跟我说,他跟你一起逛商场,买了一件衣服,你没穿给他看,他特意问了一下我的意见。你知道,他平时表面上什么都不在乎,很少这样……"

展若绫一直静静地听着,等她说完才笑了笑,平静地说:"季珊,即使你今天不跟我说这个,我也会跟他解释的。"

她顿了顿,继续说:"如果不解释清楚的话,我跟他可能就永远只能这么下去了。"

当初的他们错过了那么多年,是因为年少不谙情事,如果再让同样的事发生在今天,那就是自身的悲哀了。

季珊赞赏地看了她一眼,又说:"展若绫,也许我这样做,显得有点儿多管闲事……"

"不会。"展若绫摇摇头,"他有你这样的朋友,是他的幸运。"季珊怔了怔,笑了:"你真的这么觉得?"

"嗯,真的。我以前跟他一起读书的时候就觉得,他这样的人,要不就不跟女孩子交朋友,一旦交了朋友,就是一辈子的事了。"

季珊的脑海里不期然地闪过裴子璇的名字,她看着对面的女子,了然微笑——到底还是他这个女朋友比较了解他。

从酒店出来,展若绫说有一样东西要给钟倚看。他提议去他的公寓,展若绫想了想便同意了。

233

他的居室很明亮，空间开阔，以灰色为主色调，显得干净整洁。从阳台上可以看到远处的绿化公园，青翠的树木填满了视野。

他没有问她要给他看什么东西，径自走到窗边，将落地窗拉开透气。

展若绫等他放好车钥匙，说道："钟徛，我想跟你说，我的肩膀上有一道疤痕。"

"那又怎么样？"他的声调是漫不经心的。

展若绫咬住下唇："可是很难看很难看。"她穿着一件带白色字母的T恤衫，将衣服稍微调整一下，便给他看。

钟徛虽然之前已经猜到了是怎么回事，但是真正看到的时候还是觉得心疼。他不知道她以前是怎么受的伤，怎么会有这样的疤痕，可是他心里很明白，此时的她有些迷茫、彷徨。

他走到她旁边，替她整理好衣服，接着将她拉到沙发上坐下来，黑亮的眸子盯着她的脸："我都不介意，你介意什么？"非常简单的话，语气是全然的不在乎。

展若绫本来想跟他说"你好好想清楚再说"，可是话到了喉咙，都说不出来了。下一秒，她的身子已经被圈入温暖的臂弯中。

他那么用力地搂住她，好像怕她下一秒就会走开一样。

展若绫听到他在她的耳边说："展若绫，我想过了，这真的没什么。这样就很好了，真的。"

她的眼角没来由地一热，泪水凝在睫毛上，最后沾到他的衬衣上。

像是为了让她安心似的，他重复了一句："我真的不介意，所以你也别再想它了，好不好？"

眼角有泪水溢出，她说不出话。

他又开口："答应我别想了，好吗？"

她眨了眨眼睛，然后轻声说："钟徛，我以前都不知道，你也有这么温柔的一面。"她这么说，表明已经是没事了。

钟倚听了这话心中欢畅,将她松开,笑了起来:"我记得以前有一次你流鼻血,我问你怎么回事,你还说我会关心人。"

"是啊。"

原来那些过去的记忆,不仅她记得,他也一直记着。她曾经以为她跟他永远都不会有共同的回忆,却原来,他跟她一样,都曾回忆过去的点点滴滴。

钟倚扶住她的后脑勺,在她的唇上吻了一下,依旧将她揽入怀中,低声说:"幸好。"

"我都不介意,你介意什么?"

展若绫想起他刚才说的话,好像所有的事情都变得顺理成章起来。

展若绫想了一下,突然问:"钟倚,我有没有跟你说过我有一个弟弟?"

"没有。"钟倚有一丝惊诧,扬了扬眉,"怎么了?你现在跟我说也不迟。"

她点了点头:"嗯。我有一个弟弟,但是十二年前,他因车祸去世了。"

钟倚微微动容,想了想,问:"就是你读高一的时候的那次车祸?"

"嗯。那时他还在读小学。"

他伸手过来,扣住她的手,好像想把力量传递给她,同时也给了她安慰。

这好像是第一次,她在外人面前谈起那段往事。"你知道那种感觉吗?前一秒我们还有说有笑,下一秒他已经倒在血泊里……我在医院住了几个月,那段时间,我妈妈几乎一有空就来医院看我,给我送汤和补品。我心里一直都觉得对不起爸爸妈妈,更加对不起我弟弟,因为他是跟我一起出去的,我却没有好好保护他。我觉得自己不配爸爸妈妈疼爱,虽然我潜意识里也明白这不是我的过错。我还是会忍不住想,如果我那时动作快一点儿,我弟弟可能就没事了。"

他握紧她的手,丝丝缕缕的温暖从指间传过来,他的声音很是柔和:"不关你的事,你弟弟会明白你的。"

他在心里感到歉疚:那时她那样伤心,他还拿她跟言逸恺的关系开玩笑。

展若绫反握住他的手,点了点头说:"嗯。其实我心里也明白。不过嘴上说容易,做起来却没那么简单。那时我出院回家休养,我爸爸妈妈都要上班,我哥哥在广州读大学,家里只有我一个人,我有几次晚上都梦到他是怎么离开这个世界的,有时不免会钻牛角尖……后来人长大了,就不再这么想了……那时留学结束以后,我继续留在西班牙工作,有一部分原因也是觉得自己一直被我爸妈和哥哥保护得太好,想着起码应该在那里磨炼一下自己。"

钟徛轻轻揽过她的身子:"你不知道,你在那边的时候,我在这里等你等得有多辛苦。"

"如果我很久都不回来呢?"她忍不住问。

"我会一直等到你回来。"

她眼眶一热,傻傻地问:"如果我一直不回来呢?"

"那我等你一辈子。"他的声音很轻,却很坚决。

她心中一动,心里不知道是悸动还是感动,只是想抱住眼前的人,而她也这么做了。

她缓缓地伸出手,环上他的脖子,很慢很慢地说:"钟徛,谢谢你!"停顿了几秒,她继续说,"那时我出国、在西班牙工作,从来不知道自己会跟你走到这一步。"

"我记得,你说要跟我做朋友。"钟徛想起她那封邮件的内容,笑着说道。

她咬住下唇,脸上露出一抹不好意思的笑:"你还记得?"

这么长时间的相处,到底让他们都敞开了心扉,也渐渐地能以轻松悠然的口吻聊起以前那些事。

"怎么可能会忘记。"他依旧微笑着，侧脸融在夏日午后的阳光中，眼底流动着璀璨的波光。那封邮件他来来回回地看了几十遍，几乎可以倒背如流。

展若绫侧头看着他，突然轻轻一笑，说："钟徛，我发现其实你一点儿也不擅长安慰人。"

钟徛叹了一口气，替她拢了拢长发："是啊，被你发现了，我就是不会安慰人。"过了一会儿，他又说，"不过我看你也不需要人安慰。"

"人是会长大的。"展若绫眨眨眼，"等哪天你不开心了，我来安慰你。"

"幼稚！你就慢慢等吧！"他揉了揉她的头发。

看了她一会儿，他忽然抓起她的手："哪天找个时间去我家见一见我爸妈。"

"见你爸妈？"展若绫微微一怔。

他看着她，点点头，神情很是认真："对啊，前几天我去广州的时候我妈就跟我唠叨好几回了。总要让你跟他们见个面的。"

他们身后的落地窗开着，风吹过，窗帘被掀了起来。太阳从一栋大厦后面露出半张脸，散发着怡人的温暖，金黄色的光线一丝一丝地融入她的眼睛。

在西班牙的时候，她曾经不远万里，一个人到巴塞罗那的海边看海，也是这么站在夕阳前。

在异国独自生活了五年，那些日子里，她独守的时光，是寂寞的、孤独的、伤心的，可是一旦被放到他的面前，它们全都变得不重要了。

在很久很久以前，她从来没有想过会有这么一天。

她或许习惯了等待，如今能够跟他一起站在这里看风景，便已经是此生最大的幸福。回国，跟他重逢，所有的一切，都是之前她想也不敢想的事。

他们用了八年的时间走到彼此的眼前，无论如何，他们终于可以一同迎接明天的太阳。

她没有思索，点了点头："好。"

他的唇边逸出一抹笑容，伸手轻轻地揉了揉她的头发，然后拥住她。

远处的太阳流溢出浅浅的温暖，客厅内两人相拥的身影，在金黄色的光芒中凝成隽永的画面。

第十九章
巴塞罗那的阳光

蔡恩琦的肚子一天比一天大了起来，自从她怀孕以后，每次姑嫂两人一起出门，开车的光荣任务就落到了展若绫的头上。

展若绫的驾驶执照是在北京读大学时考的，但是她真正开车的机会并不多。此时蔡恩琦有孕在身，展若绫心里对司机这项工作越发重视起来。她第一次开展景越的车载蔡恩琦出去之前，还特意拉了展妈妈坐在副驾驶座上，陪着自己在小区里练了几天。蔡恩琦看在眼里，感慨在心里。

有一次两人一同从超市出来，蔡恩琦忽然问起她感情的问题，展若绫心想钟倚已经跟她说过要去他家的事了，便借着这个机会将两个人的事向蔡恩琦和盘托出。

蔡恩琦听到她竟然交了一个男朋友，又是惊讶又是高兴："真的吗？那是好事啊，怎么不早说？景越上次还跟我说来着……"

展若绫想起那时林微澜对自己说的话，讪讪地说："你们没问我，所以我就没说。"

"是啊，应该早点儿问你的。"蔡恩琦点了点头，说道，"等景越回来请他到家里吃个饭吧。"

这天，钟倚像往常一样把展若绫送回家。

在车上的时候，展若绫问他："你爸妈是什么样的人？他们喜欢什么？"虽然她是初次见家长，也知道第一次登门拜访时，最好买些东西。

钟倚一边开车一边回答："放心，你不用操心这些。他们两个人都很好，一定会喜欢你的。我的优良基因都来自他们。"

展若绫装作疑惑的样子四下打量："优良基因？在哪里？我为什么看不见？"

钟倚见她在自己面前一天比一天开心，心里十分宽慰。他微微一笑，停好车之后将她拉入怀中，微微眯起眼睛："真的看不见吗？"

她脸微微一红，凑近他："你是什么时候跟你妈说起我的？"

他假装恼火，危险地眯起眼睛："你没跟你家里人说起我？展若绫，你想让我当你的地下男朋友多久？"

"我之前没机会说啊！上次我大嫂想介绍对象给我，我立马就说了，再不说，我妈肯定得拉我去相亲了。"

钟倚伸手在她的脑门上轻轻地弹了一下："谁让你这么把我藏着，活该！"

尽管钟倚说什么都不用担心，但展若绫还是非常重视。去钟倚家的当天，展若绫特意穿了一条平时很少穿的米白色秋装长裙，又将一头长发绾了起来。

没有哪一个做妈妈的不操心儿子的终身大事，钟妈妈章歆敏也是如此。有时她向钟倚问起来，他不愿多说，通常一两句话便糊弄过去，章歆敏也只能随他去。

章歆敏没想到儿子这么快就带回来一个女朋友，自然是开心的。

钟爸爸在商场上阅人无数,见展若绫相貌温婉清纯,性格淑静乖巧,尤其是眉眼间清澈淡然,是经历时光沉淀下来的,对这个未来的儿媳妇也是非常满意。

八月底,展景越从美国出差回来了。周末那天,展若绫带钟徛回家给爸爸妈妈以及展景越和蔡恩琦看。

蔡恩琦见到钟徛的时候,立时想起了眼前的人是谁,悄悄地握了展景越的手,嘴角边浮起一抹浅笑。

展爸爸记性好,记得去圣庭假日酒店吃饭那晚见过钟徛,当晚对他印象颇为深刻,虽然嘴上没有明说,心里也是很满意的。

展妈妈之前一直操心女儿的终身大事,现在突然冒出一个事业有成且相貌英俊的准女婿,心里自然是一百个乐意。

蔡恩琦有几分好奇地问:"钟先生怎么认识我们家若绫的?"展景越也想问这个问题。

展若绫刚从西班牙回来的那段时间,连门都很少出,现在听他们说竟然已经交往了四个多月,展景越觉得简直可以称得上奇迹了。

钟徛说:"我们两个是高中同学,以前都在N中读书,做过两年同班同学。"

蔡恩琦意味深长地点了点头:"哦。"

展景越握住妻子的手:"同学好!我们两个也是同学。"

一顿饭自然是吃得其乐融融。

吃完饭后,展景越跟蔡恩琦坐了一会儿便告辞回家。蔡恩琦怀有身孕,展景越挽着她慢慢地走到楼下的车库。蔡恩琦上了车后,菱唇抿出一抹笑:"景越,你不觉得阿绫这个男朋友很眼熟吗?"

"怎么了?你见过他?"

"你也见过他的,他就是圣庭假日酒店的CEO。"

展景越一愣:"你是说真的?"

"当然是真的。那次我们去圣庭假日酒店吃饭见过他的,他当时还特意看了我们一眼。我现在想想,他当时应该是在看你。"

展景越略微思索了一下,想起她在饭桌上问的问题,一点即通:"你是说,他认识我?"

"嗯,他可能之前见过你。他那时肯定就知道我们是阿绫的亲人了,否则不会看我们……"蔡恩琦分析得非常清楚。

"可是,他怎么会认识我?"展景越不解。

"他跟阿绫是高中同学,你想想,你以前有没有去学校找过阿绫,或者跟她一起逛街什么的,然后被他看到过?"

"逛街基本没有,我这辈子就只陪你逛过街。"展景越想了想,在脑海里搜索着记忆,忽然想起许久以前的一件事,"你这么一说,我倒是有些印象了……"他将那年去 N 中找展若绫的事说给蔡恩琦听。

蔡恩琦听完点点头:"这么看来,他对阿绫还是很用心的。这下你不用为她担心了吧?"

展景越笑了笑,轻轻地拢住她的肩膀:"我现在不为她担心了,我为你担心。"

生活一下子变得绚丽多彩,像是刚被剥开的荔枝,散发着诱人的甜香。他们像相恋多年的情侣般相处,偶尔也有一点儿小争吵,但是都无损感情。

秋天的气息将整座城市笼罩了起来。国庆节有七天的假期,在酒店这个行业工作的人,向来遇上公众假期便是一年中特别忙的时候,钟徛自然也不例外。几个星期下来,两人见面的时间极少。

十月末的时候,展若绫的公司跟西班牙巴塞罗那的一家上市公司开展合作。为了更好地进行合作,她跟部门其他同事前往巴塞罗那的公司商讨合作细节及进行相关培训。

西班牙几乎算得上是她的第二个故乡,她想过,总有一天她会回西班牙看看,但是没想到会这么快。

正是秋末，西班牙是地中海气候，十一月份的天气并不算非常冷。到了巴塞罗那，展若绫跟几个同事全情投入工作，跟巴塞罗那当地公司的人熟悉业务。一个月的培训学习时间，说长不长，说短也不短。公司专门安排了酒店给几个员工下榻，展若绫每天跟公司的同事到巴塞罗那的公司培训，晚上回酒店休息。

展若绫结束当天的培训后便回了公司安排的酒店，想着上网给钟徛发条短信。

回到宾馆，她就给钟徛发了条短信：今天参观这边的公司，这里比我以前上班的公司大很多。

钟徛隔几天便会给她打国际长途电话询问她的情况，每天都会叮嘱她吃好、睡好、穿好。

在一个月的培训中，展若绫跟几名同事偶尔有空也相约到周围游玩，虽然公费出国的机会难得，但是在国外待上一个月，到后来几个人都开始想念远在国内的亲人。那日中午，几名员工一起吃午饭时商议了回国的事宜，最后决定订四天后的机票。

吃完饭回到房间，展若绫给钟徛打电话，告诉他再过四天就能回去了。西班牙跟中国有时差，国内已经是晚上了。钟徛详细地问了她的航班，问她："你们公司是不是规定你们要一起回来？"

"不是啊，没有规定，只不过一起回去有个照应。"

为期一个月的培训正式结束后，所有人的脸上都露出了轻松的表情，商量着去哪里玩。临行前一天晚上，巴塞罗那的公司给展若绫所在公司的几个员工举行了一个小小的酒会，庆祝合作圆满完成。

敲门声响起来的时候，展若绫看了一眼电脑屏幕右下方的时间，不到九点钟。她以为是客房服务，便走过去打开房门，却不禁愣住。

站在门前的人一身休闲打扮，本就年轻的脸更显得潇洒，修长的身影挡住了走廊的大部分灯光。他的眉宇间浮着淡淡的倦色，一双眼睛却依旧黑亮有神。

房门打开的时候,他的眼中分明亮起欣喜的光芒。

展若绫愣愣地站在原地,过了很久才说话:"你怎么会在这里?"她的声音恍惚得不似自己的。

钟倚一只手支到门框上,唇角微微扬起:"因为你在这里。"

他大步走进来,用脚踢上门,大力抱住她:"展若绫,我想你了,很想见你,所以就飞过来找你!"

展若绫闭上眼睛,使劲抱住他,这样才能证实他是真实的,他就站在自己面前。

她将脸贴到他的脖子上,带着哽咽的声音从喉咙里飘出来:"钟倚,我是不是在做梦?"

"不是。"他的声音温柔得几乎能融化掉一江寒冰。

他的手扣在她的腰上,稍一用力便将她抵在门板上,接着修长的身躯逼近她,漆黑幽深的眸子燃起奇异的光亮。

她忍不住伸出手,摸上他的脸。

她的动作终于使他的自制力宣告瓦解,他低下头,那张英俊的脸在她的眼中越来越清晰,灼热的气息暧昧地拂过她的鼻翼,温热的唇覆到她的唇上面。他的手紧紧地箍住她的腰,吻她的动作不复以往的温柔,充满了占有欲,像是要把一个月来的思念都倾注在这个吻里。

她紧紧地抱着他的腰,脚软得差点儿站不稳。

一个又长又热的吻,长到她几乎以为自己要窒息了,他才终于放开了她。

她仰头看着他,思绪百转,眼中水雾弥漫,最终还是只能抱住他,似乎只有这样他才不会从眼前消失。

钟倚在酒店另外订了一个房间,再出现在她面前时已经换了一身衣服,深色的大衣衬得他越发俊朗瘦削。

他的脸上已经没有了初到时疲惫的神色:"穿好衣服,我带你出去走走。"

展若绫合上电脑,睨了他一眼:"什么你带我出去走走,在这里我比你熟。"

钟偐用力揽过她的身子,英俊的脸凑近她,笑着说:"你信不信我比你还熟?"

她自然不信:"你就吹牛吧!"

本来展若绫跟同事当天中午就要乘坐国际航班回 N 市,现在自然是不能跟公司的同事一起回去了。展若绫向公司的项目经理提出要请两天假,说自己不随同大家一起回去了。

两人到酒店大厅吃早餐,在那里刚好遇上展若绫的两个同事。同事知道展若绫的男朋友千里迢迢地从 N 市飞来西班牙看她,俱是一脸羡慕,相互寒暄过后,都很识趣地没有叫她一起出去玩,跟她打了招呼便出了酒店。

巴塞罗那的阳光从来没有这么灿烂过,一缕缕的光线从云层之中泻下来,就连天空都仿佛染上了明丽的色彩,让人心情大好。

展若绫从来没有这么开怀地笑过,也许是心情好的关系,什么东西她看在眼里都跟过去不一样了。他们就像一对刚刚陷入恋爱的男女,手牵着手在巴塞罗那的广场上散步。

展若绫带着他几乎逛遍了整座城市。她带着他在雄伟的古老建筑群里来回穿梭,走进大教堂参观,在街头的咖啡馆吃东西;他们在街头的广告板前合影留念,买了又长又卷的冰激凌吃,一边吃一边在街头散步。在他们的身后,是络绎不绝的行人。

下午,展若绫带他去以前工作时经常光顾的中餐馆吃饭。他们点了几个家常的菜式,她一边将筷子递给他,一边对他说:"我以前经常来这里吃饭,不过这家店没有马德里那家好吃……"

钟偐手上握着筷子,听她絮絮地说话,唇边带着一抹淡淡的笑,听得认真。

过去的那五年,她一个人在这里,一边想着他,一边在这里生活。

一个人。

展若绫见他只吃了几口就停了下来,不禁问他:"怎么了?吃得不习惯吗?"

"不是,你继续说。我喜欢听。"

展若绫两道秀气的眉毛微微一拧,露出一个灿烂明丽的笑容,映在他的眼中,窗外的街景都仿佛为之失色:"你傻啊,你可以一边吃一边听我说呀!"

她热心地给他布菜:"你尝尝这个,我以前很喜欢吃,周末不用上班的时候经常特意来这里吃。"

她期待地看着他吃了一口,便迫不及待地问他:"怎么样,好吃吗?"

"是很好吃。"钟猗点头,"你以前还去哪些地方逛?"

展若绫回忆了一下,说:"去广场那边的大教堂。一会儿吃完,我带你去那边转转。"

钟猗在酒店订了一间双人房,里面有两个独立的卧室。晚上回到酒店后,钟猗请酒店的工作人员把她的行李都搬到了他的房间。

展若绫洗完澡后便开了笔记本电脑登录邮箱,看经理有没有给自己发邮件。林微澜给她发了一封邮件,她详细回复了林微澜,又将相机上的照片拷贝到电脑上。她忽然想起那日季班跟她说,以前钟猗的手机里存有她的照片,心血来潮,便点开163相册的页面,输入用户名和一串长长的密码,登进相册的管理界面。

以前她发到网上的相片都完整地列在屏幕上,有大一寒假聚会的照片,也有几张她在北外读书时的照片。她忽然来了兴致,一张张地看下去。

那些照片记录了他们的青春年华,时光流逝,如今她再看,感觉已然完全不同。

她看得出神,连钟倚什么时候洗完澡出来都不知道。

电视机开着,电视上播放的是西班牙当地的节目。钟倚的西班牙语水平毕竟无法跟展若绫相提并论,听到电视里一男一女的对话一句接一句地冒出来,问道:"这是什么节目?"

"不知道,我随便换的台。"展若绫随手将遥控器递给他,"你自己看看。"

钟倚从她的手中接过遥控器,换了几个频道,见她一直对着笔记本电脑,便坐到她旁边。这一看,他不由得一笑:"这不是很多年以前的照片吗?怎么突然翻出来了?"

展若绫"嗯"了一声,一只手撑着脑袋,出神地看着屏幕上的少年,想了一下,说:"那时觉得你其实有些时候不像表面那么开心,想问问你是怎么回事,但是一直都没机会……"

"成长的过程中难免会遇到一些不如意的事。"钟倚淡淡一笑,"不过都过去了。"

展若绫关掉页面,想起今天游玩的时候他那一口颇为地道的西班牙语:"你什么时候学西班牙语的?"

他微微收拢浓眉,表情有些不自在,橘黄色的灯光映得他的五官如同下午在广场上看到的雕像般俊朗。他道:"忘了。"

她的心里溢满了感动,又不禁替他感到辛苦,她看了他好一会儿,问:"有没有觉得很难学?"

钟倚圈住她的腰,思索了一下,说:"还好吧。刚开头是有些难,但是很清楚自己在做什么,为什么而学……以前刚去澳大利亚时也是觉得什么都难,后来就好了。"

她看着他不说话,想象着他留学的那几年是怎么过的,不禁有些愣怔。钟倚见她看着自己出神,在她的额头上亲吻了一下:"真的不难。"他拿起放在床头柜上的手表看了一下时间,"这么晚了,睡觉吧。"

展若绫听到"睡觉"两个字，猛然意识到今晚他们要在同一个房间度过一晚，脸"唰"的一下就红了，讷讷地重复了一句："嗯，睡觉……"

钟徛岂会不知道她在想什么，突地凑近她："我本来没想干吗的，不过我现在突然觉得，要是我不做些什么的话，就对不起你这么红的脸了。"他将她锁在怀中，对着她的唇就亲了下去。

他们本来就坐在床上，等她反应过来的时候身子已经躺到了床上，独属于男人的热度从他身上传了过来。她猛然意识到再这样下去会出问题，虽然平时也被他抱过亲过，可是像现在这么亲密的行为，却是极少有的。这么想着，她身子不禁一僵。

下一秒她却听到头顶响起他带着一丝疲惫的声音："我向你保证，我什么事都不会干，你也不要乱动，乖乖地让我抱着就好。"

说话的同时，他稍稍收紧了双手。

"我不动，你睡吧。"展若绫想起他明天还要回去参加一个会议，赶紧说。

钟徛低低地笑了一声，调整了一下胳膊，让她可以躺得更舒服些："也不至于这么夸张，你也不用像块石头那样僵着，明天起来会很难受。"

她乖乖地缩在他怀中。今天他们几乎一直在不停地走，这么玩下来，她也觉得很累，过了不久就沉沉地睡了过去。

翌日早上她是被钟徛叫醒的，他们到机场乘坐早上的航班回国。上了飞机后，她依然觉得这是一个完美的梦境。

展若绫是第二次坐头等舱，两次的心情完全不一样。

钟徛一回去就马上要主持一个会议，上了飞机后就打开笔记本电脑看开会要用的资料。

飞机起飞后，展若绫便习惯性地趴到了舷窗上，透过飞机的舷窗望出去，云层里尽是阳光。

她看了钟徛一眼，他正全神贯注地对着笔记本电脑看一份财务报表,目光偶尔在某一处停下来,神情认真,五官英俊得让人无法正视。都说男人工作的时候最好看,这话是很有道理的。

她心里暖暖的,收回目光,转头继续望向舷窗外的蓝天白云。温暖而耀眼的阳光,一缕一缕地照进心房,让人心情大好。

钟倚抬起头,就看到她聚精会神地望着外面,阳光在她上扬的唇角上跳跃。他将笔记本电脑收起来,然后将她的头扳向自己,皱着眉说:"太阳光伤眼睛,不要看太久。"

展若绫"嗯"了一声,将目光转回来。阳光清浅地落在他的脸上,他的目光里满是宠溺与爱恋。

钟倚将她的手纳入自己的掌中摩挲,与她十指相扣:"在想什么?"他的手握住她的,将温暖也一并传了过来。

展若绫摇摇头,抓过他的手掰开来,顺着他的指关节挪开:"没想什么,就是觉得很开心。"

幸福的滋味在两手的缠绕中悄然滋长。

他笑了一声,反扣住她的手,将她的手执到唇边轻轻地吻了一下,目光中是无尽的温和。他慢慢地将她的头揽到肩膀上,低声问:"要不要睡会儿?还要十几个小时才降落。"

坐国际航班不能算得上是一种享受,飞机上的空间本就狭小,一直这么坐在座位上,几个小时的航程常会让人浑身僵硬。

展若绫摇了摇头,仰起头来,目光温柔地看着他:"我不困。我们随便聊点儿什么吧?"

他一口答应:"好。你想聊些什么?"

"随便。"

"展小姐,你还真是好伺候!"

他们漫无边际地聊了很多内容,展若绫忽然回忆起那次与余知航一同坐商务舱的经历:"我上次坐商务舱的时候,旁边的男人长得很帅。"

钟倚挑了挑眉,问:"然后呢?"

"那时看着他，就忍不住想着，你到底变成什么样子了……"她实话实说。

钟徛一愣，没想到会是这么一个答案，笑容缓缓地从唇边漾开，蔓延到脸上，晕开一抹幸福的微笑。

"后来我跟他聊了很久，成了朋友。"

他心情太好，也不介意她后来说的内容："你在这边的朋友多不多？"

"十几个，不多。有一半是读硕士那时认识的华人留学生，还有几个是后来工作认识的西班牙同事。"

两人闲扯了十来分钟，展若绫抬起头，轻轻地对他说："钟徛，谢谢你！"

钟徛明白她在说什么，轻轻扬了扬嘴角："傻瓜！没什么。"

他揽住她肩膀的手加大了力量："展若绫，我很遗憾以前没有陪在你身边，如果我能发现得早点儿……"

他显然不习惯说这样的话，不知道如何接下去，不禁微微皱起眉头。过了几秒他才继续说下去："但是，我希望能让你以后都开开心心的。"他从来都是不善于示弱的人，不管遇到什么事都只是自己一个人去处理。高三那时面对高考失利这样的大事，他也只是一笑而过，现在却平静地对着她说出这样的话。她心里的震动远远大过那日晚上在海边的触动，点了点头："我已经很开心了。"

回想起当初独自一人乘坐飞机回国的情景，她不禁伸手摸了一下舷窗，暖融融的，那股热量沿着掌心一直流向心脏，带得整个身子都暖和起来。

展若绫收回目光，抬头迎上他的视线："其实这种事没有什么对或者不对，毕竟我是心甘情愿的。不管结果如何，我早就想过了。"

钟徛心中一震，微微收拢了双手："幸好，一切还不算太晚。我们还有一辈子的时间。"

"是啊。"

他笑了笑，轻轻将吻印在她的秀发上："先睡一会儿。"

机舱外是一片灿烂的阳光，金色的光芒在云海里尽情地流动着。她终于知道，从今以后，这个曾经承载了她许多孤独与寂寞的国度，将成为她这一生中最具有意义的回忆的载体。

第二十章
经年留影

秋天一晃而过,很快就到了冬天。

蔡恩琦临近预产期,住进医院等待分娩,入院两天后就被推进了产房,展妈妈和展景越都在医院陪同。蔡恩琦在产房里奋斗了五个多小时后,终于顺利生下了一个健康的男婴。

翌日,展若绫趁着中午休息的时间,跟钟倚一起去看望蔡恩琦和婴儿。

蔡恩琦休息了一天,气色已经恢复得差不多了,正坐在床头喝展妈妈从家里带来的补汤。

展若绫凑在展妈妈旁边看刚出生的婴儿:"真可爱!宝宝长大以后一定很好看。"

展景越坐在蔡恩琦旁边,得意扬扬地揽住妻子的肩膀,说:"那是当然,我们两个的基因都很好。"

"知道了,知道了。"展若绫向哥哥笑了笑,然后拉着钟倚的手,示意他看婴儿的动作:"你看,他的脚还会动,好可爱!"

蔡恩琦看了她跟钟倚一眼,脱口而出:"真觉得可爱的话,那还不简单——你们也生一个不就得了？"

展若绫脸涨得通红，而站在她旁边的钟徛则泰然自若地点头："会的。"

这个人……

展若绫暗暗地掐了他一下。他似乎早就预料到了她的反应，精准地扣住了她的手，她怎么挣也挣不开。她心里又窘又急，这倒变成她自投罗网了。

展妈妈在一旁附和："对啊，阿琦说得有道理。"

两人又在病房待了一会儿，上班时间快到了，便携手离开。

出了住院部大楼，他看了她好几眼，展若绫被他看得不自在，问道："干吗？"钟徛笑了笑，握住了她的手："展若绫，我们也生一个孩子吧？"

医院里人来人往的，有几个人经过他们身边，听到他的话，脸上都露出欣羡的笑容。展若绫的脸"腾"地就红了，她一把甩开他的手往前走："你胡说八道些什么！"

"我是说真的。"钟徛追上她，重新握住她的手，笑容朗朗如头顶冬日的阳光，"你认真考虑一下这个建议。"

"这么没营养的话，直接过滤掉得了！"

"你真的不考虑一下吗？"

"没结婚就生孩子？你自己去生！"

他扬起眉毛，一本正经地说："我也想啊，可是我一个人怎么生？"

她脸更红了，干脆不理他，直接走向停车的地方。

钟徛见状只是一笑，依旧握住她的手，她挣不开，便也由着他了。

上了车，他却没有马上开车，而是倾过身去。展若绫警惕地将身子往后一靠："你要干吗？"

"帮你扣安全带。"钟徛见她紧张成这个样子，忍不住就是一笑。"咔嗒"一声，安全带顺利地扣上了。她的脸不争气地红了。

他再也压抑不住笑，俯到方向盘上，毫不掩饰地笑出声来。

展若绫推了他一把："还笑！再笑我不理你了。"说着她重重地靠到椅背上。

钟徛收住笑容,坐直身子:"好,我不笑了。"他虽然这么说,可是眼角眉梢的笑意源源不断地流泻出来。

展若绫见状,一下子没忍住,"扑哧"一声笑了出来。

他凑过来,伸手将她揽入怀里,温热的气息绕在她的耳畔:"不是叫我不要笑吗?那你自己在干吗?还笑得那么高兴?"

气氛突然变得旖旎,心中情意缠绵,她忍不住伸手抱住他。

过了许久,车厢里响起他的声音:"展若绫,我们结婚好不好?"展若绫听了不禁一怔,没有立刻回答。

他松开她,也不说话,有那么一会儿,舒适的车厢里只能听到彼此的呼吸声。

半响,展若绫咬住下唇,红着脸问他:"怎么突然说这个?"

钟徛一脸镇静:"我已经想了很久了。只不过刚才看着你哥哥跟大嫂,我觉得我们也可以像他们那样,那结婚也不错……不过我想好了,我们先这么过几年,到时再生孩子。"

展若绫想起他刚才说的话,虽然很不好意思,还是狐疑地问他:"为什么?你刚才不是说……"他刚才不是这么说的。

钟徛将她的手抓到自己的掌中把玩,很认真地说:"我在想,我们分开那么多年,说什么也得好好享受一下二人世界,孩子的事嘛,以后再想。"

"可是,我哥跟我大嫂谈了六年恋爱才结婚,加上之前认识那一年都有七年了,我们……"展若绫犹豫着说下去,"我们这样,算不算闪婚?"

他用手指轻轻弹了一下她的额头,跟她分析:"展若绫,我们已经认识十二年了,绝对不是闪婚。你算算看,你哥跟你大嫂认识了七年就结婚,我们比他们多认识了整整五年,也就是两千多天。"

展若绫好笑地看了他一眼,扬起眉毛:"这跟认识多久没有关系吧?应该是算从恋爱到结婚用的时间。"

"那我们也相恋很多年了，只是之前彼此没有明说而已。"

他显得相当有耐心，漆黑的眸子深深地望进她的眼里："好不好？"

她看着他的眼睛，缓缓地问："你是认真的？"

"比珍珠还真！"他执住她的手，郑重许诺，"你考虑一下怎么样？"

她用力点头，伸手主动圈住他的脖子："好！"

这回轮到他愣住了："你说什么？"

她看着他，坚定地重复："我说，好！"

他的脸上漾开一抹明亮的笑容，他用力地箍住她的腰，心里充溢着一种无法言说的感觉，在她的耳边低喃："展若绫……"

结婚后，他们要搬到新房去住，展若绫在公司附近租的公寓自然没必要续租了。

婚礼前半个月，钟倚去她的公寓帮忙收拾东西。她有不少物品还放在展家，公寓里的东西并不多。两人一件一件地收拾，偶尔停下来说一会儿话，倒很闲适。

到了下午，该整理的东西已经被整理得七七八八。

钟倚随手拿起她的钱包翻开，意外地看到钱包夹层里的一张纸片，心中一动，忙问："这是什么？"

纸片是米黄色的，只有普通纸币的一半大小，很薄，从上面的折痕来判断，应该由来已久。

不过这都没什么，关键是纸片上的一行字：钟倚一生平安。

展若绫正在收拾以前买的西班牙语原版小说，听到他的问话，转头看到他手中的东西，脸颊浮上一抹红晕："生日祝福语。"

钟倚坐到她旁边："什么时候写的？"

她试图蒙混过去，决定跟他装傻，嘴里说着"我哪还记得"，将视线移回书本上。

他将她手中的书抽出来，随手放到旁边的沙发上，使劲抱住她，附在她的耳边说道："别装了，你肯定记得的。"暖热的气息直接喷在她的脸颊上。

那种架势似乎在向她表明，如果她不说，他就坚决不放手。

展若绫被他禁锢住了，动弹不得，心想反正都快结婚了，说出来也无妨。她这么想着，便将茶几上的书推到一旁，坐到沙发上，在脑海里回忆着："三年前吧。"

"再说详细一点儿。"

"就你生日那天，我刚好去外面给我爸妈和哥哥寄东西，想起那天是你生日，就顺便在卡片上写了这句话……"

他将下巴搁在她的肩膀上蹭着，手依旧环着她的腰，久久不语。展若绫跟他靠了一会儿，忽然想起季琎那时说的话，好奇心起："我听季琎说，你以前的手机里有一张照片……"虽是这么说，但是她心里也没底，不知道他现在还有没有留着那张照片。

钟徛微微皱起眉头，表情有些不自在。

展若绫一看他的表情就知道照片一定还在，继续缠着他："给我看看好不好？就看一下嘛！"

他到底还是将手机递给她："自己找。"

她圈住他的脖子，软声哀求他："你的手机太先进了，我不会用，你帮我找好不好？我就看一看，很快的，一下子就好了！"最后她将手一紧，威胁他说，"你不帮我找出来的话，我就勒死你！"

"就你？"钟徛轻轻一笑，将她扯到怀里，"展若绫，我发现你现在是越来越有幽默感了。"

虽是这么说，他到底还是帮她把照片调了出来。

那是他们大一那年寒假聚会时拍的照片，可以看出是在餐厅的包间里拍的，她跟他都在照片里面。因为是用手机拍的，加上时间久远，照片并不是非常清晰。

从照片上来看，似乎是有人在叫她，她恰好回头。拍摄者抓拍得十分到位，将她回眸那一瞬间生动地展现在照片上面：她将头转了过来，一只手搁在桌子上，明眸带笑。他坐在她后面的沙发上，跟她隔得有点儿远,但是照片的角度取得非常巧,拍摄者刚好将两个人拍到了一起。

她看着手机屏幕上的照片久久不语,眼里开始有水雾弥漫,视野也变得模糊不清。

这是一张真正意义上属于他们的合影,这么多年来,他也不知换了多少部手机,却一直保存着这张照片。

那些年在心中纠缠不去的思念,似乎都在照片模糊的影像中生出具体的轮廓来,那是在心上缠绕着的最柔软的丝线。

她眼圈微微一红,轻声问:"谁拍的?"

"廖一凡,还能有谁?"钟倚的思绪也随着飘回到若干年前的那个寒假。他当时也没想什么,就把照片保存了下来,后来几次换手机都没舍得删掉。开始他是因为没想过要删,后来则是将其当作了一种信物,就这样一直留到了现在。

柔情在胸中不住荡漾,她不知道该说些什么,于是只好圈住他的脖子,低低地叫他的名字:"钟倚……"

老天对她真的太好了,在这一年,把什么都给了她。

钟倚揽着她,手掌轻轻拍着她的肩膀,并没说话。他想起还在澳大利亚那时,偶然翻出这张照片,还曾在脑海里想象过她变成了什么样子。

光阴荏苒,这么多年以后,他跟她终于可以坐在一起看以前的照片。

正是初夏的光景,阳光从室外照进来,依然灿烂,一如多年前那个寒假的午后。那时他在广场上向班里的同学告别,他还记得,她当时站在一群同学当中,身后也是一片灿烂的阳光。

那个画面,一直在他的脑海里萦绕。

经年留影。

【全书完】

257

番外一
关于程忆遥

从咖啡厅出来后,程忆遥跟展若绫分别,走到车站等车。

两年前的回忆,连同高中那些零落而单薄的片段,在她的脑海里回旋着,渐渐变成一幅幅清晰的画面。

高中三年,展若绫和钟倚都曾经是她的同桌。每次程忆遥回忆高中的日子,都会自然而然地想到这两个人。

展若绫是程忆遥读高一时的同桌,也是程忆遥高中三年里印象最深刻的一位同桌。

升上高中后,程忆遥期盼着能考上一所好大学,想专心学习,每天埋首题海。展若绫也是一个很安静的人,从来不多话,但是大家一起聊天的时候,她偶尔也能兴致勃勃地加入。

程忆遥在心里对这个同桌十分满意。

展若绫性格虽然不算非常活泼,却是一个开朗的女生,作为她的同桌,程忆遥非常清楚。

转折点出现在高一期中考过后的那个星期。程忆遥从班主任那里知道同桌出了车祸，原想去医院看望同桌，班主任对她说："展若绫住的那家医院比较远，而且她家里现在有点儿事，还是暂时别去了吧。"

第二个学期开学后，展若绫回学校继续上课，学习很用功，虽然跟程忆遥说话时依旧尽力保持乐观的说话风格，却总在不经意间露出郁郁寡欢的表情。

程忆遥看得出来，那场车祸在她身上留下了印记。

程忆遥心里暗暗猜测：也许是展若绫的膝盖出了问题，导致她没法上体育课，因此她产生了自卑感。

高二第二个学期，在那一次（6）班的座位大调换中，钟徛成为她的同桌。

高一那一年，程忆遥一直对钟徛没有什么好感。

那时程忆遥是（6）班的学习委员，钟徛有时不按时交作业，平时也几乎从来不主动跟女生说话，只偶尔跟坐在他前面的裴子璇有交流。程忆遥一直在心里觉得这个男生很嚣张、很高傲。

但是，同班一年下来，程忆遥又觉得其实钟徛并没有想象中那么难相处，不算嚣张，只是活得比较洒脱，有时还很孩子气。

即便如此，他这样活力四射的男生成为自己的同桌，也没法让她放松，她心里一百个不乐意。

不过，让程忆遥从来没有想到的是，跟钟徛相处远比她之前想象的要简单。

课间，钟徛非常活跃，跟几个男生谈天说地；到了上课时，除了偶尔几次在语文课和化学课上冒出几句"经典名言"，其余时候还是比较安静的。尤其是自习课，他会静静地坐在座位上做作业。每当此时程忆遥会突然生出一种感觉：原来此前真的看错人了。

但是，每次数理化科目的单元测验都让程忆遥感到很郁闷。钟徛做题的速度非常快，她才做到一半，他已经把最后的大题解决掉，然后就无所事事起来。

其实，程忆遥很羡慕这样的人——头脑聪明，不需要怎么用功就学得比一般的学生好。可他有时一交完卷就跟几个男生聊天，这一点让程忆遥特别难以容忍。

程忆遥一直觉得，学习就应该认认真真，所以，每次钟倚跟别人聊天的时候，她都会暗暗在心里祈祷班主任再换一次座位，让她尽早脱离苦海。

那时，展若绫坐在程忆遥前面，课间，程忆遥有时喜欢跟展若绫聊天，而钟倚很喜欢捉弄展若绫。在这件事上，程忆遥一直都很佩服展若绫。

她很乐观吧？她被钟倚那样欺压，还能保持温和淡然的态度。程忆遥想，如果换成自己，在那样的情况下自己肯定二话不说就跑去向老师投诉，而不是继续任由钟倚欺压。

上了大学后，程忆遥再回忆高中的日子，以一种客观的态度回首往事，对钟倚也有了不同的看法。其实他的内心不像外表那么简单，但也不深沉，偶尔嘴里冒出来几句有深度的话，让程忆遥暗暗惊诧。

有时，钟倚说出一句比较有深度或者黑色幽默的话，程忆遥要过十几秒才能反应过来并明白他的意思。等领会其中的意思时，她就会忍不住发笑。每当这个时候，钟倚就会莫名其妙地看向她，表情非常不解，又似乎觉得她的行为很诡异："你笑什么？"

程忆遥只能跟他摆手："没事没事。"她总不能跟他说，她才想明白他之前那句话的含义吧？而钟倚只是无奈地看她一眼，什么也不说。

程忆遥忍不住想，说不定他觉得自己很诡异。但是这不能怪她啊，他有时损人很有深度，她不仔细想根本就没法领会。

上大学后，展若绫偶尔会跟她联系。

在这一点上，程忆遥有时觉得自己挺对不起展若绫的：常常是展若绫给她发信息和邮件，而她很少主动联系展若绫。

展若绫有时会给她发一些冷幽默的邮件，偶尔附件里会附上一两首歌的试听链接，还有一些比较有意思的图片和视频的链接。这样的邮件倒不需要每封都回复，虽然有些邮件是别人发给展若绫后展若绫再转发给自己的，但她心里还是暗生好感：

这个曾经的同桌，一直这么记着她，这让她感到非常开心。

有几次，程忆遥在大学城里碰到钟徛，他看上去比高中时多了几分成熟，眉眼清俊。

程忆遥没想到，高中时那个时不时在课堂上有惊人之语的男生会变得如此气质冷淡。

有一两次，她远远地望着钟徛，心里忍不住想：不知道他是不是被高考失利打击到了，以至变得这么冷淡。

但是后来她又发现自己多虑了：每次同学聚会的时候，钟徛一如既往地能说会道，常常一句话就能把廖一凡等男生损得体无完肤。

程忆遥想，大概他在熟人面前才会露出自己的真实面目吧。

大二第一个学期的后半段，程忆遥听说钟徛交了一个女朋友。

她倒没有太惊讶。上了大学，谈恋爱似乎成了一门必修课，大概是大家高中过得太压抑，以至上了大学后，很多人的目标都是谈一次恋爱。以钟徛这么出色的条件，他要找女朋友根本不成问题。

有一次她去食堂吃饭，看到钟徛跟一个女生一起用餐。

程忆遥特意看了那个女生几眼。那个女生长得颇为高挑，眉眼十分干净，看起来很舒服，虽然没有裴子璇漂亮，但是气质清爽怡人，一看就属于平易近人的那种。

钟徛跟她面对面坐着，偶尔抬头跟她说几句话，两人之间并没有太多情人之间的亲昵举止，反而像是一对相交甚笃的好友。

程忆遥暗暗在心里估计，他们可能是从朋友发展起来的。可是她的心里也很奇怪：钟倚跟裴子璇也是很好的朋友，为什么就没有发展成为男女朋友呢？

那几天，程忆遥上QQ，（6）班群里几个同学在八卦钟倚的女朋友——一个名叫季琲的女生，环境科学与工程学院的学生。

程忆遥上QQ从来都是隐身的，偶尔看他们聊到热闹的地方才会冒出来插上几句话。

跟群里的人扯了几句八卦，程忆遥才恍然忆起，大一第一个学期时，裴子璇偶尔还会在（6）班的群里说话，从第二个学期起，裴子璇就基本没再说过话。

她想起高三那段时间，裴子璇经常跟钟倚和廖一凡一群男生一起打球。那时她隐隐觉得，钟倚是有几分喜欢裴子璇的，毕竟他们两个人看上去也算得上是赏心悦目的一对。直到此时，程忆遥才发现自己猜错了。这么说，裴子璇跟他没有机会发展了。

有一次她在图书馆外遇到钟倚，他独自一人，穿着一件黑色T恤衫，整个人气质非常清爽，简单中带了几分阳光的气息。

程忆遥跟他打了招呼后，忍不住问他："你怎么一个人，没跟你女朋友一起啊？"她蓦然想起，这几次在大学城里看到他，他似乎都是独自一人，要不然就是跟几个男生在一起，完全不像一个已经有了女朋友的男生。

他只是淡淡地笑了笑，神情中带了几分漫不经心："你不也是一个人？"

一次偶然上QQ，程忆遥发现季琲又成了（6）班那群男生的八卦对象。程忆遥将群里男生的对话一句句看下来，终于解除了心中的疑惑。

季琲跟钟倚竟然一点儿关系也没有，只是她用来拒绝某个男生追求的借口。班长那句话无疑最能说明问题：季班那时想找廖一凡帮忙，不过廖一凡在越秀校区，而且又有女朋友了，很不方便，所以就请我们英俊潇洒的钟倚出面了！

廖一凡跳出来自吹自擂：如果我出面的话，保证两天就能搞定！

屏幕上是言逸恺毫不客气地打出的一行字：严重抗议某些人趁机抬高自己身价的行为。

坐在电脑前的程忆遥无声地笑了：这帮男生啊，真是一个比一个幽默。

大三开学后，程忆遥就再也没有在大学城里见过钟倚。后来她偶然登录QQ，跟几个高中同学聊天，才得知他已经去了澳大利亚当交换生。

大三那个夏天，他们几个在广州读大学的N中老同学见了一次面，远在越秀校区攻读医学的廖一凡也到大学城参加聚会。在那次聚餐中，程忆遥认识了简浩，经过几个月的接触后，两人开始正式交往。

本科毕业后，程忆遥申请了去新加坡留学，在等签证的那段时间收到了展若绫的短信：我下个星期就去西班牙留学了。

程忆遥心里忽然生出一种别离的情绪来。

这一两年，她周围的同学出国的、考研的、工作的，各种各样的都有，每个人都在走各自的路，各有自己的精彩人生。她颇为感慨地回复展若绫：等你回来的时候，都不知道我们会变成什么样子了。

过了几分钟她收到展若绫的回复：是啊，也不知道到时还能不能见面。

程忆遥回忆起前几天跟言逸恺聊天的情景，告诉同桌：我上次跟言逸恺聊QQ，他还提到了你。

展若绫的回复只有两个字：是吗？

很简单的两个字，却让程忆遥蓦然读出一种寂寥的味道来。

在新加坡留学两年后,程忆遥回到 N 市工作。这个时候,简浩也早已读完研。那年陆续有几个同学留学归来,却不包括展若绫。

翌年的国庆节假期,程忆遥和简浩去了海南三亚旅游,回来的时候正好赶上高中的同学聚会,她遇见了已经几年没见面的钟徛。

那时,钟徛已经从澳大利亚回来半年了,正式进入圣庭的管理高层,算得上是他们一群老同学里成就最为瞩目的人了。

十几个老同学围在一起,回忆了一下学生时代的趣事和八卦旧闻,几个出国留学的人讲起自己在海外的留学生活与见闻,也有聊最近的生活和工作的。

廖一凡和言逸恺都跟简浩甚为熟悉,程忆遥不免被他们扯到了话题中心。她向来不习惯跟闺密以外的人聊感情问题,便用几句话应付过去,然后躲回角落跟两个女同学聊天。

服务员进来换饮料的时候,包间里响起一阵旋律,廖一凡侧耳听了一会儿,笑道:"《岁月如歌》?这首歌已经很老了……"

程忆遥突然想起那个远在伊比利亚半岛生活的女子,随口说道:"我记得展若绫很喜欢这首歌。"

那是读大学时的事了,寒假时她有几天心情非常不好,收到展若绫的邮件,网页链接里有这首歌。展若绫偶尔给她发邮件,会把喜欢的歌曲链接一并发过来,推荐给她听。后来她每次听到这首歌,都会不自觉地想起那个善解人意的高中同桌。

言逸恺闻言说道:"我都好久没有看到展若绫了,这几年同学聚会她每次都不来。"

廖一凡也说:"是啊,如果有她在,一定会很热闹。"说着,他别有用心地看了包间最里面的人一眼,问道:"是不是啊,钟徛?"

昏暗的灯光下,钟徛微微眯起眼睛,唇边抿出的笑有几分不自在:"应该是的。"

程忆遥听着他们的对话,觉得莫名其妙,过了很久才发出声音:"她又不在国内,怎么可能来参加聚会?"

在座的十几个人无不露出惊讶的表情，而包间最里面的人迅速地转过了头，黑眸里闪过的那一丝几不可察的光，也被昏暗的光线吞没。

"她去西班牙了啊！"程忆遥见状，越发感到惊讶，脱口而出，"她去了三年了，你们不知道吗？"

言逸恺若有所思地看了钟倚一眼，问道："什么时候的事？"

"就大四那年暑假，她一毕业就去了西班牙，去那里读硕士。"

言逸恺一怔："她都没跟我们说。"

程忆遥恍然，只有她知道这件事——原来展若绫把自己看得这么重要，只把出国留学这件事告诉了自己。她喃喃地说："我以为她跟你们说过了……"

"程忆遥，她跟你有联系吗？"问话的依旧是言逸恺。

"当然有啊！她出国之前还经常给我发邮件，前几个月她哥哥结婚她回来过，还给我打过电话，不过她只待了几天就又走了……"

话音未落，一个声音突兀地插了进来："哥哥？"语声冷硬，寒如冰刃，像是要把空气硬生生地劈成两半。

程忆遥心里一惊，循声看向钟倚。

包间里的光线有些暗，但是她清楚地看到，他的脸上如同覆了严霜，而他周围的空气亦仿佛凝固了一般。

他张开薄唇，沉声追问："什么哥哥？"他语声冰凉，每个字都蕴藏着莫名其妙的力量，仿佛暴风雨来临前的大海，波涛汹涌。他的脸部的线条紧绷着。

程忆遥第一次看到钟倚露出这样的表情，那种气势让她不由自主地暗暗打了个寒战："亲哥哥。她那时给我打了个电话，说她哥哥结婚，她回来参加婚礼，然后又回西班牙了。"

"亲哥哥。"钟倚缓缓地重复着，唇边的笑容说不出地凄冷。程忆遥看到，浓浓的暮色中，他的眉宇间只剩下冷淡。他手腕上的那块机械表在灯光的照耀下折射出耀眼的光芒，映得他的脸越发落寞。仿佛有黑云压下来，包间里的气氛突然变得有些沉重。言逸恺若有所思地看了钟徛一眼，问道："她过得怎么样？"

程忆遥摇了摇头："这我就不太清楚了，她从来都不提自己过得怎么样……"

她却发现不知道从什么时候开始，钟徛又转过头来，正看着自己，目光中夹着一丝难以描述的落寞："她一直都跟你有联系？"

"不是。"说到这里程忆遥也有些惭愧，"就那一次她回来给我打了个电话，现在基本没联系了。"说话的同时，她小心地观察着钟徛。

他的目光迅速沉静下来，他再度望向窗外，神情淡漠，仿佛什么事都没有发生过一样。

廖一凡跟言逸恺等人面面相觑，都不知道到底发生了什么事。

程忆遥很快就把那次同学聚会忘掉了，但是她没想到在一个多月后的某天，自己会接到钟徛的电话："程忆遥，我是钟徛。有没有空一起吃顿饭？我想麻烦你帮我一个忙。"

程忆遥走进包间的时候，看到钟徛站在窗户边，出神地望着窗外，眉毛拧在一起，似乎在沉思。

他穿着一件黑色的衬衣，衬衣的料子很好，更衬得他五官英俊、侧影挺拔，远远看上去，仿佛一株绿竹立在树林的最深处。

钟徛转头就发现了她，等她坐下才落座。

程忆遥端起柠檬水喝了一口，暗暗在心里思忖着他突然约自己出来的目的。虽然她跟他曾经是同班同学，而且还做过同桌，但是他们几乎从来没有像今天这样单独面对面地坐着聊过天。

钟徛也没有让她等太久，直截了当地说："程忆遥，你有没有展若绫在西班牙的电话号码或者别的联系方式？"

程忆遥以为自己听错了，呆呆地看着对面的男子说不出话来，努力在脑海里消化他所说的内容。

在他耐心的注视下，程忆遥才缓缓地开口，声音有些迟滞："没有，她去了西班牙之后就没有再用以前的号码了。我那时去了新加坡，我们基本没怎么联系过，只除了那次她回来给我打电话。"

"你不是说她经常给你发邮件？"

他的声音非常平和，已经全然没有了那次聚会时的森冷与阴郁，取而代之的是冷静与自持。

程忆遥点头，端起刚被送过来的咖啡喝了一口："是。可是，那是读大学时的事了。她那时经常会给我发邮件，去了西班牙之后我们就很少用邮件联系了。而且，我从新加坡回来之后，基本上就没有收到过她的邮件，我估计她已经不用以前那个邮箱了，所以后来我也不再用那个邮箱了。"

他似乎早就预料到了这个结果，神色缓了缓，接着问："你有她的邮箱地址吗？"

程忆遥不明所以地看了他一眼：既然展若绫现在已经不用那个邮箱了，他问来又有何用？

尽管如此，她还是点头："有。"

她从口袋里掏出手机，上网登进邮箱，点出一个邮箱地址。

钟徛拿过她的手机看了很久，黑眸里沉淀着不明的情绪，最终只是轻轻地向她点了点头，将手机还给她："好。谢谢！"

程忆遥收起手机，听到他又问："你说她以前经常给你发邮件……"

他顿住，看着她。

"对。"

他一脸平静地问："那些邮件，你还保存着吗？"

"有些还留着，有些删掉了。"

他手指轻轻地叩着桌面，眸子里有怅惘，还有一种时光积蓄的沉着："我有个请求，能不能请你把那些邮件的内容告诉我？"他声音平淡，语气却真挚无比。

程忆遥没有说话，看着眼前这个人，心中五味杂陈。

几个月前他接管圣庭假日酒店，在众多校友眼里成为炙手可热的人物。媒体在报道中提起这个年轻的 CEO 时，说了很多赞美的话。

程忆遥有一次在杂志上看到媒体对他的描述，心里产生一种难以置信的感觉：这个人曾经跟自己在同一间教室读书，曾经跟自己同桌了一年多的时间。

高考的意外失利、几年的留学生活真的让这个她记忆中青涩的男生改变了许多，那个曾经在课堂上冒出惊人之语的男生迅速从记忆里退去，变成眼前这个彬彬有礼、一举一动无不得体的成熟男人。

这么一个出色的男生，如今已经管理着一家酒店，站到了一个前所未有的高度。而他，竟然一直喜欢着那个远在西班牙生活的女子。如果不是今天他约自己见面而且开门见山地说了这么多，她或许永远都不知道。

"钟绮，我可不可以问为什么？"程忆遥收回思绪，缓缓地开口，"你知道，那些邮件是展若绫发给我的，我不能随便把里面的内容告诉别人。"

他一只手搁在桌子上，星眸一动不动地看着她，眼神深沉如墨，语气中带了说不尽的涩然："我知道。程忆遥，如果我现在能找到她的话我也不用坐在这里了。"略作停顿后，他又说，"程忆遥，我跟她之间的关系没有你想的那么简单，我们……"

他没有再说下去，伸手抚上额头，嘴角扯出一抹孤寂的笑，似乎是在自嘲："我不知道应该怎么说。不管怎么样，我想知道她的一切，就是这样。我希望你能帮我一下，如果可以的话，如果哪天她联系你，请你务必告诉我。"

程忆遥无言地望着他。

这个曾经意气风发、恣意张扬的男生，也会露出如此萧索寂寥的表情。这一刻，他只是一个失去所爱的男子。

程忆遥忽然被他折服，想了一下对他说："钟绮，你把你的邮箱地址给我，我直接把邮件转发给你吧，反正都是很平常的话题。"她想，那个远在西班牙的同桌一定能理解她的。

他的眼里飞速燃起一道光，明亮得耀眼："谢谢！"他是那么诚挚，那么如释重负。

程忆遥走出包间的时候，忍不住回头看了一眼。他还在那里坐着。寒风从窗户灌进来，他凝眸望着窗外，神色说不出地专注，却也说不出地寂寥。

回到家，程忆遥休息了几分钟就打开电脑，登进大学时期用的那个邮箱。所幸以前的邮件都还保留着。

程忆遥对照着便笺纸，输入钟徛的邮箱地址，将展若绫发给她的邮件全部转发过去。

晚上，她跟简浩吃饭的时候，忍不住把下午的事讲述给他听："太出乎我意料了。"简浩认真听完，倒没有太惊讶："你为什么会这么意外？你以前不是跟我说过他们是欢喜冤家吗？"

程忆遥摆了摆手："可是那是高二的时候……你想想看，他们平时一点儿迹象也没有，突然这样，我能不意外吗？"

那次在包间里，他说"哥哥"两个字时的脸色太恐怖了，跟她印象中那个嬉皮笑脸、玩世不恭的男生相差太大，程忆遥至今仍然记得。

简浩问她："你把所有邮件都转发给他了？"

"嗯。只要是没删掉的都转发了。"程忆遥吁出一口气，"他们都是我同学，我当然希望他们可以在一起。我也不知道有没有用，能帮多少就帮多少吧！"

简浩听完也不禁感慨，凝神思索："我想，钟徛以前应该喜欢她吧，可能那时高考失利没敢跟她说，以致变成了现在这样。"

程忆遥点头："我猜也是这样。"

"我们真是太幸运了。"简浩执起她的手包住，"虽然出国分开了两年，但是没有错过那么多年。"

"是啊。"

过了一会儿,简浩又问她:"那时他们有没有特别亲近?"

"没有啊!"

这就是让程忆遥最百思不得其解的地方:"他们说话也不多,常常是当着全班同学的面说的。后来我们高三分班,展若绫选了历史,不跟我们在同一个班,他们私下相处的时间绝对不多。后来上大学,展若绫去了北京,钟倚跟我们都在中大读书,他们见面就更少了。展若绫大二那年去了古巴当交换生,连寒假也没回来。如果他们私下没约出来单独见面的话,应该没什么机会见面。"

简浩听完也是一怔:"那他们岂不是很久没见面了?"

程忆遥叹了一口气:"对啊。我想想……从大一那次聚会之后应该就没再见面了,现在都差不多六年了……不过,我看钟倚是下定决心要一直等展若绫回来了。我都不知道他哪里来的信心,说不定展若绫在西班牙已经有男朋友了……"

程忆遥在感慨之余,也非常钦佩钟倚:展若绫还在西班牙待着,什么时候回来也说不准,他这样等,要等到什么时候?

番外二
他一直都知道

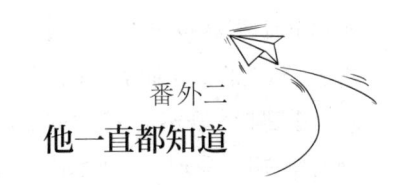

季琲一直觉得颜行昭在自己的朋友中是一个非常特别的存在。

倒不是说颜行昭这个人很特别,而是季琲性格比较偏向男孩子,从小到大结交的都是爽快利落的男生,而颜行昭的性格跟爽快利落完全不沾边。

季琲认识颜行昭,是在十三岁那年的秋天。

那年,颜行昭一家搬到季琲所住的小区,刚好住在季家的上一层楼。有几次,季妈妈回到家对季琲说:"住在我们楼上的颜家那个男生,钢琴弹得真好,将来一定有出息!"

季琲一听就知道妈妈只是跟那个所谓的颜家男生的妈妈聊过几句话,而根本没真正听那个姓颜的男生弹过钢琴。她每次都懒懒地回答妈妈:"妈,你听人家弹过几次钢琴啊?"

她忍不住腹诽:你生了我这么多年,怎么就不见你夸我一下?真是外来的和尚会念经。

有一天下午季琲爬楼梯上天台玩,爬到二十三楼的时候听到有人在弹钢琴,忍不住停下脚步聆听。

季琬虽然完全不懂音乐,但也觉得那是她有生以来听过的最动听的钢琴曲。她心想,其实妈妈说得有几分道理。后来她在电梯口见到那个所谓的颜家男生——那个男生穿着很干净的白色T恤衫和白色裤子,给人的感觉非常斯文。

季琬特意观察了一下他的手指:他的手指又长又有力度,果然是弹钢琴的手。季琬不得不承认,妈妈有时还是挺会看人的。

季琬和班上另外两个性格豪爽的女生跟班上的男生关系非常好,上体育课时,经常一起打篮球,周末有时也会约出来一起逛街。

那时,欧洲杯正在如火如荼地进行着,季琬跟一个女生一起去班上一个男生家看比赛。到了男生家以后,她才发现在场的除了他们几个熟人以外,还有住在她家楼上的那个颜家的男生。

电视上的直播比赛进行到一半以后就变得越来越沉闷,季琬看得恼火,忍不住叫道:"什么烂球!"住在二十三楼的那个男生坐在她旁边的沙发上,一直在很认真地看电视,听到她的话忽然望了过来,漆黑的眸子里分明闪过一抹笑意。

季琬没有理会他,心想:这里又不是你家,我说句话不算犯法吧?她越看越气愤,忍不住拍了一下膝盖,低低地咒骂了一声。

那个男生倒了一杯水给她,然后对她说:"女孩子不要说这个词。"

如果是别人对季琬说这句话,季琬也许会立刻反驳,但是对着这么一个斯文俊秀的男生,季琬发现自己真没法还嘴。从那以后,不管多么想骂人,季琬再也没有说过这个词。

后来季琬想,从她认识颜行昭的那天起,她就开始处于下风了,而且此后一直都处于下风。

季琬的妈妈不知道怎么就跟颜行昭的妈妈成了无话不谈的朋友,

季琄有时也会被妈妈拉着去楼上的颜行昭家玩。

进了颜家，季琄就听颜行昭弹琴。有时颜行昭也会教她弹简单的曲子，结果呢，一首舒缓的曲子常常被她弹成汹涌澎湃的进行曲。

颜行昭18岁那年要去维也纳的音乐学院进修，季琄早就想到了会有这么一天——他是学音乐的，如果想有进一步的发展，出国才是最好的选择，可是季琄从来没想过自己会如此不舍。

颜行昭出国前一天，季琄跟他在小区附近的一家必胜客吃了最后一顿饭。吃比萨的时候，季琄问他："你以后会回来吗？"

"当然啊。"他回答。"那还不错。"季琄满意了。

他抬起眼，黑眸中有莫名其妙的光彩闪过，扯了扯嘴角，问："那怎样算很错？"

季琄不假思索地回答："乐不思蜀、一去不复返啊！"

他很认真地说，郑重得像是在承诺："放心，我只是去进修，进修完了就会回来。"

季琄很早就知道自己人生的道路被父母安排好了：她在中大读完本科之后也会出国，然后回来进季氏工作。所以她说："唉，其实也没什么。我以后肯定也得出国的，我爸妈要我去英国。到时我们还可以一起旅游什么的，反正英国离维也纳又不远。"

"对啊。"他笑着回答。

通信技术和网络技术的飞速发展，使得颜行昭即使去了维也纳也可以跟季琄保持联系。

季琄有时会登陆QQ跟颜行昭聊上几句，有时颜行昭会给她打国际长途，问她最近都发生了什么事，有一次还跟她说自己有一个从小就认识的朋友也在广州的大学城中读书。

欧洲学生的暑假放得早，颜行昭订了六月初的机票回国，回国之前在QQ上对她说想去大学城逛一下。季琄心里很高兴，但是也不明白自己为什么会这么高兴。

回国第二天，颜行昭就如约来到广州大学城。当天晚上季琏带他到大学城附近的一家餐厅吃饭——他是一个超凡脱俗的艺术生，季琏实在不忍心让他跟自己一起去挤学校的食堂。结果在外面的酒楼吃饭的时候，他们意外地碰到颜行昭小时候的朋友钟旖。

季琏在这家餐厅吃过几次饭，点了几样菜后就跟颜行昭聊天。他们的邻桌有几个男生在吃饭，讨论着刚过去的 NBA 赛事。

菜陆陆续续地被端上来，颜行昭吃了一会儿，很专注地往邻桌那边看了几眼。

季琏很奇怪："有你认识的人吗？"

"穿黑衣服的那个人是我的小学同学。"

季琏转头望过去，看到一件抢眼又好看的黑色 T 恤衫。

这么热的天，竟然还有人穿黑色 T 恤衫！要知道夏天的大学城就像一个大蒸笼，到处都是升腾的热气，何况黑色的料子一向比较吸热。季琏很佩服这个男生的抗热能力。

颜行昭站了起来："你先在这里坐着，我过去跟他说几句话。"还没等颜行昭站起来，那个男生刚好转过头来。

季琏不得不承认那是一个很俊朗的男生。虽然他坐着，季琏却可以判断出他长得很高，他的皮肤呈小麦色，一双眉毛又浓又黑，漆黑的眼睛仿佛是被打磨得最明亮的黑宝石，笑容阳光纯净。

那男生朝他们这一桌走过来，颜行昭举起手跟好朋友打招呼："阿旖。"

男生笑着说："我就奇怪，你才刚回来怎么就马上来广州了。"颜行昭也笑着对男生说："我来见朋友，明天再跟你说。"

颜行昭给季琏和那个男生做了介绍："她叫季琏；季琏，这是我之前跟你提过的朋友，钟旖。"

那个叫钟旖的男生这才转头看向她，点点头："你好，我叫钟旖，酒店管理专业，大一。"很干净利落的介绍。

季琏向来喜欢这种做事风格干净利落的人，很自然地跟他成为朋友。

季琲不喜欢性格太温柔的男生，一直觉得男生太温柔的话会显得很娘娘腔，但是颜行昭是个例外。

季琲从小就热爱体育运动，足球、篮球和排球都会玩。她大一的时候经常去越秀校区看望读医学专业的初中同学廖一凡，有时廖一凡还特意跑来大学城跟几个朋友打球，有一次还叫了季琲一起去。那次季琲去了篮球场，意外地发现了钟倚的身影。

廖一凡和她竟然都认识钟倚，有时季琲觉得这个世界真的很小。

季琲很快发现钟倚打篮球很厉害，有时就跟钟倚一起打球，毕竟钟倚跟她都在大学城读书，约起来也比较方便。

那时，有个男生突然冒出来向季琲告白，而且不管季琲怎么说就是不放弃。季琲生平第一次遇到这么剽悍的男生，不知道那个剽悍的男生到底看上了自己哪里——她心里可不希望自己被别人看上，于是忍不住向廖一凡大吐苦水。后来廖一凡就想到了一个俗到不能再俗的主意：让钟倚暂时充当她的男朋友。

钟倚起初不肯答应，季琲只好向远在欧洲的颜行昭施加压力让他帮忙说服钟倚，加上她的一番软磨硬泡，钟倚最后还是答应暂时当她的男朋友。

一年多后，钟倚去了澳大利亚，季琲才从廖一凡那里知道，那时钟倚刚好也想避开一个女生的倒追，而且看她确实境况困窘，才答应了她。

那一次，钟倚在场上打球，季琲拿了他的手机玩游戏，无聊之时点进他的相册，意外地发现了一张照片。

季琲很意外：她想不到钟倚看上去这么没心没肺的男生也会把一个女孩子的照片存在手机里。

那是一张他跟一位留着及肩黑发的女生的合影。其实严格意义上说，那并不算合影，但是照片的角度取得刚刚好，看起来很像一张合影。

季琉对着照片仔细地研究了很久。

照片里的女生长得十分干净温和,眉眼清秀。季琉看得出来,照片拍摄的时间没过多久,因为钟徛的样子跟现在变化不大;但也绝对不是最近拍的,因为照片上他的发型跟现在有点儿不一样,模样看上去明显比现在青涩。

等钟徛下场走过来的时候,季琉立刻举起手机问他:"这个女的是谁?"

钟徛从她的手中取回手机,微微拧起眉,声音略微变凉,明显是不想多谈:"多事!"

季琉还是第一次看到钟徛露出这么萧索的表情:"不能说吗?"她敏锐地追踪着钟徛脸上的神情,继续问,"是你以前的女朋友吗?"

钟徛抽出纸巾擦汗,神色已经恢复正常:"季琉,你什么时候变得这么八卦的?"

以前的女朋友?他倒希望是。可是如果她真的是以前的女朋友,就意味着现在已经分手了,那只会让人觉得更无奈。

季琉靠到篮球架上,厚脸皮地向他宣告:"我一直都很八卦,你不会才发现吧?"

过了两秒,她露出一个狡黠的笑容,威胁道:"你不说的话,我就去问廖一凡。"

虽然颜行昭跟钟徛是从小就认识的挚友,但季琉凭直觉觉得颜行昭对照片里的女生并不知情,而廖一凡跟钟徛做了三年的高中同学,可能会知道。

她发现有一个共同的朋友是很有用的,在她最需要钟徛的情报的时候,作为她和钟徛共同的朋友的廖一凡就充分地派上用场了。

钟徛向她微微领首,笑容依旧很阳光:"礼尚往来,我把你那张照片发给'恐龙'。"

季琬一听，彻底安静了下来。"恐龙"指的是那个追求她的男生，这是季琬给他起的外号。

没办法啊，她实在很怕那种男生。即使心里清楚钟倚只是吓她，她还是不敢轻举妄动。

那一年的某一天，颜行昭跟她在 QQ 上聊天，突然问起那个剽悍的男生，又问她心里怎么想。季琬对他如实相告：我不喜欢这种类型的男生。

颜行昭似乎很好奇，继续问她：那你喜欢哪种类型的男生？

她喜欢哪种类型的男生？这个问题把季琬问倒了，她确实从来没有考虑过这个问题。偶尔在大学城里或者在街上看到男生，她都会忍不住把他们拿来跟颜行昭做比较，一番比较之后，季琬不是觉得他们长得太猥琐，就是觉得他们的穿着打扮太不顺眼。

那一刻，她在电脑前愣了很久，也开始在心里问自己：我到底喜欢什么类型的男生？她自己一时也说不清楚。然后她就突然想起了第一次见到颜行昭的情景：那身干净的衣服、那副干净的表情，使她的心湖在那一瞬间被搅起波澜。

远在欧洲的颜行昭浑然不知这么一个问题竟然引起她这么深刻的思考。他没有催她，只是安安静静地守在维也纳音乐学院公寓的电脑前，等候她的回复。

过了很久，季琬回复他：要长得干净一点儿的。

屏幕上很快就跳出一行字：我算不算？

季琬的心"怦怦"地跳着，手也开始不受控制，终于还是打出了一行字：也算。

对话框里又跳出一行字：那你考虑一下我怎么样？

季琬的心"突突"地跳个不停，决定跟他装蒜：考虑什么？

才过了几秒，她的手机开始响起来。季琬被电脑屏幕上的那几句对话刺激着神经，反应也有些迟钝，手忙脚乱地打开手机，摁下了接听键。

低低的男中音透过手机传入耳朵："季琂，我们交往好不好？"

不等她回答，他又说："你不用现在给我回复，明天再给我答复也可以。"

明天？季琂觉得根本不用等到明天。"喂，我现在回答你——好啊。"她紧紧地攥住手机，深呼吸。怕他不相信，她又补充了一句，"真的，不用等到明天。"

"季琂，我很高兴。"他的声音通过气流传入耳朵，分明带了些暧昧。

以前面对面的时候有那么多话，现在拿着手机，又是这么关键的时刻，她反而不知道该说什么了。

过了很久，她突然冒出一句话："我毕业后会去英国留学。"

他低低地笑了，缓缓地说："嗯，我知道。"

那段时间她还经常跟钟倚在一起打球，有一次两人笑着聊起那个剽悍的男生，钟倚跟她打趣："有没有觉得可惜？"

"什么？"季琂听得糊里糊涂的。

"要是颜行昭在这里的话，就可以让他当你的男朋友，那样更有说服力。"钟倚促狭地笑了笑。

季琂平时虽然是一个大大咧咧的女生，但是她跟颜行昭刚刚确立关系，初次从别人嘴里听到自己男朋友的名字，她的心无法抑制地开始"突突"地狂跳起来。

季琂只能转移话题的重心："你觉得你没有说服力吗？"

钟倚专注地望着球场上的某个方向，唇边挂着一抹淡淡的笑容，给人的感觉有几分心不在焉："很明显，颜行昭跟你更配。"

过了几秒，他再度开口，淡淡地陈述："不是自己喜欢的人，再怎么亲密也没有用的。"

季琂有时觉得他这种笑容平淡之中掺了几分寂寥，忍不住问：

"你是指裴子璇吗?"

她花了两个小时的时间跟做了钟徛三年高中同学的廖一凡八卦,得知钟徛跟一个叫裴子璇的女生关系很不错。但是这一刻,她才发现原来裴子璇不是钟徛心中的那杯茶。

钟徛一愣,这回他的目光终于从球场上收回来,绕过一层层灿烂的阳光落到她的身上,表情很是无奈:"你又是从哪里听来的?"

"我问廖一凡的。"季琎狡猾而得意地扬起眉毛,"你只跟我说过不能问手机里那个女的,可没说过不能问他裴子璇这个人。"

季琎觉得大部分时候自己的性格很像男孩子,但她不否认自己有时候也会像别的女生一样八卦,尤其是碰到关于朋友的事情。幸好颜行昭早就见识过她最粗鲁的一面,对于她八不八卦并不在乎,甚至还很纵容。

钟徛轻轻地摇了摇头,神情之中带了几分歉意,语调中所流露出来的意志却非常坚定:"没什么好说的,知己就是知己。我喜欢她的性格,不过不是那种喜欢。跟她做朋友很不错。"

他的意思不言而喻:他和她做朋友很不错,但是也仅限于做朋友,不会有进一步的发展。

季琎对这种男生很佩服。季琎见过有些男生因为不甘寂寞找女朋友,抑或纯粹地想谈一场恋爱,如果有女生刚好这个时候对自己表白,就接受告白开始谈恋爱。而很少有男生能一直坚持喜欢心中的那片绿叶,无论狂风暴雨如何摧残,都不改初心。

于是很理所当然地,她暗地里给钟徛这个朋友加了很多分。钟徛又加了一句:"下次不要再问廖一凡这种事情了。"

季琎心底也很明白,这种打听,对裴子璇到底是不公平的。她心里越发佩服钟徛,同时为有这样的人做自己的朋友而由衷地感到高兴。

钟徛大三就去了澳大利亚留学,毕业以后可以同时拿中大和澳大利亚那边的大学的学位证书。季玬有时会跟他联系,有时也会从颜行昭那里听说钟旖的事。

后来她去英国深造,周围朋友不多,跟钟旖的联系比之前更多了一些,一直到回国仍然有联系。

季玬从英国回来后就开始到季氏帮忙,颜行昭也早已在欧洲开始参加一些正式演出,虽然季玬跟他聚少离多,但感情非常稳定。

那年年底,季玬利用十天假期去欧洲看望颜行昭,并订了班机返回 N 市。走出机舱的时候,她不小心掉了一地的东西,然后就遇到了那个好奇了很久的女子。

那一刻的情景即使过了几个月,季玬依旧记得很清楚。

那个女人留着一头长发,又亮又黑,长相清秀,虽然不算倾国倾城,看起来却很舒服。她的一双眼睛就像被泉水洗过的玉石,散发着淡淡的光芒,不耀眼,却温暖。

季玬只用了几秒就认出,这个眉眼温和的长发女子是她很久以前在钟旖手机里看到的那个女生。季玬之所以这么快认出她,并不是因为眼前的女子样貌跟以前比完全没变化,而是因为季玬对那张照片实在是印象太深刻。

钟旖是她男朋友的好朋友,又是她的大学同学,如果她努力一下,或许就可以帮到钟旖。还有最重要的一点,在那么多行色匆匆的乘客中,只有那个女子停下来帮季玬捡东西。季玬忽然觉得这就是缘分。在这一刻,她的脑子里生出了一个绝妙的主意。

于是,她跟那个看上去恬淡温和的女子一起拍了一张照片。

季玬其实很想继续问对方的手机号码,但是她也知道这样显得很唐突,只能作罢。那天晚上季玬抑制不住得意,给钟旖发了一条信息:我知道你手机里那张照片上的女生叫什么名字了。展若绫。

这是她用几句话问出来的名字。

季琲决定好人做到底，送佛送到西，于是又发了一条信息告诉钟徛："她是一个人，我觉得她应该没有男朋友。"

　　过了几分钟，钟徛回复她："谢谢。我知道。"回复言简意赅。

　　他一直都知道。

番外三
元宵节

元宵节那天展若绫跟钟倚两人回钟家过节,当晚自然留在钟宅吃饭。

昨天晚上展若绫睡得很早,不到十点就爬上床了,一直到今天早上九点多才起床。也许昨晚睡得太好,她中午躺在床上怎么也睡不着。本来她也没想过要睡午觉,只不过钟倚说她一个人闲着也是没事,硬是拉了她一起睡觉。

展若绫睁开眼睛,见他仍闭眼熟睡,便蹑手蹑脚地爬起来。后面的人立刻伸出一只手圈住她的腰,嗓音低醇:"去哪儿?"

"洗手间。"展若绫随口答道。他平时都是抱着她睡的,一旦发现她不在怀里就会下意识地搂住她。

他闭着眼睛没有说话,只是松开了双手。

床头放着一杯水,是钟倚给她倒的。有几次她睡到半夜起来喝水,后来他每次睡觉前都会在床头柜上给她放一杯水,即使回了钟家,依旧如此。

展若绫拿起杯子喝了一口,觉得水有些凉,就走到客厅加了些热水。

回到房间,她目光一转,看到柜子下面有一本类似相册的东西,打开来,果然是一本相册。

她怕吵醒钟绮,索性坐到角落的地板上慢慢翻看。

相册中的照片不多,景致都十分漂亮,看得出是在澳大利亚拍的。蓝天、白云、绿草,让她看得心情大好。

她又翻了一页,映入眼帘的是一栋别致的公寓:白色的外墙、低低的屋檐,门前有四五级阶梯,公寓前面是一大片绿色的草坪,屋顶上有蓝天白云。

钟绮很快就发现她没有回到床上,一醒来就看到她一个人坐在地上翻相册,唇边带着一抹满足的笑容,比玻璃外的春光还要明媚。

他看得失神了片刻,然后掀开空调被坐起来:"怎么坐在地上?小心着凉!"

"你醒了?"展若绫转头向他笑了笑,伸手摸了摸地板的温度,"坐在地板上也挺舒服的。"地板是高级原木铺成的,质地很好,坐在上面很舒服。

"看什么照片?"他下了床走过去,一只手环住她的脖子。

展若绫按住他的手,示意他一同坐下来,冲他扬了扬手中的相册:"这是什么地方?"她的手腕上戴着一串透明的水晶手链,是他们订婚一个月后他送给她的。她手腕一动,手链上的光也跟着流动,很是好看。

钟绮拉开窗帘让阳光照进来,然后在她旁边坐下,接过相册看了一眼,笑了:"是我在格里菲斯大学读书时住的公寓,之前忘了拿给你看。"

"你们的公寓?真漂亮!"

展若绫仔细地看了这张照片一会儿,以手指抚摸着相册的塑料薄膜:"我以前问过一个去过澳大利亚的同学,她说澳大利亚的街道上人不多,不知道是不是真的。"

283

"人确实很少,所以,在那里的人生活很安逸。"

钟徛看着相册上的照片,也不禁回想起那段留学的日子。

展若绫一边翻相册,一边听他讲当年愚人节作弄室友的趣事:"我们要做饭吃,后来那个人太懒,又不愿意去买东西,只想吃现成的,我们两个人就商量捉弄他一下,在他喜欢吃的那道菜里放了很多辣椒酱……"结果当然是惨不忍睹。

她听到有趣的地方,整个人直接笑倒在他怀里:"然后呢?"

钟徛回忆起往事也是忍俊不禁:"我们装作不知道,跟他说那是最新推出的番茄酱,然后看着他把辣椒酱一口吃掉……"

她笑得上气不接下气,钟徛担心她呛到,一边笑一边轻轻地用手拍她的背:"喂喂喂,克制点儿!"

展若绫渐渐收起笑意,朝他吐了吐舌头:"嗯,不笑了,等下别吵醒爸妈。"

她又翻了几页,意外地发现相册的空白越来越大,不禁问他:"照片怎么这么少?"

钟徛搂住她半边的肩膀:"后来相机坏了,就很少照了。"她觉得很可惜:"那你没拿去修吗?"

"当时觉得那部相机太垃圾了,就干脆不用了。"他在她的额头上亲了一下,"早知道你这么爱看,当初无论如何也要再买一部相机拍大把照片,让你看个够。"

展若绫拉着他又听他说了很多趣闻,睡意渐渐上涌,伸手揉了揉眼睛,说:"我好困,想睡觉。"

钟徛从她的手中抽出相册放到一边,抓住她的手:"你最近怎么这么爱睡觉?"

"夏日炎炎正好眠。刚才你睡觉的时候,我都没睡着。"

"夏日炎炎正好眠?"钟徛挑高眉,指指窗外,"展若绫,现在是春天。"

"那就换成'春眠不觉晓'。"

他拿手刮她的脸:"活该,刚才不睡,这会儿又说困了。"

"刚才不困啊。"她呢喃着,声音已经开始含混不清。

钟徛搂住她,脑海里开始思考一个可能性,柔声哄道:"我抱你到床上睡好不好?"

她努力睁开眼睛:"可是我想在这里睡。"

"乖!这里凉,我抱你到床上睡。"

展若绫闻着他的气息,睡意越发浓烈,迷糊之中点了头:"好。"

番外四
校 庆

四月下旬，是 N 中一百二十周年校庆。

作为本市历史最为悠久、升学率最高的高中，N 中的一百二十周年校庆自然备受瞩目。这几天，市内的晚报和都市报都专门报道了 N 中建校一百二十周年的新闻，并在报道中用了不少篇幅回顾了 N 中建校以来的风雨历程。

星期六这天，钟倚和展若绫两人驾车抵达学校时，学校围墙外的整条路上已经停满了各种车子，从路口一直延伸到街道尽头，堪比高中召开家长会时的盛况。

钟倚见她下车后就驻足于大门前留恋地打量着校园，问道："怎么，认不出学校了？"

展若绫的视线缓缓滑过刻在学校正门上的字："其实我应该算是一个很念旧的人，但是在今天之前，大学毕业这么多年也只回过一次学校。"

原来不知不觉间他们已经毕业这么多年了，再也不是学校里那个懵懂求学的学生。

钟徛牵起她的手，嘴边浮现淡淡的笑意："现在不就回来了吗？"

她也笑了，笑得分外满足："是啊。"而且她还是跟他一起回来的，这已经让她此生无憾了。

虽然毕业已多年，但学校的整体布局没变，教学楼、体育馆和宿舍楼都一如记忆中的样子，只有行政楼和科技楼前段时间翻新了外墙。校道两侧栽满了梧桐树，在微风中摇曳着繁茂的树枝，悠悠地散发出春日的味道。

这天是周六，许多毕业多年的N中学子从四面八方赶过来，校园内热闹非凡，人头攒动。

为了迎接这次盛大的校庆，校学生会特意布置过校园，校园里每个显眼的位置都有学生会的工作人员接待远道而来的人。

两人从学生会工作人员那里领了一份宣传册，在校园里逛起来，沿着科技楼转了一圈，走到楼梯口附近时，碰到了高一时的物理老师。

"万老师。"

毕竟是当年的得意门生，物理老师显然对钟徛印象非常深刻："钟徛？今天也回学校了？"

展若绫在一旁安静地看着他跟老师畅聊。钟徛对所有老师都十分尊重，或许正是这个原因，即便他偶尔在课堂上冒出惊人之语，也不影响众多老师对他的偏爱。

物理老师跟钟徛闲聊几句后，目光落到他旁边的展若绫身上。

展若绫连忙开口："老师，我是展若绫，也是那一届的学生，高一那年在您教的班级读书。"物理老师当年也跟着他们一起升上了高三，不过展若绫并不在他执教的班级读书。

物理老师凝神思索了几秒，很快从记忆库里搜寻到对应的信息："展若绫？是那个保送北外的女生吧？"

其实展若绫当年的成绩并不突出，在（6）班的学生中也只能排到中等偏上，她没想到老师还记得自己，并且熟知自己的情况，当下不禁衷心地感叹："老师，您记性真好！"

老师和蔼地笑了笑："我记得那一届学生也就只有几个人保送北外，学校当时还表扬了一下。"

跟物理老师道别后，两人缓步走向教学楼。

钟徛见她的脸上荡漾着愉悦的笑容，也不禁被感染："什么事笑得这么高兴？"

"没想到万老师还记得我。"展若绫实话实说。

"为什么这样说？"

"我的物理成绩又不突出，我记得高一第一学期第三单元测验的时候还只是刚好过及格线。"

他故意逗她："也许你当时的分数让老师印象特别深刻，他就记住你了。"

她自然知道他在开玩笑，双手顺势勒住他的胳膊，声调里满是威胁："你说什么？"

他收起笑意："好了，不说了。"

她当即松开他的手臂，"扑哧"一声笑出来："那好，不说了。"

教学楼的年代比较久远，一楼的外墙上爬满青色的藤蔓。

展若绫望着满墙的青藤，有些感慨："前年刚回国的时候我其实也进过校园，当时没仔细看，没想到这里都变成这样了。"

似乎他们不在校园的那些时光，都变成藤蔓缠绕在教学楼的外墙上，就好像他们从未离开过。

他重复道："前年？"她刚才在门口说过之前回过学校一次。"对啊。那时在找房子，刚好坐车经过学校，就进来看了一下。"他淡淡地说："我每年都来。"

"为什么？"她瞪大双眼，感觉有些不可思议。

他抬头望着高高耸立的教学楼,似乎也陷进绵长的回忆中:"前几年找不到你,每年学校校庆我都会来参加,总想着能在这里看到你。"

回国第一年,正好赶上 N 中校庆,他回到阔别多年的校园,希冀着寻到记忆中的女生,然而无功而返。

展若绫久久地看着他,眼角微微发热——那些等待,一直都是相互的。

他很快从往事中抽回思绪,嘴角挂上爽朗的笑容:"口渴吗?我们去买瓶水喝?"

"好。"她露出一抹笑,寻到他的手掌悄悄握住。

钟徛笑了笑,反扣住她的手,跟她十指交缠:"想喝什么?"

隔了这么多年,小卖部已经不是展若绫印象中的样子,店铺内重新装修过,空间变得更为宽敞,陈列架上摆满各种商品。

展若绫看着他拿了两瓶水,目光落到陈列架上的一款罐装咖啡饮料上:"我记得廖一凡以前很喜欢喝这个牌子的咖啡饮料。"那个时候廖一凡几乎每天下午都会买一罐咖啡饮料。

他微微眯起双眼:"那你记不记得我喜欢喝什么?"

她认真地想了想:"你好像没有固定喝同一种饮料的习惯吧?我记得看到过你喝好几种不同的饮料。"印象中,她就见过他喝可乐、绿茶、运动饮料和酸奶。如果他像廖一凡那样一直喝同一种饮料,她肯定能记住。

他也笑出来:"不用了,现在知道就行了。我没有特别喜欢喝的,能解渴就行。"

他们能走到今天,他已经无憾了。

学校的生活区以一道铁闸门跟外面隔开,展若绫扯住他的手:"能进去吗?"

他当即轻笑出声:"胆小鬼!当然可以,跟生活区的门卫说一下就可以了。"

"门卫会让我们进吗?"在展若绫的印象中,N中生活区的门禁管理一向是最为严格的。可是,现在的他们怎么看都不像学生。

"今天是校庆,算特殊日子,门卫会放人进去参观的。"果真如他所言,由于今天是校庆,生活区也破例对外开放。

钟徛伸手摸了摸她垂在脑后的马尾,默默地感受手中发丝的温润:"你今天扎的这个发型,看上去倒像个学生。"

她今天扎了一个马尾辫,看上去特别青春靓丽,好像回到了读书的时候。那时候她坐在他跟程忆遥前面,总是扎着一个清爽的马尾辫。每次他从课本上抬起头,就能看到她乌黑的后脑勺,一头长发规矩地束成马尾。他们的座位隔得那么近,有好几次他的目光都停驻在那束光滑的长发上,很想亲手摸一下她的发束。可是仿佛须臾之间,美好的时光就一下子走到尽头,高三分班后,他跟她已经分属不同的班级,他的前面再也没有了她的身影。

展若绫打量了一遍他身上的网球衫和休闲裤,挽住他的手臂,故意将大半边的身体靠到他身上,笑容亮晶晶的:"你今天穿得也像个学生,钟先生。"

春日的傍晚,凉风习习,空气中的热度早已退却,风中飘荡着亚热带乔木的味道。

今天,(6)班有十来名学生回学校参加了校庆活动,廖一凡和程忆遥组织所有到场的同班同学一起聚餐,地点在学校附近的一家酒店。两人看时间差不多了,便从学校后门出来,前往酒店。

上周,廖一凡刚跟相恋五年的女朋友领了结婚证。女方昨天回广州了,今天并没到场。

在座的一群人都是相交多年的老同学,如今又是通信发达的年代,大家早就知道了这个好消息,今天跟主角见面,纷纷送上祝福。

"突然之间就领证了,不会是未婚先孕吧?"席间,一名男生打趣地问。

廖一凡端起水晶杯喝了一口红酒:"去你的!收起你满脑子的龌龊思想。本少爷结婚还用得着向你打报告?"

那名男生笑着对钟倚说道:"钟倚,他好像已经忘了,几个月前他也是这样说你和展若绫的。"

在座的人都笑了起来。

廖一凡、钟倚、程忆遥和另一名男生高三也在同一个班读书,席间很自然地聊起高三的几个任课老师。

展若绫高三就被保送北外,虽然当年也参加了高考,但是所面对的压力当然不能跟在座其他人比。她大部分时间静静地听他们闲聊,偶尔才插一两句话。

"今天还碰到了化学老师,他今天带了儿子来学校,他儿子长得跟他简直一模一样!"廖一凡说道。

程忆遥回忆起高考至今仍是心有余悸:"我记得高考完回学校拿成绩单那天,都不敢直视化学老师,考得实在太差了!"

简浩夹了一块鸡肉放到她的碗里:"你化学考得有那么不理想吗?"他也记得自家老婆跟自己说过当年高考化学考得并不好。

"很不理想。"程忆遥对他做了个"苦瓜脸"。

廖一凡对简浩笑道:"简浩,你要体谅你老婆身为一名学习委员的自尊心。"

"去去去!"程忆遥端起杯子喝了一口橙汁,这才低头吃简浩给她夹的鸡肉。

钟倚微微扬眉:"你这样说的话,我远远地看到曲老师就该找个地缝钻进去了。"

展若绫坐在他身侧,看着他清爽利落的鬓角,那一刻突然觉得自己像是回到了读大学那会儿。那时,她偶尔会为他的际遇感到不平,可也许在这期间的某个时刻,他本人的心里已经放下了。

程忆遥虽然觉得他说得有道理,嘴上仍是说:"你跟我又不一样。"如果要论发挥失常，在座确实没有人能比得上他。

言逸恺接腔："其实汪老师人挺好的，不会以成绩论英雄。而且，程忆遥，你要这样想，即使你的分数达不到你心目中的标准，但是放到整个年级中，还是独领风骚的。"

程忆遥默默地看了他和钟倚一眼，要说独领风骚的话，这两人才是年级里出类拔萃的人物。不过她本来就不是一个爱钻牛角尖的人，今天听到这几个当年恣意洒脱的男生这样安慰自己，已经觉得有几分意外，说出来后就不会再纠结了。

廖一凡看了看对面的展若绫，突发奇想："其实高三那时应该像展若绫那样，选个西班牙语专业来学。"

话音刚落他就被言逸恺毫不留情地打击了："你能保证自己选了那个专业就能被保送大学？"

另外一名男生特意强调："而且还是北外！"

"展若绫，你那时学西班牙语难吗？"廖某人充分展现不屈不挠的精神寻求答案。

回答这样的问题展若绫倒是驾轻就熟："那时每天晚上都要跟外教学西班牙语，当然也有压力，看个人选择了。"

那名男生想起了什么，说："其实西班牙语也挺难学的。我记得我们高三那个班有个女生是学德语专业的，说他们学校有一个女生学西班牙语老发不出那种大舌音，压力很大……"

廖一凡挥了挥手："算了，英语已经够头疼的了，我还是放弃小语种吧。"

晚宴结束后，一群人准备道别。

到了酒店门口，廖一凡问："钟倚，展若绫，你们去哪里？"

钟倚自然地牵起身旁人的手，答道："车还停在学校那里，我们还得回学校一趟。"

"咦，你们怎么不把车开来这里？这样多省事。"

钟倚解释道："车停在前门了，来这里之前刚好在后门那边，而且也不远,就干脆走过来了。"

程忆遥对展若绫说道:"那你们正好散步回去,反正也不远。下次见面我们再聊。"

展若绫朝她和简浩挥了挥手:"那我们走了,下次再聊。"

"好。拜拜!"程忆遥也朝她挥了挥手。

路确实不远,两人一路闲聊,慢慢地就走回学校了。

两个人从学校后门重新回到N中,白天的人潮已经散得差不多了,此时的校园显得有些空旷。

夜晚的N中校园透着一股清幽与安谧。校园里的教学楼灯火通明,教学区小路两旁竖立的造型古朴简单的路灯依次亮了起来,在黑夜中幽幽地发着光,给三三两两的行人照亮了脚下的路。

展若绫意犹未尽地摇摇他的手:"我们再走走吧?"

钟徛轻轻揽过她的肩,唇边溢出一抹淡淡的笑意:"还没逛累?"

"以前都没机会跟你一起逛校园,今天多走一走,好不好?"

他笑了起来,黑眸中荡着柔和的波光:"走吧,今天陪你逛个够!"

四月的晚上倒也不冷,两人牵着彼此的手只是感受彼此的温度。她晃了晃他的手臂:"我们去篮球场那边走走?"

钟徛挑高两道浓眉,眸子在黑夜中熠熠生辉:"你又不打球,去篮球场干吗?"其实他也想去篮球场看一看。

走在这个生活了三年的校园里,他心底也不禁生出一丝熟悉又陌生的感觉。那时,他每天晚上踩着夜色回教室上晚自习,风雨无阻。他在这个过程中付出过也拼搏过,不管结果如何,心中都已接受,如今更是平静了很多。

展若绫松开他的手,一双宛如秋水的眸子像是穿透了时空,语声悠悠:"我想感谢篮球场,三年时间里,让你开心或者不开心的时候都可以尽情地打篮球。"

高一的第二学期，每逢体育课同学们都到操场上课，只有她和一两个请病假的学生待在教室里慢慢地等时间过去。有时，第二天要举行个别科目的考试，就会有几名女同学在体育课上到一半时回教室写作业。那时她心里很羡慕她们：如果她可以上体育课，她愿意把当天的作业抄十遍。

她望着几乎与夜色融为一体的操场，不禁回想起高中最后那段岁月。高考成绩公布的那个暑假，他跟廖一凡站在办公室里，那是那个夏天里她能记起来的最为痛心的回忆。

一阵风从生活区那边吹过来，校道两边的树叶响起"沙沙"的声音。

钟倚没说话，只是用力握紧了她的手："走吧。"他带她往篮球场的方向走去。

黑夜逐渐笼罩校园，沿路偶尔有未离校的学生跟他们擦肩而过，嘴里聊着当天学校里发生的趣事，让他不禁回想起自己的高中住宿生涯。

昏暗的路灯光线从茂盛的乔木之间透出，在崎岖不平的校园小径上浅浅地铺了一层。两人也不说话，只是静静地听着夜晚的风从耳边拂过，心中都有一种安宁的感觉。

体育馆到了晚上就会关门，室外篮球场上倒是还有学生在打球，远远传来几声男生的吆喝。

两人刚走到篮球场外沿，钟倚问她："要进去走走吗？"

她摇摇头："不用。就这样看着就行了。"

随着一串清脆的声响，篮球顺势滚了过来，停在两人脚下一米远的地方。场上的几名男生向他们喊道："喂，麻烦帮忙捡一下！"钟倚弯腰捡起篮球，手臂一带，精准地送回男生的手中。

稍微懂篮球的人都看得出他的手势十分内行，传球的方向和力道也控制得很到位。场上一名男生竖起了大拇指："传得不错！"钟倚笑着朝场上的男生摆了摆手。

展若绫看着他举手投足间流露出的自信，觉得他仿佛重新变回了当年那个风华正茂的少年，让她想起他在篮球场上尽情放松的样子。

她欢快地甩了甩他的手臂："等以后我们老了，也找个时间回学校看一看吧？"

"这么简单的愿望，当然没问题。"他一口应承。

"你说的啊？"

"我说了啊！"

随着两个人渐渐走远，欢笑声和低语声被缓缓淹没在树木间。

番外五
周　末

最近几天 N 市的天气反复无常，前几天才刚下过一场雨，然后放晴了一整天，过了两天又突然刮起大风。

钟倚和展若绫住的楼层高，客厅阳台的落地窗没有关牢，傍晚时分风一下子从阳台刮进来，吹进整个屋子，将茶几和沙发上的报纸卷落到地上，散得一地都是。

钟倚晚上去参加一个宴会，回来的时候看到她蹲在地上捡东西。他放下钥匙走过去："怎么地上都是东西？"

"风太大，没关好窗。"展若绫扬起手向他展示刚捡起来的报纸。钟倚担心她的膝盖蹲太久了难受，拉她站起来："起来，你去坐下，我来捡。"

展若绫将报纸放好，去给他倒了一杯水："今天怎么回来得这么早？"

钟倚将剩余的几张报纸捡起来放在茶几下面，搂住她，低头给了她一个吻："觉得无聊，就先回来了。小郑在那里顶着。"

她凑近他，闻到他的鼻尖只有一点点酒气："今晚好像没喝很多酒。"

钟绮从浴室出来的时候，见她半倚在床上看书，边擦头发边问："还不睡？"展若绫举起手中的杂志，翻到其中一页举给他看："阿绮，你看过这篇文章没有？"

他是酒店管理者，她在外贸公司工作，于是家里有很多财经和贸易方面的杂志。她手上拿的是家里订的一本财经杂志，里面一篇专题报道是关于中美贸易的。

钟绮瞄了一眼杂志："还没看，怎么了？"他把毛巾搭在床边的一把椅子上，接过杂志坐到床上开始看。

"我讲给你听。"展若绫跟他简要讲了一下两边的观点，最后问，"你觉得怎么样？"

钟绮听完简洁地说："这样做不能从根本上解决问题。"他一边说一边将杂志放到床头柜上。

展若绫一只手撑在床上，很不服气："那要怎样做才最好？你倒是说说看！"

她今天穿了一件 V 领白 T 恤衫，领口有些低，他可以清楚地看到她线条优美的锁骨，胸前美好的风光也一览无余。

钟绮移开目光："不好说。"

"啊？为什么？"她不解，追问着。

钟绮手臂微一使力，将她压到身下，忽然说："明天是星期六。"

"对啊，怎么了？"陡然改变的话题，让她一时无法领会他的意思。

他的声音低哑，听起来非常性感，灼热的气息喷在她的脖子上，眸子变得越加黝黑无边："也就是说明天不用上班，我们可以睡晚一点儿，钟太太！"

他收紧双手，轻轻地咬在她的颈上，引得她浑身酥麻。

他修长的手灵巧地滑进她的衣服里，引起她阵阵战栗。灼人的唇瓣在她雪白的肩膀上温存地印下痕迹。

她伸手摸上他的胸膛，回应他。接下来，自是一番缠绵。

事后，她全身酸软，已经累得没有力气说话。钟徛将她圈在怀里："这几天比较忙，等过了这阵，我们去玩几天。"

她安心地靠在他健硕的胸膛上，侧头问："去哪儿？"

他将下巴搁在她的肩膀上轻轻地蹭着，手臂有力地钩住她的纤腰，反问："你想去哪儿？"

两人躺着说了一会儿话，提了几个地方，都觉得不太适宜。钟徛见她越来越困，说："先睡觉吧，明天起来再说。"

翌日早上，展若绫还在床上睡觉，迷迷糊糊之间感觉他下了床去洗漱，然后重新走了过来。

钟徛坐到床沿，拍她的脸颊："起来，跟我一起看比赛。"

"不要，你让我睡觉。"她睡意依旧很浓，拉起被子蒙住头。

"都九点了还不起来，展若绫，你是猪是不是？"钟徛弯下腰来取笑她。

展若绫一听就恼火了，猛地掀开被子瞪了他一眼："你也不想想，昨天晚上我几点才睡的觉！"钟徛低低地笑了一声，眼中有清亮的笑意："好。我错了！"

他将手伸进被子里，伸到她的腰后面给她揉捏："腰还会酸吗？"她的脸简直要烧起来了，她深刻地意识到刚才的话简直就是自讨苦吃："不会了。"

他把手撑在床沿上，俯下身，在她的脸上亲了一下，柔声说："我跟你一起睡。"

"你不看比赛吗？"展若绫翻了一个身，枕到他的手掌上，问。

"不看了。我陪你一起睡。"钟徛拉开被子躺下，将她整个人都搂入怀里。

有他躺在身侧，她反而变得意识清晰起来，怎么也睡不着了。就在这时，手机响了起来，钟徛拿过来接听。等他挂断电话，展若绫问:"是谁啊?"

"妈妈。她说这几天风比较大,可能会下暴雨,叫我们关好门窗。"他回答,手仍在她的皮肤上一下一下地揉捏着。

展若绫被他这么一闹也清醒了,已是睡意全无,索性掀开被子坐起来,说道:"算了,我还是不睡了。大嫂昨天说买了些东西带给我们,要不今天回爸妈那边吃饭?"

两人换好衣服,乘电梯到了地下停车场。

展若绫拉开副驾驶座的车门,瞥了驾驶座一眼,突然心血来潮,兴致勃勃地问:"我来开车好不好?"

钟徛想也没想就断然拒绝:"不好。"

"为什么啊?我也会开车。"

"你就当我不放心吧。"

结婚后,钟徛曾经详细问过当年发生的车祸,她详细地说过。虽然事情已经过去多年,但是有时看到她肩膀上的疤痕,他还是无法不心疼。

展若绫郁闷了,用力挽住他的胳膊:"可是,我跟大嫂一起出去的时候,有时就是我开的车啊。"蔡恩琦怀孕那会儿,有段时间展景越被派去美国出差,那时姑嫂两人出去都是由展若绫开车。

他依旧简单地拒绝:"那你就留着以后跟大嫂一起出去的时候开。我在这里,哪能让你开车?"

展若绫极度郁闷:"你是在怀疑我的技术吗?"

"我从来没有怀疑过你的技术,因为我不知道你的技术如何。"

展若绫闭上嘴巴,怏怏地坐进副驾驶座。

钟徛见她神情郁闷,到底是无可奈何:"那你来开吧。"展若绫立时眉开眼笑,凑过去在他的脸上亲了一下:"谢谢你。"

展若绫第一次开他的车,他的车又那么金贵,刚开始不免有些紧张。他在副驾驶座上,不时地指点她一两句。

周末,公路上的车并不多,黑色的轿车在车道上走走停停,后来她越开越流畅，急刹车的次数也逐渐变少了。

最后车子总算开进展家所在小区的地下车库。小区地下车库的空间很宽敞，车子虽然不多但大部分车位已被占用。钟徛对停车位的利用情况较熟悉，望向窗外，很快就找到了一个空车位，她便将车子开了过去。

车位旁边的车子没停好，导致这个车位的空间十分狭小。展若绫握着方向盘小心翼翼地倒车，调整方向，注意力前所未有地集中，车子还是倒不进去。

钟徛示意她："我来吧。"这次展若绫不再坚持，而是爽快地应道："好。"于是两人下车换座位。他到底是开了很多年的车，经验比她丰富，一下子就把车倒好。

两人手牵着手走向停车场的电梯。

展若绫开车开上瘾了，兴冲冲地向他提议："阿徛，我有一个主意。"

钟徛已经猜到了她想说什么，浅笑着凝视她："说吧。"

她亲热地挽住他的手臂："要不然回去的时候还是由我开车好不好？"后面的话她没说出来。他抬高了眉："到停车的时候是不是又要我倒车？"展若绫低头讨好地将脑袋贴到他的手臂上，笑容满面："你倒车技术好嘛，那当然由你来倒车。"

他们俩一路欢声笑语地走进电梯。

两个人的周末，就是这样过的。

番外六
2+1

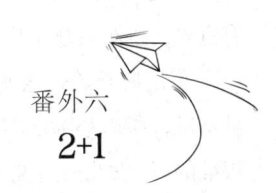

钟徛去澳门出差几天,这天下午才回来。

傍晚的时候,一家三口准备吃饭,整个屋子里都飘着饭菜的香味。展若绫将最后一盘菜端到餐桌上,环视了客厅一眼,说道:"吃饭了。"

客厅茶几前面的地板上放了一堆积木,钟徛还在跟女儿玩游戏,耐心地教女儿堆积木。

展若绫常常听他说他小时候很调皮,放了学就跟同学一起在外面玩,一直到吃饭的点儿才回家。现在当了爸爸之后,他一有空就陪女儿玩游戏。

家里最常见的戏码就是钟徛下班回来直接把一只拖鞋扔得远远的,然后让女儿捡回来:"箐箐,赶快去帮爸爸捡回来。"

小姑娘对爸爸言听计从,每次都乐颠颠地走到玄关的地方,蹲下小身躯,捡起拖鞋抱在怀里,然后稳稳地走回沙发前,献宝似的递给爸爸:"爸爸,这里!"

"乖!"钟徛笑笑,揉揉女儿的头发。

有时时间还多，他就会把拖鞋又扔一遍："箬箬，再去捡一遍，这样才能长高。"

展若绫刚开始对父女二人这种互动游戏哭笑不得，后来觉得很有意思，也跟着玩了几遍。

女儿最开始也很听话地去捡拖鞋，到了后来就开始嫌她丢的拖鞋不准，噘着小嘴巴向她抱怨："妈妈，爸爸每次都能扔到这个地方，很准的！"女儿一边说一边用小手比画，憨态可掬。

钟徛刚好走过来，一把抱起女儿："爸爸扔得比较准。你跟妈妈多玩几次，妈妈就会越扔越准了。"

有时两个大人闹脾气，他就对女儿说："让妈妈一个人玩去，我们别理妈妈。"

吃完饭钟徛开了电视机看新闻，钟箬小朋友坐在地板上玩积木，看到展若绫洗好碗走出来，立即丢下堆得高高的积木，小身躯爬上沙发，蹭到妈妈旁边坐下。她伸手圈住妈妈的脖子："妈妈。"

钟徛的目光已经从电视财经新闻转了过来，他丢给展若绫一个"有内情"的眼神。

展若绫抱住女儿，柔声哄道："嗯，怎么了？"

小姑娘往她身上又蹭了蹭，声音软软的，带着小孩子的稚气："妈妈，我不想上幼儿园。"

展若绫一愣："为什么？"第一次遇到这种情况，她也不知道如何是好，于是看向钟徛。

钟徛收到她的目光，也看向女儿："嗯，为什么？"

小姑娘注意到爸爸的目光，对着爸爸又重复一遍："爸爸，我不想上幼儿园。"

钟徛放下遥控器，抱过女儿让她坐在自己的大腿上："来，箬箬告诉爸爸，为什么不想上幼儿园？"

"不好玩，没有家里好玩，没有跟奶奶一起好玩。奶奶会跟我一起玩游戏,教我玩拼图。"小姑娘说起理由来头头是道。

两个大人面面相觑。

钟徛摸了摸小姑娘的脑袋:"箬箬,先去那边玩。"等女儿重新坐到地板上玩耍后,他才转头看向妻子。

展若绫也没上过幼儿园,过了一会儿说:"我以前没上过幼儿园,不过我不知道现在不上幼儿园的话会不会有影响。"

钟徛一只手环过她的肩膀,一下一下地拍着:"我也没上过幼儿园。但是不上幼儿园的话,以后小学可能不会收吧?"展若绫就是担心这个问题,现在的情况毕竟不能跟他们当时相比。

两个大人都没上过幼儿园,听到女儿说不想上幼儿园,下意识地没有排斥。

展若绫忽然又想到了什么,有些迟疑:"也不知道爸爸妈妈会不会赞同。"

钟徛想了一会儿:"要不然下个星期请一天假,看看她会不会想念。"她自然同意:"也行。"

这天晚上,展若绫坐在小姑娘的床边,拿着一本《安徒生童话》给她念故事。这几天,钟箬小朋友都跑到主卧室跟妈妈一起睡,每天晚上黏着妈妈讲这讲那,一直到睡觉的点儿才在展若绫的勒令下睡觉。今天爸爸回来,小姑娘便重新回自己的房间睡觉。

钟徛洗完澡走进女儿的房间:"还没讲完故事?"

小姑娘本来已经昏昏欲睡,见到爸爸一下子来了精神,猛地从床上坐起来,大声地宣布:"爸爸,今晚我也要跟妈妈一起睡!"

展若绫惊讶不已,还没说话小姑娘就使劲地摇她的胳膊,跟她撒娇:"妈妈妈妈,我要跟你一起睡嘛!"

展若绫见女儿满脸期待地看着自己,面露难色,只能转向钟徛求救。

钟徛坐到床沿:"箬箬,来,说说你今年几岁了?"

小姑娘歪着头,伸出四根白嫩嫩的小指头:"四岁半。"

钟徛摸了摸女儿的头，严肃地说："箬箬，你长大了。四岁的人要培养自己的独立能力，不能一直跟妈妈一起睡，应该自己睡觉。"

四岁半的小女孩儿还是不懂，歪着小脑袋，很是困惑："为什么？可是爸爸你比我还大，为什么就可以跟妈妈一起睡？"

钟徛笑了笑，望了妻子一眼，又对女儿说："箬箬，爸爸跟妈妈当然要睡在一起，否则就没有箬箬了。"

展若绫窘得不行，红着脸伸手使劲戳了他一下："你跟小孩子讲这些干什么，她又听不懂。"

钟徛转头看了她一眼，扣住她的手，倾身附在她的耳边说："我不这么说的话，她就会抢了我的位置。"

番外七
汉堡包和圣代

星期六早上,钟倚和展若绫两人带小姑娘到超市购物,然后到商场用午餐。

临近中午用餐高峰期,商场里到处都是人,就连一楼角落位置的电梯也不例外。电梯的门打开后,等候多时的人群鱼贯而入。电梯门关上后,忽然响起一个童真稚嫩的声音:"妈妈,我不要当汉堡包!"声音不算响亮,不过在狭窄封闭的空间内听得非常清楚。

大家都往声音的来源看去,原来说话的是一个稚气可爱的小姑娘。

展若绫微微讶然:"什么汉堡包?"

钟倚低头看向女儿,伸手摸了摸女儿毛茸茸的小脑袋。

小姑娘仰头望着爸爸妈妈,微扁着小嘴答道:"我不要像汉堡包中间的肉那样被夹着。"

其他人听了,脸上不约而同都露出一个无声的微笑。好聪明可爱的小姑娘!

展若绫安抚地揉了揉女儿的小脑瓜,柔声道:"宝宝,忍一忍,很快就到了。"

一位站在他们旁边的阿姨打趣道:"小妹妹,你不会是汉堡包的,你只会是草莓圣代,又甜又可口!"

其他人也都不禁莞尔:小姑娘穿着一件粉色的童装上衣,倒真有几分像草莓圣代。

电梯上升到四楼,有几个人离开,电梯内的空间一下子宽敞了许多。

电梯门边的一位女士真诚地对两个大人开口:"你们女儿真可爱!"

钟徛微微一笑,脸上全是身为人父的满足与骄傲:"谢谢!"

一旁的展若绫也是一脸温柔的微笑。

那位阿姨又逗道:"小妹妹,你几岁啦?"

钟箸小朋友见电梯里的人齐齐望着自己,忽然变得有些害羞,没有言语,依偎着爸爸妈妈不说话。

钟徛微微弯下腰,鼓舞地晃了晃她软嫩的小手:"箸箸,阿姨问你几岁了。"

小姑娘将脸蛋贴到爸爸手上蹭了蹭,这才重新抬起头,脆生生地答道:"四岁,我今年四岁啦!"

"你真可爱啊!"阿姨又夸奖道。

番外八
流 年

大二那一年,钟徛获得了由学院提供的前往澳大利亚当交换生的名额。他事前对交换生项目并不了解,也没有刻意去争取,不过由于成绩优异,就很轻松地得到了这个机会。

在上高中之前,钟徛并没有想过自己本科阶段会去外国读书,生活中总是会有意想不到的事情发生。

钟徛花了大半年的时间把雅思考过了。其实,语文和英语从来不是他的强项,不管在初中还是高中,钟徛每次语文和英语考试的分数都比其他科目低了一截。作为男生,他更喜欢和其他男生一起到球场上打球。当然,他深知自己是学生,该做的事情还得做好。上课他会认真听讲,考试前会打开课本复习要点。

身为一名中国人,钟徛从小就觉得汉语有无穷的魅力,博大精深、词藻优美、含义深远。或许就因为从小讲的是母语,中文的语法和思维已经彻底渗透到他的细胞里,如同本能一样根深蒂固。所以,尽管从小学起,他就不擅长语文,但还是会很专心地听老师讲课。也许是这个原因，高中时期几任语文老师都对他很好。

上了高三，偶尔考试运气好，或者阅卷老师少扣他的分，钟徛就能排进年级前几名。高三月考即使是最差的情况他也不会排到年级三十名以外，而高考前重要的几次模拟考，钟徛都进入了全市前十五名。但在高考这场最重要的考试中，他的语文彻底考砸了。

这个世界很公平，运气不会总是眷顾一个人。钟徛曾经不无自嘲地想，也许老天觉得他以前的日子过得太顺，让他在高三暑假这一年经历了那么多的事情。高考结果公布后，他毫无意外地与第一志愿北大擦肩而过。

同年夏天，外婆溘然长逝。

钟徛很小的时候，父母都忙于工作，将他交给了外婆带。外婆是一个淳朴的妇女，身上保留着中国传统妇女的美德。小时候的钟徛像其他同龄男生一样调皮好动，每天都想着跟同伴一起玩，但是不管玩得多开心，他都不会忘记外婆的嘱咐，只要一到吃饭的点儿就会跟同伴告别回家。

婆孙两人共同生活了五年。到了他小学二年级那年，父母把他接回到身边抚养。后来上了中学，钟徛还是会时不时地回想起跟外婆生活的时光。每年寒暑假，他都会跟父母一起回去看外婆。

而如今，外婆已在九泉之下。

大学的生活非常自由。校园很大，不过钟徛最喜欢去的地方还是篮球场。他喜欢在球场上自由奔跑和投篮的感觉。数不清有多少个下午，他跟几名男生一起在篮球场上挥汗穿梭，直至夕阳西沉。

钟徛注视着投出去的篮球在半空中画出一道漂亮的弧线，落入篮筐，不期然想起刚过去的高中岁月。

出国的日期一天天近了。出国前一个星期，钟徛不小心弄丢了大一寒假时刚买的诺基亚手机。他的号码是广州的，当时他已经回了N市，想着马上就要出国了，于是只申请了挂失，没再补办新卡。

不幸中的万幸就是，他前两天刚好把手机里的数据移到新买的笔记本电脑上了，看来有时老天对他还是挺好的。

钟徛在QQ上跟几个朋友说了出国的事情，不在QQ好友之列的人，自然是没办法通知了。他心想，要不然等暑假放假回国再联系其他人，反正一年的时间很快就会过去。没想到，他在澳大利亚一待就是五年。

刚到昆士兰州的时候，钟徛有些不习惯。

澳大利亚是一个充满阳光的国家，不同于中国的热闹与喧嚣，他所留学的城市地广人稀，入目尽是低矮的房屋和蓝天白云。

尽管这个国家跟中国分属不同的大陆，但这并不影响许多炎黄子孙跋山涉水来到这片大陆生活定居，黄皮肤的面孔随处可见，走到街上随时都能看到华人。

留学时的际遇，从来都是因人的努力程度而异，最终能混成什么样，也取决于个人的努力和心态。来留学的人前途各异，生活各不相同。有些人只是来读一个学位，拿到文凭就算完成任务了，有的人则是奔着移民来的。

尽管家里每个月都会往他的账户里汇生活费，钟徛的卡里永远有足够的钱，但他还是希望能靠自己的双手在这个国家学习和生活。从第一个学期起，他就在酒吧和西餐厅打工，一是为了赚取生活费，二是为了尽快融入这个讲英语的生活环境——打工能让他的日常口语变得更娴熟。

大多数打工的留学生的生活都是相似的：以学习为主旋律、以打工为变奏曲。虽然他的雅思是高分通过的，但是，就像每一个初来乍到的留学生一样，最开始钟徛什么也不会。在雅思速成班里所学的口语过于生硬，水平完全无法跟土生土长的澳大利亚本地居民相提并论，只会背菜单，他刚做 waiter（服务生）时，开场白永远都是那句单调的"May I help you？（我能帮您吗？）"。

打工的日子渐久，他的口语也越来越地道，有时也会跟酒吧的员工一起谈天说地，以前在大学和高中学过的那些生僻的英语单词全部都从脑海里冒了出来。不到一个月，钟倚不光能流利地说出各种菜名和酒名，对顾客的各种问题也能应对自如，还跟几名经常光顾酒吧的顾客成了球友，有空就会约到一起去打球。

钟倚很喜欢一句俗语：四海之内皆兄弟。不管是在千里之外的祖国，还是在澳大利亚，他都乐于结交朋友。

对所有留学生而言，他们所面对的最大的问题应该是克服背井离乡的孤独感。每天都有相同的故事在上演，其中有寂寞也有泪水，这个世界上的任何事情都具有两面性。钟倚也曾看到有人在留学期间迷失方向。有的晚上，他躺在宿舍柔软舒适的大床上，会想起国内的朋友，回想起那些年少轻狂的岁月。

小学和初中的记忆都已经开始变得遥远，他更多回忆起每天游走于题海与各种考试之间的高中生活和在大学城读书的日子，然而，那些时光不经意间都已经被他落在了身后。

那年暑假，钟倚离开昆士兰州前往悉尼的一家大酒店实习，为此他整个假期都没回国，远在国内的父母均对他的决定表示支持。

实习过程虽然辛苦，但是获益良多。也许最开始他选择这个专业只是因为有亲戚从事这个行业而产生了一点儿兴趣，如今他则是发自内心地想把这个行业作为自己今后的事业。

有一天，酒店里来了几个西班牙人。钟倚听不懂西班牙语，但是听着其中一个男顾客浓重的大舌音，他忽地就想起了一个女生。

跟很多处于青春期的男生一样，那时他的心底也藏着一个女生的名字，那个女生的名字叫展若绫。后来，钟倚已经回想不起来最初他为什么会把目光投到那个女生身上，就像他不知道当初她为什么总是会看着自己发呆一样。

或许是她看着自己时的神情过于专注，或许是他在不经意望向她时总会对上她静若秋水的瞳眸，又或许是很想看她被自己戏弄后讷讷地说不出话来的样子……原因他已经记不清了。

她对他总是很宽容，几乎可以说得上是没有原则的宽容。有时她对他的戏弄会做出恼怒的样子，但是钟徛知道她并没有真正生气。

那个年纪，男生喜欢一个女生的理由很简单：一个美好的侧脸或者一个倔强的眼神。

少年人的感情很纯粹，没过多外来因素的影响，心动的理由总是很简单，没有任何多余的修饰。只是一个瞬间、一抹笑容就足以使人沦陷，在不知不觉间就已将另一个人的身影刻画在了心上。

她是学西班牙语的，高考过后在全国最有名的语言学府就读。读大学期间钟徛跟她有短信联系。

大一的一个晚上，钟徛跟她聊天，问她西班牙语难不难学。她回答说还可以，又跟他说，最开始很难，起步之后就好了。不同于他的简短，她每次回复信息都很详尽。

后来再想起这件事，钟徛后悔那时没有跟她多聊几句。他转而又想，即使这样又能怎么样？那个时候，她的身边已经有了一个人，钟徛曾经见过那个男子两次。尽管不甘心，他也不得不在心里承认那个男的对她很好。

大二那一年，她去了古巴当交换生。她回国前，他来了澳大利亚当交换生。

在留学的日子里，钟徛从来不去触碰那个名字，她的名字只是偶尔在心底快速滑过。

有一次，言逸恺跟他在网上聊天时忽然感叹很久没有她的消息了，钟徛才知道她已经很长一段时间没跟过去的同学联系。他的心底闪过一些惆怅，大概还是不甘心。明明心动，偏又无缘，他们俩就像两条相交过后的直线,渐行渐远。

到澳大利亚的第一年,钟倚就知道以后无论自己在这个国家过得如何轻松惬意,最终都会回到属于自己的祖国,尽管被朋友问及什么时候回国时他的回答都是不确定,出国前言逸恺和瘳一凡甚至开玩笑地跟他说以后要到澳大利亚跟他混吃混喝,他也说过自己有可能以后在这里生活下去。在异乡生活的时间越久,他就会越想念国内的一切。

他有时想,也许以后会在这个国度发展;也想过,工作几年再回国。他还想过,如果那个夏天没有发高烧、语文考试没有发挥失常,他现在会在哪里。他会考上第一理想的专业,安安稳稳地读到本科毕业,然后读研或者工作?

不管怎样,道路都应该比现在平顺舒坦,但也不会像现在走的道路这样,让他迅速成长。几年的留学生活下来,他已经知道了自己想走什么样的道路。

留学和工作期间,钟倚也遇到过几个不错的女生,却都没有让他萌生心动的感觉。

他知道自己一定会回国,再加上潜意识里总觉得在国外漂泊时所发展出来的恋情不稳定,不想让自己徒增烦恼,于是理所当然地一门心思都放在了学习、打工和工作上。在这期间,高中和大学时期的几个好朋友陆续交了女朋友。得知他仍没交女朋友,他们都不约而同地表示了诧异。

有时钟倚也说不清自己内心的感觉。时间隔得久了,他已经不会像以前那么想念那个女生,有时甚至觉得已经没有了当年那种深刻的喜欢的感觉了,只是偶尔脑海里还会浮现出她的音容笑貌。

他想,也许以后哪一天见到她,他会跟她打一声招呼,就当作是对过去的青春的一种祭奠。

人长大了,在社会上的日子久了,会或多或少地丢失年少的纯真,不可能再随心所欲地生活。

他甚至想,也许以后到了一定的年龄,遇到合适的女生也会谈恋爱,甚至结婚,不刻意、不强求,一切随缘。

时光匆遽,从求学延续到工作,他就这样不知不觉地在这片大陆待了将近五年。收拾回国的行李的时候,钟徛在笔记本电脑里看到了一张很多年前的照片——廖一凡在大一寒假同学聚会时用手机拍下的他跟她的照片。多年前的影像,勾起了他无数的回忆。

此前有几次整理电脑里的资料时,他都看到过这张照片,也曾想过要把它删掉,毕竟,留着一张这样的照片,只会让自己更惆怅,可是他最终都没有删除。

他突然想,如果回国之后能见到她,如果到时她是单身,他就去追求她。

产生这样的想法后,回国的行程又多了一层意义。唯一不确定的是岁月所带来的变化:他已经不是以前的那个男生,也不知道如今的她变成了什么样,脑海中保留的还是昔日的影像。尽管如此,他还是想看一看她。

就这样,独自在异国他乡生活了几年后,他终于回到了祖国的怀抱。然而事与愿违,他回国后一直没有见到她。直到那一次高中同学聚会,他才终于听到她的消息。

钟徛想,如果她有那么一点儿怀念高中岁月,应该会去参加同学聚会,他就能见到她,不管结果怎么样,就当作是一次了断。可是她并没在聚会上出现。而当大家提起她时,程忆遥说出来的话让他的心情瞬间转阴:"她又不在国内,怎么可能来参加聚会?她去西班牙了啊!"

她去了西班牙。

他还在消化刚听到的事实,程忆遥又说:"她去了三年了,你们不知道吗?"

· 313 ·

她会去那个国家不奇怪，她本来就是学那个语言的人。只是钟倚没想到，曾经在古巴当过一年交换生的她还会选择再次出国，而且竟然已经去了三年。他的心里说不出地苦涩，老天似乎在捉弄他，他们总是擦肩而过。

他听到言逸恺问："程忆遥，她跟你有联系吗？""当然有啊！她出国之前还经常给我发邮件，前几个月她哥哥结婚她回来过，还给我打过电话，不过她只待了几天就又走了……"

"哥哥？"钟倚耳边反反复复地回响着这两个字，脑海里立时浮现了一个身影，立即追问，"什么哥哥？"

如果刚才程忆遥的话只是让他坠入冰窖，那么接下来的话就把他彻底打入了地狱："亲哥哥。她那时给我打了个电话，说她哥哥结婚，她回来参加婚礼，然后又回西班牙了。"

亲哥哥！

钟倚彻底僵住，全身像是从一座刀山上滚过，刺骨地疼。这三个字，就像是给他判了无期徒刑。

"亲哥哥。"他张开嘴，几乎一字一顿地重复，有一种痛彻肺腑的感觉。大概是他的举止太过异常，过了好久，言逸恺他们才开始聊别的话题，钟倚的思绪却仿佛沉入了深海里抽不上来。然后，他想起了很多事情。

高三分班后，他偶尔跟她在校园里碰到时，她总是早早地望过来，就像是等着他跟她打招呼。他跟她之间错失的几年，却是缘于一个如此可笑的理由。他有无数的机会可以向她问清楚——大一那年她经常给他发短信，他却总是碍于心中一早认定的假设而退缩。如果当初他能放下骄傲向她问个一清二楚，绝不至于落到今天这样的结局。哪怕他只是问一句，也断断不会像现在这样。

他的心里只剩下懊悔，无穷无尽的懊悔。他的心里有个声音在说：面对现实吧，因为你的一时意气，你已经错过了一段原本可以抓住的幸福。

一个多月后的某天晚上,他在办公室里处理酒店的事务,登录了很久没用的邮箱。

他已经很久没有登录旧邮箱了——在澳大利亚不容易连上服务器,他出国的第二年就没再用它了。所以,当他看到系统显示有几十封未读邮件时,他无法不惊讶。几十封邮件,发件人一栏全部都是一个昵称叫作 Cici 的人。

钟倚记得他的朋友中并没有人用这个名字,发件人域名他也毫无印象,邮件的标题都是日期,时间无一例外都是在三年前。

这看起来不像恶作剧,也不像垃圾邮件,他点开最上面那封邮件。邮件的内容却是意想不到的:

钟倚:

我要走了,去西班牙留学,跟你那时一样。

西班牙。

看到这三个字时,钟倚愣了一下,他的目光在这三个字上徘徊了许久,大脑的思绪有一瞬间的停滞。

他知道的认识自己的、而最后又去了西班牙留学的人,只有一个。在前不久的同学聚会上,程忆遥还说起了她。

然而这些都不重要,最重要的是邮件接下来的内容,让他彻底无法动弹:

我一直在担心,想知道你的大学生活过得怎么样,怕你因为高考失利而影响心情,不想你不开心,希望你能像高中时一样笑口常开。

去年寒假同学聚会那时,我听他们说你去澳大利亚当交换生了。这样很好,看来你在大学适应得很好。他们说你可能永远都不回来了,当时我非常伤心。我一直想见你一面,所以才去参加聚会,听到的却是你再也不回来的消息。

你可能不知道吧?我喜欢你,一直都很喜欢你,从高二时就开始了。

我在想,这种感觉其实挺难受的。我知道得太晚,或者说,能表现的时候已经结束了。

也许因为你看不到这封邮件,所以我才说得毫无顾忌;也许我们已经分别,所以我才说得这么放心。我在想,如果你现在站在我面前的话,我是绝对说不出来这些话的。其实我是一个很爱逃避问题的人,即使很喜欢也说不出口。

也许我们终究是没有缘分,虽然我不想承认。我曾经想,就这样跟你做朋友也不错,做一生一世的朋友,那有多好!不过,还是不行啊,我连你的联系方式都没有。

你还是出国了,你的人生一定很精彩。

我也不知道你会不会回来。可是即使你回来了,也未必能记得我了。

如果可以,我会用一生一世的时间来记住你。

我要走了。

祝你永远开心!再见!

有好长一段时间,钟裿如同一尊雕塑一样,就那样一动不动地坐在书桌前,不知道什么叫时间,甚至不记得呼吸。

他不知道如何去形容自己这一刻内心的感觉。

命运是如此捉弄人,曾经在他最希冀的时候给了他致命的一击,却又在最意想不到的时刻送给他最意外的礼物。那过去的几年,数不清的日子,原来他是这样把她错过的。

他双手攥成拳头,目光像是被固定在了电脑屏幕上,太阳穴剧烈地跳动着，喉头发涩。

记忆的齿轮迅速逆转，许多片段在他的脑海中闪过：他总是记得她在马路上哭得六神无主的样子，明明很伤心，却倔强地跟他说眼里有沙子；记得她红着眼睛站在车上，依依不舍地看着他，就好像明天再也看不到他一样……

那些两个人曾经共处的时光在他的脑海中呈现。

直至今天，他只要一闭上眼，就仿佛看到她站在同学中，背后是灿烂的阳光，娴静清雅。

邮件里的每一个句子都清晰连贯，中文的博大精深在于，有限的文字就能表达无限的内涵。他的语文学得并不好，可是如果他读不出这封邮件字里行间所蕴含的深情的话，那他就是个大傻子！

巨大的喜悦过后，涌上的却是无尽的苦涩。那种苦涩像滔天巨浪一样，将他一次又一次无情地淹没。

电脑屏幕上的每一个字，都仿佛在嘲笑当初他那不值一提的自尊心。每一个字都似乎被放大了无数倍，一遍又一遍地提醒他当初所犯下的错误。

他不知道她当初怀着怎样的心情前往那个地中海沿岸的国家求学。在离开这个国家前，她给他发了一堆邮件。

钟倚从来没有如此恼恨自己当初的退缩行为。现在，他对着电脑却不知道该做什么。

他想象着她在异国他乡的生活，不知道她一个女孩子如何忍受那么多年的寂寞。他已经回来了，可她还独自一人在陌生的国度生活。

他推开桌子站起来，不知道该气恼当初的意气用事，还是该嘲笑彼时可笑的自尊心。原本可以抓到手里的幸福，就这样从掌间滑走了，只是因为他的一时意气。

从那以后，他开始一个人一个人地问她的踪迹，包括当时也在北京读大学的高中同学，得到的回答都是不知道。最后他连她高三的同班同学也问了，得到的回答都是否定的。

这个时候他才发现，要在这个世界上找一个人，比大海捞针还难。他从她的昔日同桌程忆遥那里了解到的，也仅仅是她去了西班牙留学，除此以外没有只言片语。他甚至不知道将来的某一天她会不会回国。

钟徛想，人之所以害怕失去，是因为拥有得太多。可是他已经没有什么可失去的了，唯一能做的就是等待。

由于不确定，等待的时间显得更为漫长煎熬。

直到一年多后，一个冬天的晚上，钟徛坐在笔记本电脑前看文件时，手机响了起来。

他点进去一看，是季珄发过来的短信。而短信的内容无异于从天而降的甘霖：我知道你手机里那张照片上的女生叫什么名字了。